쓸모있는 책 읽기

이 도서의 국립중앙도서관 출판예정도서목록(CIP)은 서지정보유통지원시스템 홈페이지(http://seoji.nl.go.kr)와 국가자료종합목록 구축시스템(http://kolis-net.nl.go.kr)에서 이용하실 수 있습니다.
(CIP제어번호 : CIP2019046279)

쓸모있는
책 읽 기

헤세의 「데미안」에서 최인훈의 「광장」까지

김 호 경

말글빛냄

글쓰기는 반항이요,
책읽기는 도전이다

"좋은 책을 읽는 것은 과거의 가장 뛰어난 사람과 대화를 나누는 것과 같다." - 데카르트

"책을 너무 많이 읽으면 옳은 것은 옳고, 그른 것은 그르다는 것을 모르게 된다." - 임어당(林語堂)

둘 모두 맞는 말이다. 어떤 격언을 선택해 실천할 것인가는 각자의 몫이다. 인터넷에서 책에 대한 설명을 검색해보면 엄청나다고 할 정도로 많은 지적(知的) 단어들로 장식되어 있다. 포장의 과대화이다. 그 포장과 상업주의가 독자를 잘못된 독서의 길로 이끈다.

이 책은 2019년 이후를 살아가는 현대인을 위한 '독서 동반자'이다. 이 책에서는, 책을 많이 읽으라고 권하지 않는다. 책은 현대인의 필수품이면서도 고장난 나침반일 수 있다. 또한 알맹이가 없는 내용에 휩쓸리게 만드는 허상의 물체이기도 한다. 허울 좋은 베스트셀러에 매

몰되면 시간과 돈, 정력과 정신을 낭비한다.

　가장 좋은 독서 방법은 삶의 지혜를 줄 수 있는 책을 자신의 수준에 맞게 순차적으로 읽는 것이다.

1) 삶의 지혜를 줄 수 있는 책은 고전(古典)이다. 그것이 인식의 창고에 차곡차곡 쌓여야 현대 창작물로 넘어갈 수 있다.

2) 자신의 수준은 자신이 잘 안다. 중학생이면 (빠르면 초등학교 고학년)『어린 왕자』를 읽을 수 있지만『죄와 벌』은 무리이다. 그러나 스스로를 똑똑하다고 생각하면『죄와 벌』도 읽을 수 있고,『존재와 무』도 읽을 수 있다.

3) 순차적으로 읽는 것은 재미있는 책, 자신의 성향에 맞는 책부터 읽어나가는 것이다. 사랑이 무엇인지 알고 싶다면『폭풍의 언덕』을 읽으면 되고, 전쟁의 의미를 파악하고 싶다면『서부전선 이상없다』를 읽으면 된다. 그 후에 주제를 확대해 나가면 된다.

　쓸모있는 책읽기 는 '오늘 저녁밥으로 무엇을 먹을 것인지'와 다르면서도 비슷하다. 한 권의 책을 읽을 때마다 지식과 지혜가 쌓여 삶을 살아가는 올바른 나침반이 된다. 그리고 자신만의 길을 만들어 갈 수 있다. 이때 중요한 것은 독서의 함정에 빠지지 않는 것이다.

　독서의 함정에 빠지는 가장 큰 이유는 어렸을 때 부모의 권유(혹은 강압)로『위인전』을 읽었기 때문이며, 공부(정확히는 대학수학능력시험)에 집중하느라 고전을 건너뛴 뒤, 성인이 되어 책의 기준을 확립하지 못한 채 베스트셀러에 매몰되었기 때문이다. 그 시기가 대략 20~25살 사이이다. 이때 책의 함정에 빠지면 영원히 헤어나지 못할 수 있다.

그러므로 가급적 25살 이전에 고전으로의 독서여행을 떠나야 한다. 만일 시기를 놓쳤다 하여도 "정말 늦었구나" 한탄하면서 일부러 포기할 필요는 없다. 인생은 길고, 시간은 많다.

- 각 책의 소개 중에서 원문, 인명, 지명, 연도 등에 오류가 있을 수 있다. 이는 저자의 게으름에 기인한다.
- 한글과 병기한 제목은 가급적 영문으로 표기했다. 러시아어나 독일어보다는 영어가 보편적이기 때문이다. 다만 특별한 경우에는 원문을 사용했다.
- 제목은 널리 알려진 것을 택했다. 예컨대 『백년의 고독』이 아닌 『백년 동안의 고독』이다. 다른 책의 경우에도 마찬가지다.

제1부
인간과 존재

제3부
예술과 고독

땅은 책으로 나누어진다

어찌어찌 하다 보니 세계는 동양과 서양으로 나누어졌다. 사실 이 구
분은 애매모호하다. 나는 동양과 서양의 기준은 4권에 책에 있다고 생
각한다.

『성경』, 『그리스로마 신화』, 『논어』, 『삼국지』이다. 앞의 두 책에 영
향을 받았으며 지금도 그 원리(교리), 사상에 따라 살아가는 나라는 서
양이다. 뒤의 두 책에 영향을 받았으면 동양이다. 이는 한 개인의 종교
와는 별개이다. 네 책 모두 인류 역사 초기에 간행되었으며, 혹은 그때
를 무대로 한다. 이 기준에 의하면 유럽, 북남미, 오세아니아, 아프리
카는 서양이고, 아시아는 동양이다. 중동은 약간 애매한데 그래서 이
름 그대로 중동(中東)이다.

우리는 한국땅, 즉 동양에 살고 있지만 세계화 덕분에 서양과 밀접
한 관계를 맺고 있다. 그래서 네 권의 책을 모두 읽어야 한다. 만일 네
권을 뛰어넘어 곧바로 고전의 세계에 진입하면 책의 의미, 내용, 대사
에 함축된 뜻, 전후관계를 제대로 이해하기 어렵다. 그러므로 시간이
조금 걸리더라도 꼭 네 권의 책을 읽기 바란다.

성경(聖經)
서양 사상의 원형(元型)

『성경』(Bible, Scripture)은 교회용어사전에 의하면

> 하나님께서 자신과 그 뜻하시는 바를 인류에게 계시해 주신 영감
> 의 기록(디모데후서 3:16)이다. 기독교의 유일한 경전으로서 교회는
> 이 성경을 믿음과 행위(신앙과 생활)의 표준으로 삼고 있다. '성경'이
> 란 말은 원래 '두루마리', '문서', '책' 등을 뜻하는 헬라어 '비블리
> 아'(Biblia)에서 온 말이다.

성경은 익히 아는 바와 같이 구약과 신약으로 나눈다. 구약은 39
권, 신약은 27권이다. 그 기준은 그리스도의 탄생이다. 구약(舊約, Old
Testament)은 세계의 탄생 과정을 출발점으로 인간의 창조, 에덴동산에
서의 추방, 대홍수, 모세의 인도에 따른 이집트에서 탈출, 이스라엘의
역사, 다윗과 골리앗의 대결, 솔로몬의 지혜 등 초기 세계 역사가 담겨
있다. 『시편』, 『잠언』 등은 명상록으로서도 훌륭한 내용이다.

신약(新約, New Testament)은 예수 탄생 이후의 기록이다. 복음(福音)과
제자들의 행전, 편지들로 묶어져 있다. 구약에 비해 내용이 다소 어렵
고 전문적인 내용이 많다. 전문가나 학자, 목회자의 설명이 없으면 이해
하기 어려운 구절이 대부분이다. 그래도 충분히 읽을 수 있다.

『성경』은 종교적 관점을 떠나 문학적 관점에서 매우 뛰어난 명작이

다. 서양에서 간행된 시나 소설을 읽으면 성경에 관련된 내용이 거의 예외없이 등장한다. 서양인과 대화를 나눌 때 성경에 대한 기초지식이 없으면 대화가 맥락을 잃을 때가 있다.

"그러한 행동은 바벨탑을 쌓는 것이나 마찬가지에요."

"솔로몬보다 현명한 판단을 내렸네요."

"가롯 유다처럼 후회할 일은 하지 않는 게 낫지요."

이 말들은 전부 성경이 바탕이다. 3천년 동안 전해 내려온 성경은 유럽, 북남미, 아프리카, 오세아니아에 걸쳐 그곳에 사는 사람들의 인식, 풍습, 행동, 가치관에 영향을 끼쳤다. 그러므로 성경을 깊게는 아니더라도 한번은 반드시 읽기를 권한다.

논어(論語)
동양 사상의 출발점

"공자가 죽어야 나라가 산다"는 말은 맞는 말이다. 2001년 간행된 김경일의 『공자가 죽어야 나라가 산다』는 출간 이후 엄청난 찬반양론에 휩싸였는데 부정적 효과보다는 긍정적 효과를 불러왔다고 생각한다. 그렇다 한들 『논어』를 읽지 말라는 뜻은 아니다.

> 學而不思 則罔 思而不學 則殆
> 학이불사 즉망 사이불학 즉태

단지 학습만 하고 사색하지 않으면 수확이 없다. 단지 사색만 하고 학습하지 않으면 현혹된다.

결코 나쁜 말이 아니다. 남녀 불평등, 가부장제도, 수직 조직, 창의성 말살 등은 당연히 사라져야 한다. 그러나 이것들은 『논어』와 관계가 없다. 동양 사회를 오랫동안 지배하고 있는 유교적 인식을 지켜야 할 것인지, 과감히 타파해야 할 것인지 다른 사람의 말에 좌우되지 말고 『논어』를 읽고 스스로 판단해보라. 그 후에, 공자가 죽어야 나라가 '사는지' 혹은 '죽는지' 판단해보라.

그리스로마 신화(Greek Roman Mythology)
세계의 창조와 신들의 활약

서양은 헬레니즘과 헤브라이즘으로 구성되어 있다. 헬레니즘(Hellenism)은 의견이 분분한데 보통 알렉산더 대왕이 동방을 정복한 이후 서구와 중동, 인도 지역으로 퍼져 나간 그리스 문화를 뜻한다. 구약을 바탕으로 형성된 헤브라이즘(Hebraism)과 결합되어 통상 '서구문명의 뿌리'로 인정받는다.

그리스(로마를 포함해서)는 세계 4대 문명 발상지이며, 오늘날 서구인의 인식과 행동, 풍속에 많은 영향을 끼쳤다. 소크라테스, 아리스토텔레스 등을 배출한 그리스 철학은 오늘날에도 중요한 가치를 지니고 있다.

『그리스로마 신화』는 세계가 어떻게 만들어졌으며 다양한 신들이 어떻게 세계를 다스렸는가를 보여주는 걸출한 이야기책이다. 올림푸스, 티탄족들을 패배시키고 신의 제왕이 된 제우스, 그의 아내 헤라, 바다의 지배자 포세이돈, 지혜와 전쟁의 여신 아테나 등 다양한 신들이 등장한다. 올림푸스 12신을 비롯해 태초의 신, 님프(요정), 왕, 로마의 영웅들, 괴물까지 포함하면 등장인물이 수백 명으로 늘어난다. 우리가 잘 아는 헤라클래스, 오디세우스, 헥토르 등은 로마의 영웅이고, 고르곤, 메두사, 켄타우로스는 괴물이다.

왜 이처럼 등장인물이 많은 것일까? 신과 요정, 괴물들은 제각각 맡은 역할이 있다. 어떤 신은 부엌을 관장하고, 어떤 영웅은 대양을 탐험하고, 어떤 괴물은 인간을 절단내서 먹어치운다. 현세계의 모습을 그대로 보여주는 것이다. 즉 신화는 신화이면서도 현실의 거울이다.

벨레로폰테스(Bellerophontes)는 포세이돈(Poseidon)의 아들로 용감한 무사이다. 리키아(Lycia)에 괴물 키마이라(Chimaera)가 나타나 사람들을 죽이고 마을을 황폐화 시켰다. 이오바테스(Iobates) 왕이 고심하고 있을 때 사위인 프로이토스(Proetos)가 무사 한 명을 보내주었다. 그가 벨레로폰테스이다. 그는 밀봉된 편지를 왕에게 바쳤다. 편지에는 벨레로폰테스의 용감무쌍함을 칭찬하면서 키마이라를 반드시 물리칠 것이라 적혀 있었다. 일종의 추천서였다. 그리고 마지막에 이렇게 당부했다.

괴물을 물리친 후 벨레로폰테스를 꼭 죽여주세요.

　추천서인 동시에 사형집행 지령서였다. 벨레로폰테스는 그 사실을 모른 채 용감히 싸워 키마이라를 퇴치시켰다. 그러나 다가오는 운명은 무엇일까? 자신의 미래 불행의 운명을 담은 편지를 스스로 전하는 것을 '벨레로폰테스의 편지'라 한다. 이러한 일화는 우리 인생 곳곳에 숨어 있다. 그것이 좋은 것인 줄 알고 덥석 물었는데 알고 보니 파멸의 지름길이었던 것이다!

　『그리스로마 신화』는 재미있는 책이며, 오랫동안 다듬어지고 각색되어 어렵지도 않다. 번역본은 여러 종류가 있다. 일반적으로 토머스 불핀치(Thomas Bulfinch) 책이 세계적으로 널리 알려져 있다. 에디스 해밀턴(Edith Hamilton)의 책도 꾸준한 사랑을 받는다. 한국 작가로는 번역가 겸 소설가였던 이윤기의 저서가 있다. 어느 책이 더 좋다고 평가할 수는 없다. 서점에서 각각의 책을 펼쳐놓고 비교한 후 자신의 수준과 성향에 맞는 책을 고르면 된다. 축약본이나 만화는 권하지 않는다.

삼국지(三國志)
영웅들이 들려주는 세상살이의 전략

삼국지를 한 번도 읽지 않은 사람과는 대화를 하지 마라. 삼국지를 열 번 이상 읽은 사람과도 대화를 하지 마라. 둘 다 맞는 말이다. 그런데 시대가 변했는지 삼국지를 읽는 사람이 갈수록 줄어들고 있다. 서양에『그리스로마 신화』가 있다면 동양에는『삼국지』가 있다. 둘은 쌍벽(雙璧)이다.

제우스(하늘), 포세이돈(바다), 하데스(지옥)는 3대 신이다. 유비, 조조, 손권은 3대 패왕이다. 엄청나게 많은 인물이 등장하는 것도 유사하고, 각자의 역할이 있는 것도 비슷하다. 삶과 죽음이 있고, 음모와 협상, 전쟁과 모험, 충절과 배반이 넘쳐난다. 단『삼국지』에는 사랑이 없다. 오이디푸스 콤플렉스(Oedipus complex), 아킬레스건(Achilles Tendon)이 현대에도 유효한 것처럼 그에 대비되는 읍참마속(泣斬馬謖), 비육지탄(髀肉之嘆) 등 무수한 사자성어가 쌍벽을 이룬다.

익히 아는 것처럼, 유방(劉邦)이 세운 한(漢)나라는 말기에 이르러 쇠망의 징조를 보이기 시작한다. 1)정치가 문란해지고 2)관리들이 부패해지고 3)황제가 무능하고 4)자연재해가 덮치면서 멸망으로 치닫는다(역사를 보면 왕조나 국가의 몰락은 보통 이 4가지가 한꺼번에 찾아온다). 그리고 각지에서 군웅이 할거한다. 군웅들은 3명으로 압축된다. 위(魏)의 조조, 오(吳)의 손권, 촉(蜀)의 유비이다. 유비가 삼국을 통일하기를 바라는 마음은 간절하지만 그 위업은 다른 사람에 의해 달성되고, 그마저도 왕위를 빼앗긴다. 역사는 소망이나 예측을 거부하는 것이다.

삼국지는 동양인의 사고방식에 큰 영향을 끼쳤고, 동시에 지혜를 안겨주었다. 인간관계, 상하관계의 인식, 목표의 설정, 전략의 창출, 대응책 등등 여러 지혜를 준다. 이 지혜와 고대의 전술전략을 현대에 그대로 적용할 수는 없다. 그러나 응용은 가능하다. 나아가 삶의 행로에 지침으로 삼을 수도 있다. 삼국지가 『논어』처럼 동양의 타파해야 할 수직적 관계, 군주에의 충성 강요, 가부장적 사고를 조장한다고 말할 수도 있다. 일견 틀린 말은 아니다. 그러나 『논어』와 마찬가지로 일단 읽어본 후에 평가를 내리기 바란다.

『삼국지』는 수많은 사람에 의해 발행되었다. 치열한 대결에서 이문열의 삼국지가 대세를 이루었으나 월탄 박종화(月灘 朴鍾和) 판본을 권한다. 민음사에서 간행된 『정사 삼국지』는 진수(陳壽)의 저서를 원전으로 했으며 [위](1·2), [오], [촉] 4권으로 엮어졌다.

또 하나의 출발점

이 세상의 거의 모든 책은 『세계사』를 먼저 읽지 않고서는 정확히 이해하기 어렵다. 세계사는 서점에 들러 자신의 지식수준과 취향에 맞는 책을 비교 선택해서 읽으면 된다. 만약 마음에 드는 『세계사』 책이 없다면 『서양사』를 먼저 읽고. 그 후에 『중국사』를 읽으면 된다. 시간은 조금 걸리지만 이 방법이 최선이다.

서양사는 서울대 교수를 지낸 민석홍의 『서양사 개론』이 가장 우수하고, 중국사는 고려대 교수를 지낸 이춘식의 『중국사 서설』이 가장 우수하다. 두 책 모두 객관적이고, 이해가 빠르며, 재미도 있다. 그 후에 『한국사』를 읽으면 '역사로의 독서여행'은 끝이다. 한국사 역시 자신의 지식수준과 취향에 맞는 책을 고르면 된다.

덧붙여 한 권의 책을 더 읽어야 한다. 『세계철학사』이다. 철학사는 세계사의 한 부분이지만 인간의 정신세계를 다루는 것은 전쟁을 다루는 것과 다르기 때문에 가급적 별도로 읽어야 한다. 한스 요아힘 슈퇴리히(Hans Joachim Storig 독일)의 『세계철학사』를 추천한다. 약간 어렵기는 해도 일반인을 위한 가장 좋은, 객관적인 책이다. 이 책 전반을 통하여 가장 인상 깊은 문구는 다음과 같다.

"나는 이해하거나 인식하기 위하여 믿는다."(credo ut intelligam).

스콜라 철학의 아버지라 불리는 안셀무스(Anselm of Canterbury, 1033~1109)의 말이다.

그러므로 책을 읽는 순서는 '서양사-중국사-한국사-철학사'가 정석이다. 만약 세계사를 먼저 읽지 않고 독서를 시작한다면 미적분을 먼저 배우고 인수분해를 배우려는 어리석음과 같다.

『서양사 개론』 민석홍
『중국사 서설』 이춘식
『세계 철학사』 한스 요하힘 슈퇴리히

◌ઃ 셰익스피어를 어떻게 할까 ଞ

서구 문학의 모태를 셰익스피어(William Shakespeare)로 인정하는 사람들이 많다. 논란이 있을 수 있지만 어느 정도는 사실이다. 그러나 그가 실존 인물이 아니라는 주장도 있고, 작품 수에 있어서도 명확한 통계는 없다. 희극은『한여름밤의 꿈』을 비롯해 16편, 시는『비너스와 아도니스』를 비롯해 6편, 사극은『헨리 8세』를 비롯해 10편, 비극은『로미오와 줄리엣』을 비롯해 12편이고, 사라진 작품이 2편 있다 하며, 그 외에 추정작이 11편이라고, 기록되어 있다. 다 합하면 57편이다.

셰익스피어는 어렸을 때 집안은 풍족했으나 대학교육은 받지 않았다. 그러나 공부를 열심히 했는데 "주로『성서』와 고전(古典)을 통해 읽기와 쓰기를 배웠고, 라틴어 격언도 암송하곤 했다"고, 기록되어 있다. 결국 서구인의 작품은『성경』이 바탕이 되고 있음을 알 수 있다.

'내 사랑'하며 그녀는 말했지,
이 상아빛 하얀 원 사이에
내가 너를 붙잡고 있는 동안
나는 뜨락이 되고 너는 내 사슴이 되어
산과 언덕에서 마냥 마음껏 먹어다오
　- 서사시 '비너스와 아도니스' 일부분

비너스(Venus)는 사랑의 여신이고, 아도니스(Adonis)는 사냥을 좋아하는 아프로디테의 연인이다. 출전은 당연히 『그리스로마 신화』이다.

셰익스피어의 작품은 지금 이 시각에도 최소한 세계 각국의 10곳 이상의 극장과 공연장에서 상연되고 있으며 누군가 영화로 제작하거나 구상하고 있을 것이다. 500년 전의 창작품이 여전히 우리에게 영향을 끼치고 있는 것이다. 하지만 그의 작품은 원전이 희곡(古典)이다. 소설이 아니기에 읽기가 달갑지 않다. 그럼에도 불구하고 꼭 읽어야 할 작품이 있는데 비극 『맥베스』, 『햄릿』, 『리어왕』, 희극 『베니스의 상인』이다.

알거든 얘기나 좀 해주게. 뭣 때문에 --- 백성을 괴롭히고 날마다 쇳물을 부어 대포를 만들고, 외국에서 무기를 사들이지? 왜 조선공들을 징발해서 쉬는 날도 주지 않고 혹사를 하지? 무엇이 다급하기에 밤과 낮의 노동을 가리지 않고 백성의 땀을 강요할까? 아는 사람은 얘기를 좀 해주게.

햄릿의 한 대목이다. 이러한 상황은 대부분의 나라에서 지금도 되풀이되고 있다. 가장 유명한 대사는

사느냐 죽느냐 그것이 문제로다.
To be or not to be, that is the question.

이어지는 대사는

가혹한 운명의 화살을 마음 아프게 참는 것과, 무기를 들어 고
난의 물결에 항거하여 이를 종식케 하는 것은 어느 쪽이 더 고
상한 태도인가?

위 질문에 답해보라. 그러기 위해서는 우선 『햄릿』(Hamlet)을 읽
어야 한다. 『맥베스』(Macbeth)는 국왕을 살해하고 왕위에 오른 맥
베스의 멸망을 그렸고, 『리어왕』(King Lear)은 딸에게 버림받는 노
왕(老王)의 인생행로를 그렸다.

『베니스의 상인』(The Merchant of Venice)은 유대인 샤일록의 돈
에 대한 집착과 그에 대응하는 '선량한 영국인들의 현명함'을 보
여준다(무대가 베니스이므로 이탈리아인일 수도 있다). 결과는 해피
엔딩이지만 생각해 볼 문제는 많다. 과연 샤일록이 비난받아야 하
는가? 돈을 빌려주고 이자를 받는 것은 정당한 것이며, 양자는 증
서를 작성했다. 돈을 갚지 않았으므로 증서에 의해 '심장에서 가
장 가까운 곳의 살'을 베어내려는 것이다. 그런데 판사는 자비를
요구한다. 법에 자비가 가능한가?

1500~1600년대 유럽 풍광을 상상하면서 왕국의 흥망과 함께
복수, 음모, 저주, 사랑, 배신, 전쟁, 암투, 처세, 이별, 몰락의 드라
마에 빠져볼 것을 권한다.

제1부
인간과 존재

그 누구이든 인간이고, 인간이면서도 인간이 아닐 수 있다.
인간은 인간 자체로서 필연적으로 존재하지만
때로는 존재 자체가 무의미할 수 있다.
무엇이 우리를 인간이게 하고
무엇이 우리를 존재하게 하는가?

『데미안』 Demian

헤르만 헤세 Hermann Hesse | 독일 1919년

알을 깨뜨려야
새로운 세계를 창조한다

문학에도 철과 피가 흐른다

세계 역사에서 독일이라는 나라는 1800년대가 되어서야 겨우 등장한다. 게르만족으로 통칭되는 독일은 복잡한 과정을 거쳐 엘베(Elbe) 강인근에 터를 잡아 주변 국가들과 끊임없는 전쟁을 벌이면서 영토를확장해갔지만 통일된 국가는 아니었다. 여러 개의 영방(領邦)으로 나누어진 독일을 최초로 통일시키는데 혁혁한 공을 세운 사람은 비스마르크(Otto Eduard Leopold von Bismarck)이다. 1862년 프로이센 총리가 된그는 취임 연설에서 이렇게 말했다.

"현재의 큰 문제는 언론이나 다수결에 의해서가 아니라 철과 피에의해 결정된다."

그를 '철혈 재상'(鐵血宰相)이라 부르는 이유다. 철과 피는 강인함을의미한다. 그래서 그런지 독일 민족은 생김새부터 강인해 보이고, 말

도 딱딱하다. 프랑스어가 숑, 옹 등의 모음으로 끝나는 것에 비해 독일 어는 트, 크로 끝난다. 프랑스가 예술에 강한 것에 비해 독일은 기계에 강하다. 근현대 철학을 완성시킨 나라도 독일이다. 그래서 문학도 딱 딱하고, 사색적이고, 어렵다.

또 다른 이유는 우리나라에 독일어 전공자가 갈수록 줄어든다는 점 이다. 영어의 힘이 커지면서 대학에서 불문과와 독문과가 서서히 사 라지고 있다. 제2 외국어 전공자가 사라지면 그 나라 문학작품을 정확 히 파악하기 어려울 뿐만 아니라 번역의 매끄러움도 감소된다. 예컨 대 1980년에 간행된 독일소설과 2016년에 간행된 똑같은 소설을 비 교해보면 옛날 것이 훨씬 더 매끄럽고, 가독성(可讀性)도 높다. 그래서 나는 세계명작은 가급적 옛날 판본을 읽으라고 권한다.

우리 모두는 카인의 후예

1944년 6월 프랑스 노르망디에 상륙한 연합군은 독일군과 전투를 치 르면서 서서히 나치 점령지를 탈환해 나갔다. 전투가 끝나면 죽은 독 일 병사들의 군장을 검사했는데 연합군과 달리 책이 의외로 많이 나 왔다. 그중 으뜸은 헤르만 헤세의 『데미안』이었다. 이 이야기는 확인 되지 않았지만 어쩌면 그럴 수 있을 것이라 생각한다.

왜 독일 병사들은 전선으로 떠날 때 군장 속에 『데미안』을 넣었을 까? 과연 그 책을 다 읽을 수 있으리라 자신했을까? 답은 알 수 없다. '죽은 자는 말이 없기' 때문에… 어쩌면 헤세의 시 한 구절이 마음에 와닿았기 때문인지도 모른다.

갈증을 느끼며 나는 이제 뜨거운 길을 간다.
그러나 내 청춘의 나라는 닫혀 있고,
장미들은 담장 너머로
내 방랑벽을 비웃듯 고개를 까닥인다.
 - 청춘의 정원

그러나 솔직한 느낌으로 『데미안』의 명확한 뜻을 파악하기는 쉽지
않다. 앞부분, 싱클레어가 10살 무렵에 동네 형 프란츠 크로머에게 괴
롭힘을 당하는 과정은 그럭저럭 재미있다. 누구라도 어린 시절에 그
러한 아슬아슬한 경험을 한번쯤 겪어보았을 것이다. 그런데 부유한
미망인의 아들이 전학 오면서부터 소설은 철학적으로 '급' 변하기 시
작한다. 그 전학생 막스 데미안은 성서(구체적으로는 카인의 이야기)에 대
해 정연한 논리를 가지고 있다. 그 논리는 독자에게 지루함을 안겨주
면서도 의미불통이다.

카인(Cain)은 아담과 하와(Hawwāh: 보통 '이브'(Eve)라고 표기한다. 이브는
라틴어이며, 하와는 히브리어이다. 성경은 처음에 히브리어로 기록되었으므로 하와
라고 하는 게 맞다고, 전문가들은 주장한다)의 맏아들이다. 동생 아벨(Abel)을
죽인 인류 최초의 살인자이다. 그러므로 아벨은 인류 최초의 시체이
다. 다행인지 불행인지 카인은 용서를 받아 인류의 조상이 되었다. 우
리 모두가 그의 후예(기독교적 관점에서)라는 말은, 한편으로는 인간 모

두가 살인자의 DNA를 물려받았다는 뜻이기도 하다.

아브락사스는 무엇?

소설은 특별한 사건도 발생하지 않고, 심리묘사가 주를 이룬다. 우연히 만난 베아트리체라 이름붙인 처녀, 아브락사스의 의미를 안다고 장담하는 피스토리우스, 데미안의 어머니 에바 부인은 무언가 메시지를 주는 것 같은데… 깨닫기 어렵다.

『데미안』에 감명 받았다는 사람에게 왜 그러냐고 물으면 80~90%는 "새는 알을 깨고 나온다. 어쩌고 저쩌고 하는 그 문장이 멋있어서"라고 답한다. 그 새가 날아가는 곳이 아브락사스(Abraxas)인데, 그 의미가 무엇인지 아느냐고 또 물으면 80~90%는 "창조주나 그리스 신화 속의 신"이라고 답하거나 "모른다"고 답한다.

사실 몰라도 된다. 하나의 세계를 이루기 위해서는 하나의 세계를 파괴해야 한다는 말만 기억하면 되고, 그 말만 실천하면 된다. 그러나 80~90%의 사람은 기억만 할 뿐 실천은 하지 않는다. 실천하는 10%만이 진정한 자신의 꿈을 이룬다.

한 설명에 의하면 "헤세는 1916년 5월부터 1917년 11월까지 융(Carl Gustav Jung)의 제자인 정신과 의사 요제프 베른하르트 랑에게 약 72회에 걸쳐 심리분석 치료를 받았다. 그때 헤세는 융의 종교심리학에 강한 영향을 받았는데 융은 아브락사스가 '무한하며, 선악의 어머니'라고 들려주었다. 아브락사스는 선과 악, 신과 악마, 삶과 죽음, 저주와

축복, 참과 거짓, 빛과 어둠 등 양극적인 것을 포괄하는 신성이다"라고 되어 있다.

나를 벗어날 수 있을까

치료 도중에 헤세는 꿈을 꾸었다. 1차대전 기간인 1917년 9월 어느 날, 낯선 도시에서 데미안이라는 이름의 괴한에게 공격을 받았다. 술에 취한 데미안을 쉽게 물리칠 수 있을 것으로 생각했지만 싸움에 지고 서류가방을 빼앗겼다. 데미안은 서류가방을 가져가면서 "이것을 패배의 전리품으로 생각하라"고 소리쳤다, 한다. 재미는 있지만, 무슨 의미인지 선뜻 와닿지 않는다. 전리품은 승리자가 얻는 것인데, '패배의 전리품'은 도대체 무엇이란 말인가? 열심히 알을 깨부순 새(원전에 충실한 번역에 따르면 '알 속에서 투쟁한 새')가 왜 아브락사스에게 날아가는 지도 파악하기 어렵다.

어쩌면 그 어려움이 이 책의 묘미일 것이다.

만일 징집되어 내일 전선으로 떠나야 하고, 한 권의 책만 가져갈 수 있다면 어떤 책을 선택할 것인가? 다시는 돌아오지 못할 수 있는 상황에서 생애 마지막으로 읽고 싶은 책은 무엇인가? 독일 청년들이 『데미안』을 선택한 이유는 현 세계를 깨부수고 새로운 세상을 만들고 싶은 욕망의 발현이었을 것이다. 그러나 나는 이 책을 가져가고 싶지 않다.

전 세계적으로 적어도 수억 명 이상이 이 책을 읽었고, 수만 명 이상이 작품에 대해 분석하고 작가의 의도를 들려주지만 나는 이 소설이 무엇을 말하고자 하는 것인지 아직까지 깨닫지 못했다. 단 하나, 나를 벗어나야 진정한 내가 될 수 있다는 깨달음 외에… 그래서 내일이나 모레, 마음을 가다듬고 또 한번 읽을 작정이다.

* 더 넓은 지식을 위한 독서 내비게이션

1. 『데미안』은 처음에 에밀 싱클레어라는 이름으로 발표되어 작가에 대한 궁금증을 불러일으켰다. 작중인물에도 싱클레어가 등장한다.
2. 이 작품을 읽기 전에 『성경』을 먼저 읽어라. 시간이 부족하다면 『구약』만이라도 읽기 바란다.
3. 헤세는 『유리알 유희』(Das Glasperlenspiel), 『수레바퀴 아래서』(Unterm Rad: 지금은 '수레바퀴 밑에서'), 『싯다르타』(Siddhartha) 등의 소설이 유명한데, 읽기는 쉽지 않다. 『데미안』 한 편만 제대로 읽어도 된다.
4. 헤세의 시 중에서 우리에게 가장 익숙한 것은 '아름다운 여인'이다.

장난감을 받고서
그것을 바라보고 얼싸안고서, 기어이 부셔 버리고
내일이면 벌써 그를 준 사람조차 잊고 있는 아이와 같이
당신은 내가 드린 내 마음을
고운 장난감 같이 조그만 손으로 장난을 하며

내 마음이 고뇌에 떠는 것을 돌보지도 않습니다.

5. 독일문학은 작가미상의『니벨룽겐의 노래』(The Song of the Nibelungs)
를 독서의 출발점으로 볼 수 있으며, 괴테가 등장해 세계적인 문학
대국으로 끌어올렸다.『젊은 베르테르의 슬픔』(The Sorrows of Young
Werther 이 소설에 등장하는 여주인공 샤를 로테(Charlotte)가 오늘날 롯데
그룹의 이름이 되었다), 카프카(체코)의『변신』(Die Verwandlung), 귄
터 그라스의『양철북』(Die Blechtrommel), 토머스 만의『선택된 인
간』, 미하일 엔데의『모모』(Momo) 등이 필독서이다.
[모모는 프랑스 작가 로맹 가리(Romain Gary = 에밀 아자르)의『자기 앞의 생』
의 주인공이기도 하다. 가끔 두 소설을 혼동하는 사람이 있는데 완전히 다른 인
물이다.]

6. 레마르크의『서부전선 이상없다』와『개선문』, 하인리히 뵐의『아
담, 너는 어디에 있느냐』는 전쟁소설의 걸작이다. 뵐은 1972년 노
벨문학상을 받았으며 장편『그리고 아무 말도 하지 않았다』는 2
차대전 이후 독일의 궁핍한 사회상을 보여주는 소설이다. 이 소설
을 번역한 사람은 전혜린(田惠麟)인데 그녀는 같은 제목으로 1966
년 수필집을 냈으며 1970~80년대에 청춘들의 베스트셀러였다.
7. 독일 소설 중에서 사랑을 그린 작품은 매우 드물다. 막스 뮐러
(Friedrich Max M ller 독일 출신의 영국 철학자이자 동양학자)의『독일인의
사랑』이 대표적이라 할 수 있다. 심장병에 걸린 마리아와 나의 사

랑을 8개의 회상으로 그린 명작이다.

8. 여성 작가의 소설은 루이제 린저의『삶의 한가운데』, 현대의 소설
   은 파트리크 쥐스킨트의『향수』가 대표작이다.

9. 베아트리체(Beatrice 혹은 베아트리스)는 단테의『신곡』(Divina Commedia,
   神曲)을 비롯해 여러 소설에도 등장하다.

『이방인』 L'Étranger
....
알베르 카뮈 Albert Camus | 프랑스 1942년

나는 부조리하지 않다.
세상이 부조리할 뿐

누구라도 한번은 이방인

소·말·사슴 등이 그려져 있는 동굴 벽에 사람 그림도 있다. 그는 머리
가 새(鳥)이고 그 옆에는 손잡이 역시 새로 장식된 막대기가 있다. 그
남자의 지팡이(혹은 지휘봉)로 생각된다. 역사학자들은 그를 주술사로
추정한다. 알타미라 벽화와 더불어 현재까지 발굴된 인류 역사상 가
장 오래된 프랑스 라스코 동굴벽에 새겨진 인간 그림이다. 그러나 내
가 보기에는 주술사가 아니라 이방인이다.

　이방인은 공통된 한 무리와 어울리지 않는 외로운 존재이다. 그것
이 동물이든 사람이든 관계없다. 코끼리 무리 속에 기린이 있다면 이
방인이고, 백인 무리 속에 몽골인이 있다면 이방인이고, 크리스천 무
리 속에 불교 신자가 있다면 이방인이고, 모두가 짜장면을 먹을 때 김
치볶음밥을 홀로 먹는다면 역시 이방인이다.

누구라도 한번은 이방인이 되어본 적이 있다. 나는 멀쩡한데 사람들은 나를 흘긋거리며 이상한 사람, 음흉한 사람, 조화를 파괴하는 사람으로 취급한다. 나는 한마디도 하지 않았고, 노래도 부르지 않았고, 전화를 걸지 않았는데도 변태, 괴짜, 예비 범죄자가 된다. 그래서 나는 따돌림 당한다(그런 상황을 은근히 즐기는 사람도 있다).

만약, 어머니가 사망했음에도 슬퍼하지 않는다면 이방인일까? 어머니의 빈소를 지킬 때 담배를 피웠거나 커피(카페오레)를 마셨다면 이방인일까? 그것이 별개의 살인죄를 다루는 법정에서 심리(審理)에 영향을 미쳐야 할까?

어머니의 죽음은 '슬픔'과 동의어인가

체코슬로바키아에서 태어난 한 남자가 돈을 벌기 위해 마을을 떠났다. 25년 뒤 부자가 되어 아내와 아이를 데리고 고향으로 돌아갔다. 어머니와 누이는 여관을 운영하고 있었다. 남자는 어머니와 누이를 놀래주려고 아내와 아이를 다른 곳에 머무르게 한 뒤 혼자 어머니의 여관으로 갔다. 어머니는 아들을 알아보지 못했다. 남자는 장난삼아 객실 하나를 잡고는 돈을 보여줬다. 밤중에 어머니와 누이는 돈을 훔치려 남자를 망치로 때려죽인 후 시체를 강물에 던졌다. 다음 날 아내가 여관으로 찾아와 어젯밤 여행객의 신분을 밝혔다. 어머니는 목을 맸고, 누이는 우물에 몸을 던졌다.

뫼르소는 이 신문기사를 수천 번이나 읽었다. 침대 판자 사이에서 우연히 찾아낸 오래된 신문 조각을 읽고, 또 읽고, 또 읽은 것이었다. 설마 수천 번씩이나? 라는 의아함이 든다. 그러나 「쇼생크 탈출」에 나오는 것처럼 감옥에 갇힌 사람은 '시간을 보내기 위해' 무슨 짓이든 한다. 그래서 앤디 듀플레인은 16년 동안 감옥 벽을 파서 마침내 탈옥에 성공한 것이다.

그러나 뫼르소는 탈옥은 꿈도 꾸지 못한다. 자신이 저지른 살인이 '매우 단순한 사건'이라고 변호사와 판사에게 여러 차례 강조했다. 그런데 그들은 그 문제는 젖혀두고 어머니의 장례식에 관해서만 자꾸 질문을 퍼부어댔다.

"어머님께서 최근 양로원에서 돌아가셨죠?"

"수사관들의 조사에 의하면 '냉담해 보였다'는 것을 알게 되었다."

"그날 마음이 아팠는가?"

뫼르소는 질문을 이해하지 못하고, 공감하지도 못한다. 태양이 따갑게 내리쬐는 해변에서 권총으로 아랍인을 쏜 뒤 잠시 간격을 두었다가 4발을 더 쏜 것에 대한 행위보다 어머니의 장례식날 눈물을 보이지 않은 것에 더 문제를 삼는다.

어머니가 돌아가시면 슬퍼해야 할까?

부조리는 궤변에 불과하다

『이방인』은 소설이라기보다 전반부는 기행문 같고, 후반부는 보고서 같다. 우리는 보통 프랑스어는 영어나 스페인어보다 더 아름답고, 문학적이라 생각한다. 더구나 카뮈는 노벨문학상 작가이기 때문에 제목마저도 멋진 『이방인』은 무척 품격있고 낭만적일 것이라 여기지만 실상은 그렇지 않다. 기계적인 묘사, 순서에 따른 설명, 사물과 사건에 대한 열거가 마치 가전제품의 사용설명서를 읽는 기분이다.

그러함에도 이 작품이 세계명작의 반열에 오른 이유는 우리 모두는 예외없이 이방인일 수밖에 없다는 공감을 안겨주기 때문이다. 누구나 한번쯤 이방인이 되어 외로움을 절절이 체험했기 때문이다. 바바리코트의 깃을 세우고, 담배를 입에 물고 날카롭게 응시하는 카뮈의 눈동자에 짙은 우수가 담겨 있기 때문이다. 그 모습은 제임스 딘을 떠올리게 한다.

평론가들은 '부조리'라 말한다. 그래서 다들 '카뮈=부조리'이고 '이방인=부조리'라 덩달아 말한다. 솔직히 나는 무엇이 부조리인지 모르겠다. 뫼르소는 돈벌이가 시원찮아 엄마를 양로원에 보냈을 뿐이고, 엄마의 장례식에 참석해 장례를 치렀을 뿐이고, 담배가 너무 피우고 싶어서 양로원 수위와 함께 한 대 피웠을 뿐이고(흡연자는 이 욕구를 잘 알리라), 수위가 카페오레를 권하자 한 잔 마셨을 뿐이었다. 이후에 벌어지는 사건도 특별할 것은 없다. 현대인이 일상에서 겪고, 치르고, 해치우고, 처리하는 일들뿐이다. 단지 특별한 것이 있다면 아랍인을 총으로 쏘아 죽였다는 것이다.

물론 그 이유가 특별하기는 하다. 재판장이 "살인에 이르게 된 동기를 밝혀주면 좋겠다"라고 요구하자 "태양 때문이었다"고 대답한 것이다. 해변의 햇빛이 너무 눈부셔 사람을 죽인 것이다. 그래서 평론가들은 그 행위를 '부조리(不條理)'라 칭했다. 그렇다면 돈 때문에 사람을 죽이면 조리(條理)인가? 원한 때문에 사람을 죽이면 정당한 행위인가?

특별한 경험에의 유혹

부조리는 평론가들의 말장난에 불과하다. 카뮈는 한 청년의 인생행로를 들려주었을 뿐이다. '어머니의 죽음' 부고를 받은 이후부터 사형장으로 끌려가기 전날까지 그가 무엇을 했고, 누구를 만났고, 어떤 이야기를 나누었는지를 건조한 보고서 형식으로 묘사했을 뿐이다. 어쩌면 부조리 같은 단어는 생각조차 하지 않았을 것이다.

또 하나, 이 소설이 해피엔딩으로 끝난다는 논평은 그야말로 부조리하다. 뫼르소는 감옥에서 마음속으로 중얼거린다.

경이로운 평화가 밀물처럼 내 안에서 차올랐다,

모든 걸 다시 살아갈 준비가 된 기분이었다,

나는 행복했고, 또 행복하구나.

그래서 주인공은 "행복하게 삶을 마무리한다"고 말들 한다. 내일이면 나의 목에 밧줄이 걸리는데(혹은 총알이 머리를 관통하는데) 도대체 행복할 사람이 누구 있단 말인가? 뫼르소는 행복이 아닌 '기대'를 안고 있다. 새로운 경험이 자신의 눈앞에 펼쳐질 기대에 부풀어 있다. 사형집행일에 많은 관중이 몰려와 증오의 함성으로 자신을 맞이해주기를 바라고 있다. 그것은 특별한 경험일 것이었다(절대 행복이 아니다). 뫼르소는 그 경험을 온 몸과 마음으로 체득하기 위해 방아쇠를 당겼는지도 모른다.

＊더 넓은 지식을 위한 독서 내비게이션

1. 영화 『쇼생크 탈출』은 스티븐 킹의 중편소설 〈리타 헤이워드와 쇼생크 탈출〉을 모태로 만들어졌다. 영화를 본 후 이 소설을 읽으면 느낌이 색다르다.
2. 까뮈는 1957년 노벨문학상을 수상했다. 수상작품 중의 하나는 아서 퀘슬러와 함께 집필한 에세이 『단두대에 관한 성찰』이다.

   사형 집행이라는 의식이 그것을 보는 자로 하여금 결국은 그의 속을 뒤집어 토하게 만드는 것 외에 달리 아무런 효과도 내지 못함을 인정하지 않을 수 없다--- 야만적인 제도가 아직까지도 없어지지 않고 존재하는 것은 오로지 여론의 무심 혹은 무지 때문이다. 여론이라는 것은 주입받은 판에 박은 말로써 반응하는 것이 고작이다. 상상력이 잠을 자게 되면 언어는 의미를 상실한다.

3. 『페스트』(La Peste)는 장편소설이다. 오랑이라는 도시에 흑사병(黑死病)이 번지고 의사 뤼가 이를 수습하기 위해 고군분투하는 내용이 담겨 있는데--- 평가는 높지만 『이방인』에는 뒤처진다. 의사

를 주인공을 한 소설은 한스 카롯사(독일)의 『의사 기온』(Der Arzt Gion)이 있다. 1차대전 후 독일 사회를 묘사했다.

4. 카뮈는 동시대의 철학가이자 작가인 사르트르(Jean Paul Sartre)와 친분을 유지했는데 사르트르는 1964년 노벨문학상을 거부했다. 최초로 거부한(거부를 할 수밖에 없었던) 사람은 1958년 『닥터 지바고』(Doctor Zhivago)를 쓴 옛 소련의 보리스 파스테르나크이다.

5. 사르트르의 작품은 『구토』(La nausée)가 가장 유명하다. 30살의 앙투안 로캉탱을 내세워 존재와 현실, 시간의 의미를 추적한다. 유명세에 비해 읽기는 난해하며 장편 『자유에의 길』 역시 마찬가지다. 철학교사 마티유가 자유의 참다운 의미를 찾아가는 과정을 그렸는데 1, 2, 3부는 완성되었으나 4부는 완성하지 못한 채 타계했다.

6. 세계의 소설 속에는 무수히 많은 이방인이 등장한다. 미시마 유키오의 『금각사』에 등장하는 미조구치, 『주홍글씨』의 헤스터 프린, 『그리스인 조르바』의 조르바, 로제 마르탱 뒤 가르의 『회색 노트』의 자크, 빅토르 위고의 『노트르담의 꼽추』의 콰지모도 등을 들수 있다.

『고도를 기다리며』 Waiting for Godot

사무엘 베케트 Samuel Beckett | 아일랜드 1953년

기다림은 희망이 아니다.
속임수이다

내가 무엇을 기다리지?

집 앞에 있는 도서관에서 책이나 자료를 찾게 된 것이 8~9년 되어 간다. 자주 가다보니 종종 마주치는 사람들이 생겨났다. 특히 두 청년이 눈에 띄었다. 지나치면서 그들이 펼쳐놓은 책을 우연히 보았다. 『9급 행정직』, 『완전분석 한국사』 등이었다. 아마 공무원 시험 준비를 하려니, 지레짐작했다.

　문제는, 그들을 도서관에서 4년째 마주치고 있다는 사실이었다. 거진 반년 만에 갔을 때 한 청년은 체중이 더 늘어나 있었다. 안타까운 마음이 들었지만 내가 도와줄 수 있는 방법은 없었다. 그들은 무엇을 위해 4년씩(어쩌면 8년)이나 도서관에서 수험공부를 하고 있을까? 그들이 기다리는 것은 '합격증서' 하나일까? 합격한 뒤에는 또 무엇을 기다릴까?

"인생은 기다림의 연속"이라는 말은 진리이면서도 인간의 삶을 고통스럽게 만드는 장애물이기도 하다. 그리고 나락으로 떨어뜨리는 함정이다. 아침이 오면 저녁이 오기를 기다리고, 저녁이 오면 다시 아침이 오기를 기다린다. 음악이 흐르는 분주한 커피숍에서 오지 않을 사람을 기다리고, 핸드폰 벨이 울리기를 기다린다. 어느 곳에선가 좋은 소식이 오기를 기다리고, 사랑하는 사람이 운명처럼 나타나기를 기다린다. 전철을 기다리고, 비가 그치기를 기다린다. 그렇게 기다리다가 문득 깨닫는다.

내가 무엇을 기다리지?

왜 기다리지?

이 질문에 답해주는 사람은 아무도 없다. 단지 "기다리면 반드시 온다"는 허황된 충고 혹은 조언뿐이다. 그 충고와 조언에 속아 시간을 낭비한다. 그래도 어쩔 수 없다. 내가 할 수 있는 대응책이나 묘수가 없기 때문이다.

오늘은 못 온다. 하지만 내일은 온다

공무원 수험공부를 하는 청년은 그나마 명확한 기다림이 있다. 합격증서이다. 자신이 무엇을 기다리고 있는지 알고 있다. 그래서 무엇을 기다리는지조차 모르고 기다리는 사람에 비해 행복하다. 블라디미르와 에스트라공은 무엇을, 왜 기다리는지조차 모른 채 시간만 죽인다. 자그마치 50년이다.

그 얼어죽을 '고도'라는 놈은 무엇을 하는 놈인지, 어떤 직책을 가지고 있는지, 권력의 범위가 어디까지인지, 부를 얼마나 소유했는지 도무지 알 수 없다. 얼굴에 흰 수염이 났다는 것으로 보아 남자로 추정될 뿐이다. 심부름 소년이 전해주는 말은 단순하다.

"오늘은 못 온다. 하지만 내일은 온다."

이 말을 믿을 수 있을까?

짝사랑하는 사람에게 "오늘 만나서 커피 한잔 할 수 있을까요?" 요청했을 때 "오늘은 어렵고 내일은 됩니다"라고 답한다면 그 사람은 내일 만나줄까? 아마 내일이 되면 "오늘은 어렵고, 내일은 정말 됩니다"라고 말할 것이다. 그러므로 기다리지 마라. 하지만 측은하기 짝이 없는 블라디미르와 에스트라공은 주구장창 기다린다. 이해할 수 없는 기이한 행동들을 하면서, 삭막한 시골길에서 낯선 사람과 무의미한 대화를 나누면서, 서로를 위로하고 격려하면서… 그러다가 욕을 퍼부으면서.

횡설수설과 우왕좌왕의 결정판

확신할 수는 없지만 적어도 이 세상의 1만 명 이상이 고도에 대해 분석했다. 가장 그럴듯한 분석은 "영어의 God와 프랑스어 Dieu를 하나로 압축한 합성어의 약자"라는 해석이다. God와 Dieu는 둘 모두 신, 하나님의 뜻이다. 그러나 다 부질없는 분석이며, 해석이다.

서구 문학작품이 대부분 그러하듯 이 희곡에도 구세주(예수), 카인과 아벨 이야기가 인용되며, 주피터(제우스)와 아틀라스도 언급된다. 결국 서구 문학작품은 『성경』과 『그리스로마 신화』가 바탕에 깔려 있음을 알 수 있다.

두 명의 등장인물과 더불어 역시나 횡설수설과 우왕좌왕에서 뒤지지 않는 포조와 럭키는 고도만큼이나 이상한 사람들이다. 포조는 권력을 가진 자, 럭키는 노예(우리들)로 추정된다. 밧줄에 묶인 럭키는 기계처럼 행동한다. 문제는 그가 뛰어난 언변과 지식을 갖추고 있다는 사실이다. 침묵으로 포조의 말을 따르다가 느닷없이 웅변의 포문을 연다. 그의 말은 한글로 2,052자에 달한다. 연극배우가 이 대사를 외우는 것은 엄청난 고통이리라. 뿐만 아니라 등장인물들의 모든 대사도 횡설수설이어서 그것을 암기하기란 쉽지 않을 것이다.

(침묵) 네가 좀 해봐! / 지금 찾고 있는 중이다. (침묵) / 찾고 있노라면 무슨 소리가 들린다. / 맞어 / 그게 찾는데 방해가 된다. / 그렇다니까 / 생각하는 데도 방해가 된다. / 그래도 생각은 한다. / 아냐. 그럴 순 없다. / 바로 이거야. 우리 반대되는 말을 하기로 하자. / 그건 안 된다. / 그럴까? / 생각할 가능성이 없어지니까. / 그렇다면 투덜거릴 이유도 없잖아? / 생각한다는 게 반드시 최악의 상태는 아니거든. / 맞다. 맞다. 하지만 그건 벌써 그렇다. / 무슨 말이야? 그건 벌써 그렇다니? / 그건 그렇다. 우리 서로 질문을 하자. / 그건 벌써 그렇다니 그게 무슨 뜻이냐니까? / 벌써 그만큼 덜 그렇단 말이야.

도대체 무슨 이야기인지 알 수 없다. 그럼에도 불구하고 이 연극이 끊임없이 전 세계에서 되풀이 공연되는 이유는 우리들에게 고도는 무엇이고, 누구이며, 왜 기다려야 하는지 그 해답을 각자 찾아가기를 바라기 때문일 것이다.

하나의 답이 아니라 73억 개의 답

『고도를 기다리며』는 무척 어렵다고 다들 말한다. 틀린 말은 아니다. 대사는 오락가락이고, 앞뒤가 맞지 않으며, 뜬금없는 설정이 자주 등장한다. 헐벗은 나무 한 그루, 에스트라공이 집착하는 낡은 구두, 블라디미르의 모자, 십자가에 못 박힌 두 도둑놈(한 명은 구원 받았고, 한 명은 저주 받았다), 만드라고라(Mandragora)라는 이상한 풀, 당근과 무… 이러한 요소들은 조미료는 될지언정 극의 주제와 아무런 관련이 없다.

어떤 영국 놈이 술이 곤드레만드레 돼서 갈보집엘 갔었지. 포주 아주머니가 금발머리와 갈색머리와 빨강머리 중에서 어느 것을 원하느냐고 물었겠지. 어디 그 다음은 네가 얘기해 봐라.

이 말에 대한 답도 없다. 그래도 여기까지는 참아줄 만하다. 기다리면 결론이 나오겠지, 나에게 어떤 깨달음을 주겠지… 그러한 인내심으로 계속 읽는다. 그러나 끝까지 아무런 결론도 없고, 답도 없고, 명쾌함도 없다. 그래서 어렵다고, 말들 한다.

가장 압권은 '고도'이다. 두 사내가 주절대는 말들이나, 맥락없이 등장하는 사물들은 고도에 비하면 하찮은 것들이다. 고도의 정체만 밝혀지면 모든 것이 풀린다. 그래서 기다린다. 고도가 누구이며, 왜 기다려야 하는지를 알고 싶어서… 하지만 베케트는 끝내 답을 주지 않았다. 단지

"내가 그걸 알았더라면 작품 속에 썼을 것이오"

라는 아리송한 말만 남겼다.

그러나 『고도를 기다리며』는 어렵지 않은 희곡이다. 결론이 명확히 정해져 있지 않기에 그 누구라도 자신에 맞게 해석이 가능하다. 고도는 현실적으로 합격증서나 복권일 수 있으며 나아가 권력, 명예, 돈, 행복, 사랑, 안락함일 수 있고 아닐 수도 있다. 고차원적으로 신(神) 혹은 시간일 수도 있다. 두 사람의 대화에 핵심으로 반복되는 '목이나 맬까'라는 대사로 유추해보면 죽음일 수도 있다. 목을 매자고 처음 제안한 사람은 에스트라공이다. 블라디미르도 딱히 반대하지 않는다. 그런데 끈이 없다. 혁대는 낡아서 끊어지고 만다. 나무는 약해서 지탱하지 못한다. 목을 매고 죽는 일조차 그들에게는 어렵다.

그러므로 고도는 죽음이 아니다. 그저 아무것도 아닐 수 있다. 작가의 고도(高度)의 말장난일 수 있다. 그러므로 판단은 오로지 각자의 몫이다. 그래서 고도는 하나의 답이 아니라 73억 개의 답이다. 어쩌면 베케트도 그것을 원했을 것이다. 아니면 "기다리지 말고 뛰어들어라"라는 메시지를 주고 싶었는지도 모른다.

* 더 넓은 지식을 위한 독서 내비게이션

1. 사무엘 베케트(Samuel Beckett)는 아일랜드에서 태어난 극작가이다. 오늘날 테러단체의 대명사로 불리는 IS(Islamic State)가 등장하기 전에는 아일랜드공화국군(IRA), 이탈리아의 붉은여단, 일본의 적군파(赤軍派)가 TV 뉴스를 주로 장식했다. 영화나 문학작품에서 아일랜드인은 독특하게 묘사되는데 우리가 그들의 기질을 이해하거나 공감하기는 어렵다고 생각한다.

2. 만드라고라(Mandragora)는 그 뿌리가 사람 모습을 닮은 식물이다. 목을 매서(혹은 교수형) 죽은 사람(남자)의 몸에서 나온 정액이 땅으로 떨어져 자라난다는 설이 있다.

3. 베르톨트 브레히트(독일)의 『서푼짜리 오페라』는 런던을 무대로 3류 인생들이 펼치는 좌충우돌이다. '거지들의 친구'라는 (거지를 위한) 회사를 운영한다는 발상이 색다르다.

4. 피터 셰퍼(영국)의 『에쿠우스』(Equus)는 6마리 말(馬)의 눈을 찌른 소년의 실제 사건을 바탕으로 한 희곡이며, 1979년 발표한 『아마데우스』(Amadeus)는 1985년 영화로 제작되어 세계적인 히트를 쳤다.

5. 추송웅의 모노드라마로 유명한 『빨간 피터의 고백』은 카프카의 『어느 학술원에 드리는 보고』가 원작이다. 왜 이 연극이 히트를 쳤는지 원작을 읽어보기 바란다. 또 다른 희곡 『지하철 1호선』도 재미와 느낌이 출중하다. 원래 폴커 루트비히, 비르거 하이만의 공동작품 『Line 1』(1986년)이었는데 김민기가 한국 정서에 맞

게 재구성(1994년)했다.

6. 널리 사랑받는 희곡은 테너시 윌리엄스(미)의 『욕망이라는 이름
   의 전차』, 아서 밀러의 『세일즈맨의 죽음』, 피터 한트게(오스트리
   아)의 『관객모독』이 있다.

『레 미제라블』 Les Misérables

빅토르 위고 Victor Marie Hugo | 프랑스 1862년

아무런 표식이 없는
쓸쓸한 무덤의 주인공은
바로 나

아, 무정(無情)

초등학교 4학년 때 표지가 떨어져 나간 두툼한 동화책 한 권을 며칠 동안 읽으면서 세상 태어나 처음으로 깊은 감명을 받았다. 속표지에 새겨진 제목은 『아, 무정』이었다. 그런데 아이들은 그 책의 제목이 『장발장』이라는 것이었다. 주인공의 이름이 장 발장이었기에 어쩌면 그럴 수도 있겠다는 생각이 들어 논란을 벌이지는 않았다.

중학교 때 『레 미제라블』(Les Misérables)이 원래 제목임을 알았으나 그 뜻을 정확히 아는 아이는 없었다. 나는 초등학교 때의 기억을 떠올려 '아, 무정(無情)'이라 일러주었고, 아이들은 내가 매우 박식하다며 다들 그렇게 알았다.

굳이 부기하자면 Misérables은 '비참한, 불쌍한, 불행한, 매우 가난한, 극빈의, 대단히 빈약한, 가치없는, 하찮은, 초라한'의 뜻이다. 만약 우

리나라 작가가 『비참한 사람들』이라는 제목으로 장편소설을 발표했다면 독자들에게 외면 받았을 것이다.

억압받은 인물의 표상 '죄수번호 24601'

아주 오래된 신문기사 하나를 읽어보자.

> 10일 民議院(민의원) 本會議(본회의)에서는 韓國(한국)의 一(일) 民間人(민간인)이 日本(일본) 裁判所(재판소)에 依(의)해서 不當(부당)하게 死刑(사형) 言渡(언도)를 받고 있는 事件(사건)을 外務分科委員會(외무분과위원회)로 하여금 照査(조사)케 할 것을 決定(결정)하였고, 그런데 이날 金○○議員(의원)이 報告(보고)한 바 --- 朴○○이라는 韓國人(한국인)은 倭政時代(왜정시대)에 徵用(징용)으로 끌려가 北海道(북해도)에서 解放(해방)을 맞이한 후 長綺縣(장기현)에서 居住(거주)하였는데 그때 朴은 야마우라는 日本人(일본인)이 經營(경영)하는 밭에서 '당근' 하나를 뽑아먹은 事實(사실)이 있었는데 그후에 가서 야마우라가 被殺(피살)되자 日本(일본) 警察(경찰)에서는 朴씨를 拷問(고문)하여 그로 하여금 殺人强盜罪(살인강도죄)를 虛僞(허위)로 自白(자백)케 하였다.
> – 『동아일보』 1957년 8월 11일

이후의 소식은 알 수 없다. 박00이 남의 밭에서 당근 하나를 왜 뽑아

먹었는지도 알 수 없다. 몇 가지는 추정 가능하다. 징용으로 끌려갔다면 빈손이었을 것이고, 1945년 광복될 때까지 돈을 모았다 하여도 극히 적었을 것이며, 몹시 가난하게 살았을 것이다. 어쩌면 배가 고파 당근을 뽑아 먹었을 확률이 높다. 그 결과 살인죄로 사형언도를 받았다.

매우 불공정하고 불편부당하고 부조리하다. 장 발장(Jean Valjean)은 이에 비하면 법의 엄격하고 정의로운 심판을 받았다 할 수 있다. 그는 명백히 빵을 훔쳤고, 툴롱(Toulon) 교도소에서 4번이나 탈옥을 시도하다가 붙잡혔기 때문이다. 19년의 옥살이는 그래서 억울한 사형 언도보다 낫다. 그럼에도 불구하고 죄수번호 24601의 장 발장은 모든 문학작품 속 주인공 중에서 가장 처참하고 억울하고 억압받은 인물의 표상이 되었다.

앙시앵레짐을 기요틴으로 사형시키다

세계 3대 혁명 중 하나인 프랑스 혁명은 그 과정이 몹시 길고, 복잡하고, 등장인물도 많다. 1789년 7월혁명, 1830년 7월혁명, 1848년 2월혁명을 아우르지만 1789년의 혁명을 보통 '프랑스대혁명'이라 칭한다. 근대 이전에 프랑스는 선진국이 아니었다. 영국에 비해 산업적으로 뒤처지던 프랑스는 절대왕권이 지배하던 앙시앵레짐(Ancien Regime: 구체제) 하에서 도시 자본가, 인텔리 계급이 증가하고, 미국의 독립전쟁으로 자유 의식이 퍼져나가고 있었다. 그러나 왕과 귀족계급은 개혁을 거부했고 국민의 98%를 차지하던 평민 농민(제3계급)의 고통은 가

중되었다.

　마침내 흉작이 일어난 1789년에 바스티유 감옥을 습격함으로써 혁명의 불길이 타올랐다(덧붙이자면, 바스티유에는 7명의 죄수가 감금되어 있었는데 4명은 경제범, 2명은 정신병자, 1명은 성범죄자였다. 즉 바스티유 감옥을 습격한 것은 혁명적으로 아무런 의미가 없었다). 이후 폭력, 기습, 탈취, 처형, 학살, 공포를 동반한 혁명은 2년에 걸쳐 프랑스의 모든 것을 전복시켰다. 기요틴(guillotine)이 프랑스혁명의 상징이 된 것은 그 방증이라 할 수 있다. 나아가 자유주의와 인권, 시민권력 사상이 주변 국가로 번져나가 전 유럽을 진동시켰다.

　"공화국을 위해 흩어지지 말고 단결하라. 자유와 평등, 박애가 아니면 죽음을 달라."

　1793년 파리 집정관 회의에서 채택된 표어이다. 그러나 좋은 것이 반드시 좋은 결과만을 맺는 것은 아니다. 이후 75년 동안 공화정-제국-군주제로 국가 체제가 바뀌면서 왜곡되고 굴곡된 상황이 지속되었다. 그럼에도 프랑스대혁명이 고귀한 이유는 민주주의와 인권 의식을 전 세계에 전파했기 때문이다. 또한 정치권력이 왕족과 귀족, 성직자에서 시민 자본가 계급으로 이동하는, 완전한 신세기를 우리에게 안겨주었기 때문이다.

코제트와 마리우스

청년 마리우스 퐁메르시는 외할아버지 손에서 자랐으며 아버지의 얼굴은 시체가 된 후에야 처음으로 보았다. 마리우스는 외할아버지의 영향을 받아 왕당파였지만 아버지의 업적을 알고 난 후 공화파로 변한다.

제 아버지는 겸손하고 용감한 분이셨습니다. 공화국과 프랑스를 위해 훌륭히 싸우시고 인류 역사 중에서도 가장 위대한 역사 속의 위인이셨습니다. 그랬는데도 결국에는 잊혀지고 버림받은 채 돌아가셨습니다. 그리고 그분에게 잘못이 있었다면 단 한 가지, 조국과 저라는 이 배은망덕한 자식을 너무나도 깊이 사랑했다는 것뿐입니다.

그러나 돌아온 것은 꾸중과 비난이었다.

이 못된 놈! 네 아비가 어떤 놈인지 난 모른다. 알고 싶지도 않고. 그놈들은 죄다 부랑자고 살인자고 혁명당원이고 도둑놈들이었다!

일면 맞는 말이다. 예나 지금이나 보수주의자들은 혁명당원을 도둑놈 취급한다. 혁명으로 인해 삶의 질이 좋아졌음에도 불구하고! 그 모순을 용납할 수 없는 마리우스는 집을 나와 각고의 노력 끝에 변호사가 되고 뤽상부르 공원의 한적한 오솔길에서 정체불명의 노신사와 소녀를 만난다. 16살 코제트와 20살 마리우스의 슬픈 사랑은 그렇게 시작된다.

올 일은 결국 오고야 마는 것

『레 미제라블』은 1862년 6월 봉기를 주 무대로 한다(그러므로『레 미제라블』을 읽기 전에 프랑스혁명의 역사를 먼저 읽어야 한다). 등장인물들은 모두 비참하다. 장 발장을 필두로 버림받은 여직공 팡틴, 그녀의 가엾은 딸 코제트, 코제트를 사육하는 테나르디에 부부, 그녀의 딸 에포닌, 코제트를 사랑하는 마리우스, 장 발장을 추적하는 자베르… 모두가 비참한 사람들이다. 몇몇은 장 발장을 능가할 정도로 삶이 더 비참하다. 단지 디뉴의 주교인 샤를 프랑수아 비앵브뉘 미리엘만이 베푸는 삶을 살았다. 그는 장 발장에게 (이미 훔쳐간) 6개의 은접시 외에 2개의 은촛대를 더 주면서 말한다.

"잊지 마시오. 절대로 잊지 마시오. 이 은그릇을 정직한 사람이 되는 데 쓰겠노라고 약속한 일을 말이오."

팡틴, 코제트, 에포닌은 지금도 세계 곳곳에 존재한다. 어쩌면 인류가 지속되는 한 착취받고 착취하는 사람은 영원히 존재할 것이다. 장 발장은 페르 라셰즈 공동묘지 쓸쓸한 한구석에 묻혔다. 당연히 비석은 없으며 커다란 나무 밑에 돌 하나가 있을 뿐이었다. 그 돌도 오랜 세월 곰팡이와 이끼로 더러워졌다. 누군가 연필로 시를 적어놓았으나 비바람에 지워지고 말았다.

그가 이곳에 잠들어 있다. 기구한 운명이었네. 그는 살았다. 하지만 자기의 천사를 잃었을 때 그는 죽었다. 올 일은 결국 오고야 마는 것,

낮이 지나면 밤이 찾아오듯이.

그래서 나는 이 책의 제목이 『레 미제라블』이 아닌 『아, 무정』이 더 적합하다고 생각한다.

* 더 넓은 지식을 위한 독서 내비게이션

1. 『레 미제라블』은 상당히 긴 소설인데 독자의 인내심을 요구한다. 2년 계획을 잡고 읽기를 바란다.

2. 빅토르 위고의 또 다른 소설 『노트르담의 꼽추』(The Hunchback of Notre Dame 파리의 노트르담)도 반드시 읽어야 한다. 꼽추 콰지모도의 에스메랄다를 향한 광적 사랑이 흥미롭다.

3. 프랑스혁명을 배경으로 한 다른 소설은 찰스 디킨스(영국)의 『두 도시 이야기』(A Tale of Two Cities)가 있다. 한국에서는 주명철(한국교원대 역사 교수)의 『Liberte : 프랑스 혁명사 10부작』을 권한다. 일본 작가 사토 겐이치의 『소설 프랑스 혁명』은 6권까지 간행되었다. 유명한 전기 작가 스테판 츠바이크는 『마리 앙투아네트 베르사유의 장미』를 통해 앙투아네트의 진면목을 들려준다.

4. 프랑스 소설은 알베르 카뮈의 『이방인』, 생떽쥐페리의 『어린왕자』, 스탕달의 『적과 흑』(Le Rouge et le Noir), 모파상의 『여자의 일생』(Woman's Life), 앙드레 지드의 『좁은 문』(La Porte ETroite) 등이 필독서이다. 한번쯤 들어보았을 제롬과 알리사의 애틋한 사랑 이

야기다.

5. 로제 마르탱 뒤 가르의 『회색노트』(Le Cahier Gris) 역시 명작이다. 이 책은 『티보가의 사람들』 8부작 중에서 1부이다. 청소년(성장) 소설로 분류할 수 있지만 1부 이후로는 두 가문의 파란만장한 역사가 펼쳐진다. 알퐁소 도데의 단편집 『풍차방앗간에서 온 편지』 와 『월요이야기』에는 저 유명한 『별』, 『마지막 수업』 등의 단편이 실려 있다.

6. 앙드레 말로(Andre Malraux)는 『인간 조건』으로 콩쿠르상을 받은 소설가 겸 정치가이다. 격렬한 생애를 보낸 그는 드골 대통령 밑에서 문화부 장관을 지내면서 프랑스를 문화 강국으로 끌어올렸다 (우리나라의 이어령을 떠올리면 된다).

[세계 대부분의 나라에는 문화부가 있지만 미국에는 없다. 문화라는 것을 국가에서 관할한다는 것이 옳지 않다고 생각하기 때문이다. 정말 그럴까?]

『이반 데니소비치의 하루』
One day in the Life of Ivan Denisovich

알렉산드르 솔제니친 Aleksandr Solzhenitsyn
소련 1962년

그날 하루는
삶의 모든 나날이었다

감옥에 가두어야 할 이유는 많다

수천 명의 사람들이 거대한 체육관에 모여 있다. 이윽고 높으신 양반이 입장한다. 사람들은 모두 일어나 열렬한 박수를 친다. 여기까지는 괜찮다. 그런데 박수라는 것은 시작이 있었기에 끝도 있어야 한다. 아무리 환영의 표시라 해도 무한정 박수를 칠 수는 없다. 그리하여 적당한 시기(길어봐야 1~2분)에 박수는 멈춘다. 이것이 문제가 된다. 행사가 끝난 후 정보부는 수천 명 중에 한 명을 붙잡아 족치기 시작한다.

"왜 박수를 멈추었지? 높으신 양반에 대한 저항 혹은 비웃음의 표시인가?"

"아닙니다. 저는 높으신 양반을 몸과 마음으로 존경합니다. 단지 제 옆 사람이 박수를 멈추어서 저도 어쩔 수 없이…"

정보부는 이제 그 옆 사람을 찾아내 족치기 시작한다. 그렇게 꼬리에 꼬리를 물고 추적하여 맨 처음에 박수를 멈춘 불순분자를 찾아내 강제노동수용소로 보낸다. 『수용소 군도』에 나오는 이야기다. 그렇게 하지 않으면 한 사회와 국가를 유지하기 어렵다. 국가 체제를 유지하는 것은 국민의 권리, 행복, 존재보다 앞선다. 수용소 혹은 감옥에 가두어야 하는 이유는 수백, 수천 가지가 넘는다.

다행히 우리나라 이야기는 아니다. 그러나 비슷한 이야기는 적지 않다. 1970년대 유신시절에 한 선생님이 수업 도중에 "남북은 통일되어야 한다"고 말했다. 3일 후 그 선생님은 중앙정보부에 끌려갔다는, 전설같은 이야기가 전해진다. 그 이유는 무엇이었을까?

아무도 죄가 없으며, 모두 엄청난 죄를 저질렀다

소련의 스탈린은 레닌의 뒤를 이어 정권을 장악한 후 1925년 무렵부터 무자비한 숙청을 단행하여 대략 2천만 명을 사형, 투옥, 유배시켰다. 경제정책의 실패로 수백만 명이 아사하기도 했다. 2차대전을 승리로 이끌었으나 전쟁 기간에도 반혁명분자라는 죄명을 뒤집어 씌워 수백만 명을 죽였다. 전쟁이 끝난 후에도 '위대한 혁명 조국'을 만들기 위해 잔인한 학살, 투옥, 숙청, 유형 유배, 추방은 계속되었다.

세니카 클렙신은 독일군과 전투를 치르다가 포로가 되어 바이마르의 부헨발트(Buchenwald Concentration Camp)에 감금당했다. 고문으로 청력을 잃었으나 가까스로 탈출에 성공했다. 그러나 독일군 스파이라는 이유로 수용소로 보내졌다. 안드레이 프로코피예비치는 육군 일병이었으나 아버지가 부농이었기에 군에서 쫓겨나고 수용소로 왔다. 영화 감독 체자리 마르코비치는 영화에 공산주의 이념과 다른 표현을 넣었다는 비판을 받아 수용소에 감금되었다. 부이노프스키는 해군 중령이었으나 영국 해군 제독에게서 선물을 받은 것이 문제가 되어 간첩죄로 수용소에 수감되었다.

시베리아 이곳저곳의 강제수용소 굴라크(Gulag)에 갇힌 사람들의 사연은 제각각이지만 공통점이 있다. 아무도 죄가 없다는 점이다(실제 간첩행위를 한 사람도 있기는 하다). 주인공 이반 데니소비치 슈호프 (Ivana Denisovicha Schuhhof)는 평범한 농부였다. 독소전(獨蘇戰)에 참전했고 1943년 독일군에 생포되어 2일 동안 붙잡혀 있다가 귀환했다. 그것이 그의 죄였다.

수용소가 고달픈 이유는 사람이 있기 때문

굴라크는 '국가보안국 교정노동수용소의 주관리기관'이지만 통상 수용소 자체를 의미하는 단어로 쓰였다. 굴라크는 소련 땅에 480여 개가 있었으며 1929~53년까지 1천 8백만 명이 이곳에서 노동을 했고 매년 10%가 사망했다. 사망하지 않는 것이 이상할 지경이다. 굴라크에 갇힌 사람들의 일과는 처참을 넘어 극에 달했다. 시베리아는 얼어붙은 땅, 즉 동토(凍土)이다.

도대체 무엇으로 불을 피운단 말인가? 꼿꼿한 동태가 되지 않으려거든 죽어라고 곡괭이를 휘두르는 수밖에 없다.

어느 해 겨울인가는 밑바닥에 낡은 타이어 조각을 댄 짚신 비슷한 물건을 신발이라고 꿰신고 다닌 적도 있었다.

빈대 투성이의 낡은 담요, 누더기와 다름없는 옷, 몇 숟가락에 불과한 까샤(죽), 썩은 생선과 야채로 수프 흉내를 낸 발란다, 검은 빵 흘렙이 주식이다. 이나마도 풍성한 음식이다. 5일에 하루는 절식일(絶食日)로 정해져 있어 거의 굶주려야 했다.

이렇게 먹고 늘 영하의 날씨에서 새벽 5시부터 무지막지한 중노동을 해야 한다. 그래도 사람 사는 곳이기에 날씨가 너무 추우면 노동이 중단된다. 그 기준은 영하 41도이다. 지구촌의 평범한 사람들이 대부분 접할 수 없는 영하 20도 안팎은 매우 온화한 날씨에 든다. 그러나 거지같은 밥만 먹고 힘들게 노동만 한다 해서 못살 것은 없다.

노동은 신성한 것이고, 인간에게 가장 중요한 의미가 있는 행위이다. 수용소가 고달픈 이유는 그곳에 다름 아닌 '사람'이 있기 때문이다. 사람의 최대 적은 사람이다. 권력자, 밀고자, 감시자는 어느 조직에나 있기 마련이고, 그곳이 고달픈 곳일수록 기승을 부린다.

수용소 너머에는 무엇이 있을까

이른바 '감금 문학'이 있다면 『이반 데니소비치의 하루』가 최고 걸작이다. 그 이유는 솔제니친이 직접 수용소에서 강제노동 생활을 했고 그것을 바탕으로 소설이 집필되었기 때문이다. 솔제니친은 포병 대위로 동프로이센에서 복무하던 중 친구에게 편지를 보냈는데 스탈린을 비판한 문구가 있었다(그 편지를 당국에 보고한 친구는 누구였을까?). 카리닌그라드(Kaliningrad)에서 체포되어 모스크바 인근의 형무소에 머물다가 카자흐스탄 북쪽의 탄광 수용소로 옮겨졌다. 그곳에서 8년 1개월 동안 석공과 주조공으로 일했다.

이 소설은 그 중 하루의 일과를 새벽부터 밤까지 기록한 작품이다. 슈호프의 '하루'는 1년을 있었다 하여도, 100년을 있었다 하여도 똑같은 나날이다. 얼어붙은 침상에서 가까스로 일어나 빈한한 음식을 먹고, 강제노동을 하고, 틈틈이 담배를 얻어 피우고, 수감자들과 좋았던 시절의 이야기를 나누고, 감시자에게 벌을 받지 않고 무사히 하루를 마치기를 바란다. 그것이 최대 행복이고 존재의 목적이다.

기적처럼 성경을 숨겨 들어와 몰래 읽는 알료사의 경건함과 위안은 바라지 않는다. 그러면서도 슈호프는 얼결에 하나님을 찾는다.

하나님, 덕분에 또 하루를 무사히 보냈습니다. 영창에 들어가지 않게 된 것을 감사합니다. 여기서라면 어떻게든 견디어낼 수 있겠습니다.

알료사는 그 말을 무심히 넘기지 않았다.

"이반 데니소비치, 지금 당신의 입에서는 하나님을 찾고 있습니다. 왜 영혼의 소리에 귀를 기울이려 하지 않는 것입니까?"

"어째서냐구? 기도라는 것은 죄수들이 써내는 진정서와 똑같다고 생각하기 때문이지. 평먹은 소식이 되기 일쑤고, 그렇지 않으면 '이유없음'이라고 퇴짜를 맞을 게 뻔하거든."

수용소 본부 앞에 4개의 『진정서 접수함』이 붙어 있다. 뭐랄까? 군대의 『소원수리함』과 같다.

수용소는 조직의 축소판이고, 사회의 축소판이다. 다른 점은, 원하지 않았는데도 들어왔다는 점뿐이다. 그곳에서 벌어지는 일들과 상황, 인간의 행동은 여느 사회와 다를 바 없다. 다른 점은, 생의 목표가 없다는 점뿐이다. 그러함에도 굳건히 살아가는 이유는 수용소 너머의 땅에 제한된 자유나마 있기 때문이다. 울타리 너머의 햇빛이 내려쬐는 온토(溫土)에 사랑하는 사람들이 기다리고 있기 때문이다.

솔제니친은 8년 1개월 동안 강제노동을 한 뒤 운좋게 살아남아 이후 교사를 거쳐 세계적 작가가 되었다. 제104 작업반 수인번호 III-854번 이반 데니소비치는 정확히 10년을 채우고 석방되었다. 3,653일을 하루처럼 보냈다. 10년이면 3,650일이어야 하는데 왜 3일이 더 늘어났을까?

＊ 더 넓은 지식을 위한 독서 내비게이션

1. 『이반 데니소비치의 하루』는 흐루시초프가 집권한 이후 스탈린을 비판하는 정책이 있었기에 출간이 가능했다. 그러나 훗날 솔제

니친이 반체제 소설을 연이어 발표하자 1974년 국외로 추방했다. 감옥에 가두지 못했던 이유는(잠시 레포르토보 감옥에 있었다) 1970년에 노벨문학상을 받은 세계적 작가가 되었기 때문이었다.

2. 러시아어 원제는 Odin den' Ivana Denisovicha이다. Odin은 "낮, 주간, 해가 떠 있는 동안, 일광, 하루"의 뜻이다.

3. 러시아 혁명을 다룬 소설로는 막심 고리키의 『어머니』(Mat)가 가장 유명하다. 보리스 페스테르나크의 『닥터 지바고』를 혁명소설로 분류하기는 어렵다. 러시아 혁명을 가장 잘 알 수 있는 책은 김학준의 『러시아 혁명사』이다.

4. 스탈린과 권력투쟁을 벌이다가 패하여 추방당한 뒤 멕시코에서 사망한 트로츠키(Leon Trotsky)의 『배반당한 혁명』(The Revolution Betrayed)은 스탈린의 실체를 여실히 보여준다.

5. 1990년 12월 28일 신문기사에 의하면 카리닌그라드는 40년 동안 외국인 출입이 금지되었으나 "1991년 1월 1일부터 개방한다"고 보도되었다.

6. 도스토옙스키는 시베리아의 옴스크(Omsk) 감옥에 수용되어 4년을 보냈다.

7. 러시아의 노벨문학상 수상작가는 이반 알렉세예비치 부닌(1933), 보리스 파스테르나크(1958), 미하일 숄로호프(1965), 알렉산드르 솔제니친(1970), 조지프 브로드스키(러/미 1987)로 모두 5명이다. 그후 31년 동안 수상자가 나오지 않는 이유는 무엇일까?

『앵무새 죽이기』 To Kill a Mockingbird

하퍼 리 Nelle Harper Lee | 미국 1960년

흑백 편견에서
진실은
어떻게 승리할까

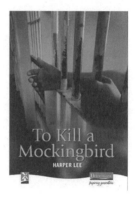

나는 편견에 사로잡히지 않았어요

늦은 저녁, 지하철 3호선 전철에 탔을 때 백인 남자가 앉아 있고 그 옆 자리가 비어 있다면 당신은 그 옆에 앉을 수 있는가? 어쩌면 앉을 것 이다. 만약 흑인의 옆자리가 비었다면 아무렇지도 않게 앉을 수 있는 가? 어쩌면 앉지 않을 것이다. 앉았다 해도 "나는 백인과 흑인을 차 별하지 않아"라고 마음속으로 외칠 것이다. 그 외침 자체가 이미 흑 백 편견이다.

백인과 흑인이 나란히 앉아 있으면 우리는 백인이 더 교양 있을 것 이라 생각한다. 법정에서 증언을 할 때 미녀의 말은 신빙성이 높고, 추 녀의 말은 신빙성이 낮다고 판단한다. 대학 교수는 책을 많이 읽었을 것이라 지레짐작한다. 모두 편견에 불과하다.

2012년 뉴욕에서 34층 호텔을 소유한 회장(미국인, 백인)과 인터뷰를

했다. 다음 날 아침 로비를 서성거릴 때 그 회장이 출근했다. 그때 엘리베이터 앞에서 하늘색 유니폼을 입은, 50대 후반의, 뚱뚱한 흑인 청소부 여자가 대걸레로 청소를 하고 있었다. 그녀는 회장에게 인사했고, 회장은 방긋 웃은 뒤 그녀와 한참 이야기를 나누다가 엘리베이터를 탔다.

서울의 한 대학에서 복도를 거닐 때 청소 아주머니가 청소를 하다가 저만치에서 누군가 걸어오는 모습을 보더니 황급히 도망쳤다. 몇 분 후 그 아주머니에게 "왜 도망쳤느냐?"고 물었다(작가적 호기심이 발동해서). 그녀는 마지못해 대답했다.

"교수님이 우리를 보면 싫어해서요."

"왜요?"

"당연히 싫지요. 우리 같은 하찮은 것들과 마주치면… 인사하는 것도 싫어해요."

학문의 전당, 교양과 인격의 함양, 민주 시민의 양성… 이라는 숭고한 사명을 완수하기 전에 권위의식, 선인의식(選人意識)을 먼저 버려야 하지 않을까, 생각이 들었다. 미국 사회의 인종편견을 논하기 전에 대한민국 지식인(이 말부터가 구태의연하다)의 권위의식부터 삭제해야 한다. 다민족사회로 향하는 현실에서 편입 민족을 '얕잡아 보는 것'은 스스로를 비하하는 것이다.

"베트남 처녀와 결혼하세요. 도망치지 않음" 플래카드가 나부끼지 않은 것으로 위안을 삼아야 할까?

편견은 삶의 불편한 동반자

아주 오래 전인 1980년대 초 어느 날 '주말의 명화'에서 우연치 않게 영화 한 편을 보았다. 흑백TV에서 상영된 영화는 흑백영화였다. 컬러 영화였을지라도 어차피 흑백으로 방영되었을 것이다. 제목은 「앨라배마에서 생긴 일」. 무척 재미있고, 감동 깊은 영화였다. 7살 여자 주인공 스카웃이 10살 오빠 젬과 함께 빈 타이어 속으로 들어가 떼굴떼굴 구르는 장면, 고목나무 옹이구멍에 장난감이 들어 있었던 장면, 핼러윈 가면무도회가 끝난 후 탈바가지를 쓰고 집으로 돌아오던 장면 등이 오랫동안 기억에 남는 명작이었다.

가장 깊은 기억은, 억울한 누명을 쓴 흑인 청년이 스카웃의 아버지이자 변호사인 에티커스의 활약으로 자유의 몸이 되는 승리의 순간이었다. 그래서 내 나름으로 영화의 주제를 '흑백갈등'과 '아름다운 승리'로 정의내렸다. 하재봉의 시 「유년시절」을 처음 읽었을 때 문득 이 영화가 다가온 까닭은 유년의 잃어버린 낭만이 그리웠기 때문이리라.

> 일곱 개 빛의 미끄럼틀을 타고 새알 주으러 쏘다니던 강안에서
> 무수히 많은 눈물끼리 모여 흐르는 강물 위로
> 한 움큼씩 어둠을 뜯어내버리면
> 저물녘에는 이윽고 빈 몸으로 남아 다시 갈대숲으로 쓰러지고요.

5년 쯤 시간이 흘러 그 영화가 『To Kill a Mockingbird』라는 사실을

알았으며, 영화의 제목도 「앨라배마에서 생긴 일」이 아니라 「앨라배마 이야기」라는 것도 알게 되었다. 작가가 여자라는 사실은 의외였는데, 책을 읽은 후에야 '당연히 여자'라는 판단이 내려졌다. 하퍼 리를 남자로 생각한 이유는 남북전쟁 시기에 남군 총사령관을 지낸 로버트 E. 리(Robert E. Lee) 장군이 떠올라서였다.

미국에서는 고등학교 국어시간에 소설 한 편을 선정해 교과서 삼아 1년 동안 탐독하고, 토론하고, 독후감을 제출한다고 한다. 그 교과서로 선정되는 소설 중 하나가 『앵무새 죽이기』이다. 그런데 최근 들어 본문에 '니그로'(Negro)라는 표현이 자주 등장한다는 이유로 논란이 벌어졌다는 소식이다. 여하튼 선정 도서가 흑인 노예의 고통을 다룬 『톰 아저씨의 오두막』이 아닌 이유는 무엇일까? 남북전쟁을 무대로 한 『바람과 함께 사라지다』가 아닌 이유는 또 무엇일까?

어쩌면 『톰 아저씨의 오두막』이 표방하는 '흑인 노예는 해방되어야 한다'는 명제는 현대 미국에서 더 이상 논의의 대상이 아니기 때문일 것이며, 『바람과 함께 사라지다』는 흑백갈등이 아닌 백백갈등에 초점이 맞춰져 있기 때문일 것이다. 흥미로운 점은 『바람과 함께 사라지다』의 주인공은 스칼렛이고, 『앵무새 죽이기』의 주인공은 스카웃이라는 점, 작가는 똑같이 여자이고, 두 작품 모두 퓰리처상을 받았다는 사실이다. 그리고 두 작가는 단 한 편의 소설로 세계적인 명성을 얻었다. 무대는 조지아 주와 앨라배마 주인데 두 주는 남동부에 나란히 붙어 있다.

내게 사냥용 총이 있다면?

이 소설에는 모두 32명의 인물이 등장한다. 앨라배마 메이컴 마을에 사는 주인공 스카웃, 오빠 젬, 아빠 에티커스, 정체를 알 수 없는 옆집 아저씨 부 래들리, 이웰가의 딸 마옐라, 그녀를 강간하려 했다는 혐의로 체포된 흑인 청년 톰 로빈슨…. 『톰 아저씨의 오두막집』에서도 흑인은 톰(Tom)이다. 흑인은 가장 흔한 이름을 지녀야 할 숙명을 지닌 것일까?

2차대전 영화를 유심히 살펴보면 흥미로운 요소 한 가지를 발견할 수 있다. 등장인물이 대부분 백인이라는 사실이다. 예컨대 『라이언 일병 구하기』에는 흑인병사가 등장하지 않는다. 어쩌면 등장했을지도 모르지만 대부분의 관객이 알지 못할 만큼 극소수이다. 2016년 개봉한 『핵소고지』에서도 흑인병사의 모습은 찾을 수 없다.

반면 베트남전 영화에는 흑인이 다수 등장한다. 『포레스트 검프』에서 검프가 베트남전에 참전했을 때 가장 친했던 동료 벤자민 버포드 부바 블루는 흑인이었다. 1945년에서 30년이 지난 다음에야 흑인들은 전투에 참가할 수 있었을까?

영화 『앨라배마 이야기』를 보았을 때 나는 영화의 주제가 흑백갈등 (인종차별)이라 생각했다. 하지만 책을 읽은 후 '편견에의 도전'으로 수정했다. 편견을 깨는 일은 지극히 어렵다. 시대를 거슬러 올라가 1930년대 대공황 시기에 당신이 메이컴 마을에 사는 백인이라면 "흑인 청년 톰 로빈슨은 죄가 없다"고 말할 수 있겠는가? 당신에게 사냥용 총이 있다면 앵무새를 쏘지 않을 수 있겠는가? 쏘고 싶은 마음이 들 때 이 구절을 기억하라.

앵무새는 노래를 불러 우리를 즐겁게 해줄 뿐, 곡식을 축내거나 옥수수 창고에 둥지를 만들지는 않아. 그저 온 힘을 다해 노래를 불러주지. 그래서 앵무새를 죽이면 죄가 되는 것이지.

'앵무새를 죽이면 죄가 된다'는 말은 '선한 누군가에게 피해를 입히면 죄가 된다'라는 말과 일맥상통한다. 죄는 편견에 굴복하는 것이고, 진실 앞에서 침묵으로 위장하는 것이다. 『앵무새 죽이기』는 7살 스카웃을 통해 그 진리를 들려준다.

＊ 더 넓은 지식을 위한 독서 내비게이션

1. 작가 하퍼 리는 1926년 미국 앨라배마 먼로빌에서 태어나 2016년 사망했다. 그녀는 평생에 걸쳐 사실상 단 한편의 소설을 썼으며(1960년) 그 작품이 현대 고전이 되었다. 비슷하게 J.D. 샐린저 역시 『호밀밭의 파수꾼』(The Catcher in the Rye 1951년) 단 한편의 소설로 세계적인 명성을 얻었다. 이 소설은 앤서니 버지스(영국)의 『시계태엽 오렌지』(A Clockwork Orange)와 비슷한 느낌을 풍긴다.

2. 1992년 [도서출판 흐겨레]에서 초판이 나왔을 때 번역자 박경민은 "앵무새는 기쁨과 양심의 상징"이라 말했다. 판단은 각자의 몫

이다. mockingbird는 (다른 새의 울음소리를 흉내내는) '흉내지빠귀'가 정확한 뜻이다.

3. 『톰 아저씨의 오두막』(Uncle Tom's Cabin)을 쓴 스토우(Harriet Beecher Stowe) 부인은 백악관에 초청 받아 링컨을 만났다. 그녀의 소설이 남북전쟁의 중요 원인인가에 대해서는 논란이 있다.

4. 흑인의 역사를 추적한 알렉스 헤일리(Alex Haley)의 『뿌리』(Roots: The Saga of an American Family)는 1970~80년대에 세계적인 베스트셀러였다. 퓰리처상을 수상한 작품으로 그 유명한 쿤타킨테(Kunta Kinte)가 주인공이다.

5. 남북전쟁을 무대로 한 『바람과 함께 사라지다』(Gone With The Wind)의 처음 제목은 Tomorrow is Another day였다, 한다. '내일은 또 다른 내일'이라는 뜻인데 우리나라에서는 "내일은 내일의 태양이 뜰 거야"라는 멋진(?) 독백으로 번역되었다.

6. 흑인노예의 고통을 그린 소설은 바바라 스머커의 『주릴리』가 있다. 흑인 노예 소녀 주릴리와 꼽추 라이저가 미시시피 대농장을 탈출해 목숨을 건 여정 끝에 자유를 찾는다는 내용이다. 1993년 흑인 여성으로는 최초로 노벨문학상을 받은 토니 모리슨(미국)의 『빌러비드』(Beloved)는 노예제의 처참함을 들려준다. 2살짜리 딸을 살해한 마가렛 가너의 실화를 바탕으로 했다.

7. 리차드 라이트는 미국의 흑인작가이다. 『톰아저씨의 아이들』을 비롯하여 인종문제를 고발했다. 『깜둥이 소년』이 가장 유명하다.

8. 미국 사회를 그로테스크하게 묘사했던 윌리엄 포크너의 『압살롬

압살롬』(Absalom, Absalom!)은 남부 대지주 백인의 허영과 몰락을 그린 장편이다. 대농장주 샤토펜은 흑인의 피가 섞인 아내를 버리고 재혼한다. 그 이후 비극적으로 끝나는 한 가문의 몰락을 그렸다. 압살롬은 성경에 등장하는 다윗의 셋째 아들이며, 아버지를 배신한 인물이다.

....

콘스탄틴 게오르규 Constantin-Virgil Gheorghiu
루마니아 1949년

가장 잔인한 시대의
가장 운 나쁜 사나이

통계의 하나일 뿐이다

소련군이 마을을 점령한 후 곧 인민재판소가 만들어졌다. 의장은 유대인 마르크 골덴베르크였다. 그는 며칠 전까지만 해도 마을 노인을 살해한 죄로 감옥에 갇혀 있었으나 소련군에 의해 인민재판 의장이 된 후 농부의 아내인 아리스티샤를 재판관으로 앉혔다. 판타나 마을에서 가장 가난하다는 것이 이유였다. 그리고 수년 전에 도끼로 헌병을 죽인 이온 칼루가루도 재판관이 되었다.

세 사람은 마을에서 밥술이나 먹는 농부 8명을 비롯해 그리스정교회 신부이자 사제인 알렉산드로 코루가에게 교수형을 언도했다. 그들에게 내려진 죄목은 '반동분자'였다.

그날 밤 마르크는 마을 사람들 몰래 반동분자들을 끌어내 한 사람씩 목덜미에 총을 한 방씩 쏘아 처치해 버렸다. 아리스티샤와 며느리스잔나는 시체 구덩이 속에서 목숨이 겨우 붙어 있는 코루가 사제를 구해 철수하는 나치 독일군에게 넘겨주었다. 독일군은 소련군에 의해 동부전선이 무너지자 루마니아에서 철수하기 시작했다. 잔인한 독일군이지만 소련군보다는 더 신사적이라는 생각에서였다.

다음날 아리스티샤는 마르크에게 채찍으로 무자비하게 얻어맞은 후 총살당하고, 스잔나는 아이 둘을 데리고 가까스로 탈출했다. 그러나 이미 예감하고 있었듯이 소련군에게 붙잡혀 무수히 강간을 당했다. 신의 보살핌으로 아이들과 자신의 목숨은 부지할 수 있었으나 소련군의 아기를 임신하고 말았다. 그 시절에 피점령국의 여자들이 겪어야 할 숙명이었다.

제2차 세계대전에서 죽은 군인은 연합국 1700만, 추축국 530만, 제3국 20만 명이며, 민간인은 2700만 명이 아무런 죄없이 죽었다. 정확한 숫자는 파악이 불가능하지만 1939년부터 1945년까지 6년 동안 5천만 명이 목숨을 잃었다. 평범한 농부였다가 하루아침에 인민재판소 재판관이 되었다가 그 다음날 같은 편에 의해 총에 맞아 죽은 아리스티샤도 그중 한 명이다. 그녀의 죽음은 분명 비극이다. 그러나 스탈린은 이렇게 말했다.

"한 명의 죽음은 비극이지만 백만 명의 죽음은 통계이다."

스탈린의 말에 따르면, 통계 속에 묻힌 5천만 명의 삶을 살아남은 사람들이 일일이 기억하고, 추모하고, 슬퍼할 겨를은 없다. 남은 인생을 살아가야 하기 때문이다.

예쁜 여자를 아내로 두었다면

2차 세계대전 전까지 세계지도는 지금처럼 복잡하지 않았다. 아시아는 태국을 제외하고 모든 나라가 일본, 미국, 유럽의 식민지였으며, 현재 50국가가 넘는 아프리카는 4개 나라만 제외하고 전부 식민지였다. 남미도 사정은 똑같았으며 이스라엘, 조지아, 동티모르 등 여러 나라는 존재하지 않았다. 미국, 일본, 독일, 영국, 프랑스 등 몇 개 나라가 세계를 지배하는 암흑의 제국주의 시절이었다. 그 시절에 피점령국 혹은 식민지배를 당한 백성들의 삶은 당연히 평화롭지 못했을 뿐만 아니라 생존 자체가 가장 큰 목표였다.

루마니아 판타나 마을의 요한 모리츠(Johann Moritz) 역시 그중 한 명이었다. 가난한 농부 안쿠와 아리스티샤의 외동아들인 모리츠는 어느 날 헌병대로부터 출두하라는 소환장을 받는다. 전쟁이 일어나 말과 식량을 징발해가는 일은 있었지만 "사람을 징발하는 일은 있을 수 없다"(군인이 아니므로)며 항의하기 위해 헌병대로 간 모리츠는 무어라고 항의의 말 한마디도 하지 못하고 총검에 휘둘려 엉겁결에 포로 행렬에 끼여 끌려갔다.

무언가 잘못되었으므로 자신은 곧 석방되어 사랑하는 가족이 있는 집으로 돌아가리라 굳게 믿었지만 그 믿음이 현실화되는 데는 13년의 시간이 필요했고, 104곳의 수용소, 감옥, 강제노동 공장을 거쳐야 했다. 그 길에서 만난 것은 무자비한 폭력, 지독한 굶주림, 잔인한 고문, 끝없는 분노, 죄없는 죽음들의 목격이었다. 가장 의아한 것은 평범한 농부이며, 그리스정교의 진실한 신도이며, 국가의 충성스런 시민인 자신이 왜 억류자가 되었느냐는 것이었다. 그 질문에 답해주는 사람은 아무도 없었다.

며칠 전 헌병대 소장 니콜라이는 "유대인과 불온한 인물들을 징발하라"는 명령을 받자 마을의 유일한 유대인인 마르크 골덴베르크와 모리츠를 명부에 올렸다. 모리츠는 유대인이 아니지만 요한이라는 이름이 혼동을 주었고, 더 큰 이유는 스잔나라는 예쁜 여자와 결혼했다는 점이었다. 모리츠가 끌려간 후 니콜라이는 스잔나를 협박해 이혼장에 서명하게 만든다. 즉 예쁜 여자를 아내로 둔 것이 모리츠의 죄였다. 그리고 인간으로서 감당하기 어려운 온갖 고행의 여정을 시작한다.

모리츠는 가장 잔인한 시대의 가장 운 나쁜 사나이지만 행복한 사람이라 할 수 있다. 바보처럼 묵묵히 주어진 일을 하면서 언젠가는 집으로 돌아갈 것이라는 믿음을 안고 있었기에 전쟁통에 죽은 5천만 명에 끼지 않았기 때문이다. 그럼에도 그가 생존하기 위해 치러야 할 대가는 너무 크고, 너무 비인간적이었다. 가장 가슴 아프게는 13년 동안 그 이유를 모른다는 점이었다.

기계노예가 장악한 현대사회

『25시』(La Vingt-cinqui me heure)는 1949년에 발표되었다. 작가는 루마니아의 신부 콘스탄틴 게오르규(Constantin-Virgil Gheorghiu)이며 1946년 프랑스로 망명해 『제2의 찬스』, 『단독여행자』 등 여러 편의 소설을 발표했으며, 『25시』는 대표작으로 꼽는다.

28살의 요한 모리츠가 어느 날 갑자기 징발되어 모리츠 야곱, 양켈, 야노스, 쟝 등 여러 이름으로 바뀌면서 겪는 불행과 인생의 아이러니를 적나라하게 보여준다. 전쟁의 야욕, 약소 국민에의 철저한 탄압, 미국과 소련의 대결, 공산주의의 악랄함, 제도의 모순을 그로테스크하게 묘사해 큰 찬사를 받았지만 이 소설이 진정으로 고발하는 것은 '기계문명의 냉정함'과 그 속에서 목숨을 부지해나가야 하는 우리들 인간 개개인이다.

코루가 사제의 아들 트라이안 코루가는 소설속에서 『25시』를 집필하는 작가이다. 그 역시 운명의 장난으로 수용소에 수감되어 갖은 고행을 겪으면서도 세계인에게 들려주는 메시지를 잊지 않는다. 그의 메시지는 때로는 엉뚱하면서도 깊은 의미를 담고 있다.

기계노예는, 그것 없이는 하루도 우리가 살아갈 수 없는 무수한 봉사를 해주는 우리의 하인이야. 우리를 위해서 차를 태워주고 광선을 마련해주고, 마사지를 해주고, 라디오 다이얼에 맞추어 재미있는 얘기를 들려주고, 길을 만들어주고, 산을 헐어주고……… 이렇게 많은 일을 해주고 있어.

즉 기계노예는 완전무결한 하인이다. 그러나 그 기계노예들이 현대사회의 가장 중요한 요소들을 손아귀에 쥐고 있다. 주인공 모리츠는 냉정한 기계노예의 가장 가련한 희생자였으며 우리 모두 기계노예에 몰입되어가는 인간노예라는 사실을 일깨워준다. 그렇다면, 현실에 존재하지 않는 '25시'의 의미는 과연 무엇일까?

* 더 넓은 지식을 위한 독서 내비게이션

1. 게오르규(1916~1992)는 작품을 통해 서구문화의 모순을 철저히 비판하고 동양문화와 사상을 옹호했다. 1974년 한국을 첫 방문한 이후 5차례나 방문했으며 '새로운 고향'으로 부를 만큼 사랑하여 여러 곳에서 강연을 했다.

2. 게오르규는 한국을 떠나면서 『한국찬가』라는 책을 내기도 했다. 그 책에서 이렇게 말했다. "여러분은 수난의 오랜 역사 속에서 살았습니다. 그러나 여러분은 그 역사의 비참한 패자들이 아니라, 도리어 한 사람 한 사람이 모두 왕자입니다. 잊지 마십시오. 오랜 세월이 흘러가고 많은 고통이 또 밀려와도 잊지 마십시오. 여러분은 여전히 왕자라는 것을…."

3. 『25시』는 1978년 영화로 제작되었으며(한국에서도 방영되었다). 안소니 퀸이 모리츠 역을 맡았다. 원작의 내용을 전부 담지는 못했지만 명작의 반열에 올랐다.

4. 동유럽 국가의 소설은 마렉 플라스코(폴란드)의 『제8요일』, 조지프 콘래드(폴란드)의 『암흑의 핵심』, 크리스타 볼프(폴란드)의 『나누어진 하늘』, 아이작 싱어(폴란드)의 『적들, 어느 사랑의 이야기』, 밀란 쿤데라(체코)의 『참을 수 없는 존재의 가벼움』, 이보 안드리치(유

고)의『드리나강의 다리』를 권한다.

5. 수용소와 홀로코스트를 다룬 소설은 솔제니친의『이반데니소비치의 하루』, 빅터 프랭클(오스트리아 유대인)의『죽음의 수용소에서』, 만화로서는 1992년 역사상 처음으로 퓰리처상을 받은 아트 슈피겔만(스웨덴-폴란드 유대인)의 만화『쥐: 한 생존자의 이야기』, 가르도시 피테르(헝가리)의『새벽의 열기』, 야마사키 도요코의『불모지대 1 운명』을 권한다.

6. 수용소는 아니지만 철저하게 통제된 사회에서 인간의 삶을 그린 소설은 올더스 헉슬리의『멋진 신세계』, 조지 오웰의『1984』가 대표작이다.

『동물농장』 Animal Farm

조지 오웰 George Orwell | 영국 1945년

국민은 개·돼지가
될 수 있음을
일찌감치 예언하다

누가 누가 더 많이, 그리고 잔인하게

인류 역사상 '최악의 살인마' 순위는 명확하지 않다. 너무 많은 사람을 죽여 그 숫자를 정확히 헤아리기 어렵고, 어떤 사람(사건)은 너무 오래되어 기록이 부정확하기 때문이다. 그들 모두 대학살로 명성을 날리고 있음에도 그 자신이 직접 죽인 사람은 한 명도 없다는 희한한 공통점도 있다.

관점에 따라 순위는 다르지만 대략 도조 히데키(일본), 징기스 칸(몽골), 폴 포트(캄보디아), 이디 아민(우간다), 레오폴드 2세(벨기에 국왕), 도르곤(명말청초의 섭정왕), 서태후(청), 히틀러(독일), 쿠빌라이 칸(원), 스탈린(소련), 마오쩌둥(중국) 등이다. 서양인보다 동양인이 4:7로 많은 사실이 의외이며, 권력과 부 천수를 누린 사람 역시 4:7로 많다는 사실이 살아있는 '착한' 우리를 슬프게 한다.

현대의 3대 학살자인 히틀러는 1,700만, 스탈린은 2,300만, 마오쩌둥은 7,800만 명을 학살(혹은 죽음에 이르게) 했다고 전해진다. 권력을 잡기 위해 죽인 사람의 숫자보다 권력을 유지하기 위해 죽인 사람이 절대적으로 더 많다. 그런 만큼 세 명의 독재자는 역사에 길이 남을 연설 문구(혹은 명언)를 쏠쏠히 남겼다.

　　"진실한 국가적 지도자의 능력은 주로 국민의 주의력을 분산하지 않게끔 막는 데 있으며, 그것을 하나의 적에 집중시키는 데 있다." - 히틀러

　　"권력은 총구에서 나온다." - 마오쩌둥

　　가장 많은 격언을 남긴 사람은 스탈린이다.

　　"표를 던지는 사람은 아무것도 결정하지 못한다. 표를 세는 사람이 모든 것을 결정한다."

　　우리가 기억해야 할 격언은 바로 이것이다.

　　"악인의 무관심은 선행이 되지만 선인의 무관심은 악행이 된다."

'이상향'과 '집단농장'의 거리는 멀고도 가깝다

영국의 토머스 모어는 1516년 『유토피아』라는 공상소설을 발표했다. Utopia는 원래 '아무 곳에도 없는 나라'라는 뜻인데 이 소설을 계기로 '이상향(理想鄕)'의 뜻으로 굳어졌다. 이는 문학적인 용어일 뿐 정치적으로 번역하면 '집단농장'이 된다. 모어는 공평하고 공정한 사회를 만들자는 긍정적 의미에서 『유토피아』를 집필했으나 사회주의 사상의

출발점이 되었다. 그 후 캄파넬라(Tommasso Campanella)-바뵈프(Franois Emile Babeuf)-부오나로티(Filippo Michele Buonarrotti)-블랑키(Louis-Auguste Blanqui)-로버트 오언(Robert Owen)-생시몽(Saint Simon)으로 이어졌다. 오언은 실제로 1880년대에 미국 인디애나 주 서남부에 New Harmony 라는 공동체 마을(유토피아)을 건설했으나 실패했다.

그러나 이상향을 만들겠다는 정치 지도자들의 욕구는 매우 강한 것이어서 오언의 실패 이후에도 유토피아는 계속 나타났다. 마르크스 엥겔스의 『공산당 선언』을 계승한 레닌과 그의 후계자가 된 스탈린에 의해 1920년대에 집단농장의 형태로 구체화되었다. 바로 콜호츠(kolkhoz)와 소프호스(sovkhoz)이다. 중국에서는 '인민공사(人民公社)'가, 북한에서는 '협동농장'이 만들어졌다. 집단농장이나 공동체가 꼭 공산주의 국가에만 있는 것은 아니다. 이스라엘에도 '키부츠(Kibbutz)'가 세워졌다.

표방하는 구호가 무엇이든 집단농장에서 일하는 사람들이 행복하지 않을 것임은 분명하며, 그곳에서 인간에 의해 사육되는 소, 돼지, 말 역시 행복하지 않을 것이다. 아무리 열심히 일해도 늘 배가 고프고, 행복과는 거리가 멀며, 미래가 보이지 않는다는 것이 확실하면 사람들은 어떻게 할까? 반란을 일으킬 것이다. 이는 동물에게도 마찬가지다.

모든 동물은 평등할까?

나폴레옹은 돼지이다. 그리고 두목이다. 반란을 성공시킨 뒤 동료 돼지들과 협의하여 「동물주의 원칙 7계명」을 완성하여 발표한다.

1. 두 다리로 걷는 자는 누구든지 적이다.
2. 네 다리로 걷거나 날개를 가진 자는 모두 우리의 친구다.
3. 어떤 동물도 옷을 입어서는 안 된다.
4. 어떤 동물도 침대에서 자서는 안 된다.
5. 어떤 동물도 술을 마셔서는 안 된다.
6. 어떤 동물도 다른 동물을 죽여서는 안 된다.
7. 모든 동물은 평등하다.

농장의 모든 동물들은 이 계명에 찬성한다. 이를 인간에게 변형, 적용시킨다 하여도 반대할 사람은 아무도 없을 것이다. 하물며 동물들이 반대할 이유가 있겠는가? 동물들은 신이 나서 건초밭으로 달려가 일을 하려 한다(동물농장의 본업은 '노동'이다). 바로 그때 암소 3마리가 퉁퉁 불은 젖을 짜달라고 요청한다. 사람이 모두 쫓겨나 젖을 짜지 않았기 때문이었다. 돼지들은 즉시 젖을 다섯 양동이나 짰다. 누군가 물었다.
"그 우유를 어떻게 하려 합니까?"
나폴레옹이 대답한다.
"그것은 잘 처리될 것이오…. 동무들! 앞으로 가시오. 건초가 기다리고 있소."
과연 우유 다섯 양동이는 어떻게 처리되었을까?
아무도 묻지 않는다. 잔인한 존스에 의해 운영되던 「매너 농장」이 위대한 지도자 나폴레옹의 투쟁 덕분에 「동물농장」으로 이름이 바뀌고 자신들이 주인으로 탈바꿈했기 때문이었다. 개 블루벨·제시·핀처, 숫말 복서, 암말 클러버·몰리, 흰 염소 뮤리엘, 당나귀 벤자민, 까마귀 모제스… 그리고 고양이, 오리들, 쥐들 모두 공평하고 행복한 삶을 이어간다. 기껏해야 다섯 양동이에 불과한 우유의 행방을 따지지 않는다. 모두 예전보다 조금씩 덜 먹고, 더 일하지만 인간에 의해 착취받지 않기 때문에 모두가 만족한다. 그리하여 즐거운 노래가 농장에 가득 울려 퍼진다.

> 풍요한 영국의 들판에는 / 오직 동물들만 활보하리라.
> 코에서는 굴레가 사라지고 / 등에서는 멍에가 벗겨지리라 /
> 재갈과 박차는 영원히 녹슬고
> 무자비한 채찍은 이제 더 이상 소리내지 못하리라.

과연 언제까지 그 노래가 울려 퍼질까?

아직도 계속되는 '위대한 통치자'에 대한 환상

『동물농장』은 1945년에 발표되었다. 이 소설은 정치소설이면서 풍자소설이고, 한편으로는 코미디이다. 상황 전개와 대사가 무척 유머스러워 갑작스레 폭소가 나온다. 웃음이 터지는 가장 큰 이유는 결말로 갈수록 내가 사는 세상과 똑같기 때문이다. 70년이 훨씬 지났음에도 소설 속 내용은 지금도 그대로 재현되고 있다. 그래서 폭소(너털웃음)는 실소(서글픈 웃음)로 변한다.

『동물농장』은 우리 삶의 축소판이자 지구촌 거의 대부분 나라의 실사판이다. 스탈린을 풍자했다 하여 옛 소련만을 비판한 작품이라 생각한다면 착각이다. 위대하신 통치자에 의한 동물 농장은 지금도 진행 중이다. "한국은 그렇지 않다"라고 말할 수 있을까?

"한 나라를 발전시키기 위해서는 어느 정도의 독재가 필요하다"는 주장은 언제까지 유효할 수 있을까?

"경제 발전을 위해서는 민주와 자유가 일부분 제한되어야 한다"는 말을 우리는 순순히 받아들여야 할까?

'그렇다'는 답이 많을수록 우리는 동물 농장의 개 돼지로 추락한다. 통상 한 나라의 최고 지도자로 표현되는 대통령(총리)은 행정부의 수장에 불과하다. 입법, 사법, 행정의 3권 분립 중에서 하나만 맡을 뿐 그가 나라의 통치자라는 규정은 헌법 어디에도 없다. 그럼에도 우리는 대통령을 통치자로 여긴다. 그런 의미에서 통치자 나폴레옹은 죽지 않았다. 단지 어둠 속을 배회할 뿐이다. 지도자에 대한 환상을 깨지 않는 이상 나폴레옹은 다시 화려하게 부활할 것이다.『동물농장』은 그 메시지를 주는 경고소설이다.

* 더 넓은 지식을 위한 독서 내비게이션

1. 조지 오웰의 본명은 에릭 아서 블레어(Eric Arthur Blair)이다. 보기

드물게 파란만장한 삶을 살았으며 1950년 47세의 이른 나이에 결핵으로 사망했다. 또 다른 대표작 『1984』는 '빅브라더'(Big Brother)의 존재를 들려주는 소설이다.

2. 영국 문학의 출발점은 서사시 『베어울프』(Beowulf)이며 이후 제프리 초서의 『캔터베리 이야기』, 셰익스피어의 희곡들로 이어진다. 셰익스피어의 4대 비극인 『햄릿, 오셀로, 리어왕, 맥베스』와 『로미오와 줄리엣』은 꼭 읽어야 한다.

3. 영국 소설로 반드시 읽어야 할 작품은 서머셋 모음의 『달과 6펜스』(예술), 토머스 하디의 『테스』(사랑), 에밀리 브론테의 『폭풍의 언덕』(사랑과 몰락), 올더스 헉슬리의 『멋진 신세계』(가상의 미래), 루이스 캐럴의 『이상한 나라의 앨리스』(환상), 찰스 디킨스의 『위대한 유산』(고난과 성장)과 『올리버 트위스트』, D.H. 로렌스의 『아들과 여인』(부모의 억압)이다. J.R.R. 톨킨의 『반지전쟁』은 20세기 최고의 소설로 뽑혔으나 가독성(可讀性)은 매우 어렵다.

4. 동물이 주인공인 소설로는 잭 런던(Jack London, 미국)의 『황야의 절규』(The Call of the Wild)가 유명하다. 유대인 학살을 다룬 아트 슈피겔만(스웨덴)의 만화 『쥐』도 걸작이다. 유대인은 쥐로, 독일군은 돼지로 묘사되었다. 권터 그라스의 『넙치』는 넙치와 11명의 여자 요리사가 인류의 잘못된 역사를 들려주는 소설이다.

[한스 할터의 『유언: 역사를 움직인 157인의 마지막 한마디』에 따르면 레닌(Vladimir Il'ich Lenin)은 뇌일혈 발작으로 병원에 입원해 있다가 1924년 사망했는데 마지막 유언은 "잭 런던의 이야기를 더 읽어주시오"였다.]

『어린왕자』 Le Petit Prince

생텍쥐페리 Antoine-Marie-Roger de Saint-Exupéry
프랑스 1943년

그 양이 장미꽃을
먹었다 한들

장미가 아름답듯 바오밥나무도 아름답다

2013년, 아프리카 킬리만자로(5,895m)를 등반하고 내려온 다음날 탄자
니아 아루샤(Arusha)라는 도시 인근의 세렝게티 공원에 갔다. 검은 코
끼리들, 귀족처럼 점잖은 기린들보다 더 놀라운 것은 바오밥나무였
다. 엄청나게 크고 놀랍도록 멋진 바오밥나무들이 무수히 서 있었다.
사파리 차에 앉아(절대 내릴 수 없다) 탄성을 발하면서 나는 의문에 사
로잡혔다.
　"이처럼 멋진 나무를 왜 생텍쥐페리는 미워했을까?"
　그가 사막에서 만난(그 사막은 아프리카이다)어린왕자의 말에 의하면,
모든 별(지구도 포함된다)에는 좋은 씨앗과 나쁜 씨앗이 있다. 씨앗은 어
느 날 세상을 향해 싹을 내민다. 장미의 싹이라면 내버려두어도 되지
만 바오밥나무의 싹은 그대로 두어서는 안 된다. 그 거대한 뿌리로 별

에 구멍을 뚫어버리고 결국에는 별을 산산조각 내기 때문이다.

싹이 막 고개를 내밀었을 때는 구별이 어렵다. 바오밥나무조차 장미와 흡사하다. 그러나 구별이 가능한 순간 바오밥나무는 뽑아버려야 한다,고 어린왕자는 불시착한 비행기 조종사에게 친절히 일러준다. 하지만 한번이라도 아프리카의 바오밥나무를 본 사람이라면 그 나무를 사랑하지 않을 수 없게 된다. 그래서 "어린이들이여! 바오밥나무를 조심하라!"는 말은, 다양한 의미 부여가 넘쳐남에도 불구하고, 풀 수 없는 수수께끼가 된다.

술을 마시는 것이 부끄러워 술을 마시는 우리들

『어린왕자』를 흔히 '어른을 위한 동화'라 한다. 동화가 아니라 철학서이다. 적어도 3번은 읽어야 이해가 된다. 가까스로 이해한다 해도 실천하기는 어렵다. 1909년 터키의 천문학자가 소혹성 B612를 발견했다. 그는 국제천문학회에서 자신의 발견을 훌륭히 증명했다. 그러나 그가 입은 옷 때문에 아무도 그의 말을 믿지 않았다. 어떤 사람을 판단할 때 그가 입은 옷, 즉 외모로 판단하지 말라는 가르침이다. 그러나 이 말에 공감하면서도 우리는 여전히 옷으로 사람을 판단한다.

우리는 지식과 다르게 행동한다. "수백만 개의 별들 중에 단 하나밖에 존재하지 않는 꽃을 사랑하고 있는 사람은 그 별들을 바라보고 있는 것만으로 행복할 수 있어"라는 말에 감동 받는다. 그러나 고개를 들어 밤하늘의 별을 바라보는 것은 1년에 두 번도 되지 않는다. "네 자신을 심판하거라. 다른 사람을 심판하는 것보다 자기 자신을 심판하는 게 훨씬 더 어려운 법이니라"라는 말에 가슴이 뜨끔 하면서도 스스로를 반성하는 일에는 게으르다.

술을 마시는 것이 부끄러워, 그 사실을 잊기 위해 술을 마시는 술꾼을 비웃으면서도 술을 마시는 사실이 부끄러워 자신을 완전히 잊을 만큼 술을 마신다. 어린왕자의 모든 말에 공감하면서도 실천하지 못하는 이유는 그 말의 뜻을 알지 못하기 때문이다.

나는 위대한 왕자가 될 수 없다

생텍쥐페리는, 어른들은 모든 것을 숫자로만 파악한다고 비판했다. '제라늄 화분이 있는 분홍빛의 벽돌집'을 어른들은 상상하지 못한다. '10만 프랑짜리 집'이라고 말해야 이해한다고 비판했다. 흥미로운 점은 『어린왕자』에 다양한 숫자가 등장한다는 사실이다. 6살 때 그린 보아구렁이 그림 2장, 사하라 사막에 불시착한 것은 6년 전, 어린왕자의 고향인 소혹성 B612호, 석양을 하루에 43번 바라본 어린왕자, 화산 3개, 장미꽃이 지닌 4개의 가시, 5억 162만 2731개의 별을 소유한 실업가, 24시간 동안 1540번 해가 지는 소행성… 그리고 지구에는 엄청난 숫자가 존재한다.

111명의 왕, 7천 명의 지리학자, 90만 명의 실업가, 750만 명의 술주정뱅이, 3억 1100만 명의 허영심 많은 사람들, 약 20억 명쯤 되는 어른들, 전기가 발명되기 전 6개 대륙을 통틀어 46만 2511명의 가로등 점

화수가 있었다. 3장의 꽃잎을 지닌 볼품없는 한 송이 꽃과 5천 송이의 장미도 지구를 꾸미는 중요한 구성품 중의 하나이다.

이토록 많은 숫자가 등장하는 이유는 무엇일까?

어린왕자는 5천 송이 장미 앞에서 혼란에 빠진다. 이제까지 "이 세상에 오직 하나뿐인 꽃을 가졌으니 부자인 줄 알았었"다. 그러나 "내가 가진 꽃은 그저 평범한 한 송이 장미꽃일 뿐"이라는 사실을 깨닫는다. 그 장미 한 송이와 3개의 화산(하나는 불이 꺼졌다)만으로는 위대한 왕자가 될 수 없음을 깨닫는다. 이 사실을 일깨워주기 위해 작가는 그 많은 숫자들을 나열했을 것이다. 그래서… 어린왕자는 풀숲에 엎드려 울었다.

마음으로 보는 눈은 무엇을 볼 수 있을까

황금색으로 물결치는 밀밭을 바라보면 농부는 부자가 된 기분에 사로잡힐 것이다. 화가는 그 아름다운 풍광을 캔버스에 담을 것이다. 만일 그대가 금빛 머리칼을 지닌 여자를 사랑했었다면 밀밭을 보는 것만으로도 가슴이 울렁거릴 것이다. 그 밀밭에 바람이 분다면 그 바람마저 사랑할 것이다. 그것은 밀밭과 똑같은 금빛 머리칼을 지닌 여자에게 그대가 길들여져 있기 때문이다.

'길들인다'는 것은 여우가 알려준 교훈이다. 친구를 만들려면(상점에서 친구라는 상품을 팔지 않기 때문에) 친구를 길들여야 하고, 그만큼 참을성이 있어야 한다고 일깨워준다. 이 책을 관통하는 주제 중 하나이다.

그래서 사랑에 길들여지면 "네가 오후 4시에 온다면 난 3시부터 행복해지기 시작"한다. 여우의 말에 따르면 행복의 비밀은 아주 단순하다.

오로지 마음으로만 보아야 잘 보인다는 거야. 가장 중요한 건 눈에는 보이지 않는단다--- 너의 장미꽃을 그토록 소중하게 만든 건 그 꽃을 위해 네가 소비한 그 시간이란다.

옷차림 때문에 국제천문학회에서 자신의 발견을 입증하지 못한 천문학자의 이야기와 일맥상통한다. 그러나 우리는 여전히 마음으로 보는 눈을 소유하지 못하고 있다. 나의 장미꽃이 소중한 것은 그 아름다움 때문이라 생각한다. 내가 기울인 시간이 중요하다는 것을 깨닫지 못한다. 사막의 아름다움도 깨닫지 못한다. 그 어딘가에 샘이 있다는 것을 알지 못한다. 어린왕자는 그 사실을 알려준다. 지구에 처음으로 온 그가 어떻게 그 사실을 알았을까?
아름다운 것은 눈에 보이지 않는다는 진리를 잘 알기 때문이다.

한 마리 양이 한 송이 장미꽃을 먹었느냐, 먹지 않았느냐에 따라 천지가 온통 뒤바뀌게 될 것이다.

마지막 페이지의 이 말은 생텍쥐페리가 인류에게 던져준 숙제이다. '한 마리 양'은 무엇이고, '한 송이 장미꽃'은 무엇이고, '먹었다'는 행위는 무엇이며, '천지'는 무엇이고, '뒤바뀐다'는 말은 무엇인지 정의 내리기 어렵다. 3번을 읽고나면 어렴풋이나마 가늠될 뿐이다. 그래서『어린왕자』는 철학서이다.

* 더 넓은 지식을 위한 독서 내비게이션

1. 1940년 봄, 독일군은 폴란드, 덴마크, 노르웨이, 네덜란드, 벨기에, 룩셈부르크를 손에 넣었다. 유럽에서 사실상 남은 땅은 영국과 프랑스뿐이었다. 프랑스는 육군 강국이었으나 독일의 전격전에 밀려 패배했고 6월 10일 파리를 무방비도시(Open City)로 선언했다. 필립 페탱(Philippe Pétain) 원수는 6월 21일 항복문서에 조인한 뒤 비시(Vichy)에서 친독 괴뢰정부를 수립했다. 반면 드골(Charles De Gaulle)은 영국으로 망명해 자유프랑스(La France Libre)를 세웠다. 프랑스가 항복한 이유는 여러 가지가 있으나 그중 하나는 문화재 보호였다. 만일 프랑스가 끝까지 항전했다면 수천 년의 역사를 간직해온 아름다운 문화 유적들은 모두 파괴되었을 것이다. 또한 30일의 전쟁 동안 독일군이 3만 5천 명의 전사(실종)자를 낸 것에 비해 프랑스군은 12만 명이 전사(실종)했고 24만 명이 부상당했다. 이 숫자는 기하급수적으로 늘어날 수 있었다. 이를 막기 위해 항복을 결정한 페탱은 훗날 역사의 죄인으로 내몰렸고, 드골은 항전 영웅으로 대통령이 되었다. 과연 누구의 행동이 옳았는지는 쉽게 판단할 수 없다.

2. 생텍쥐페리는 1943년 4월, 튀니지의 라마르사(La Marsa) 기지에서

미 제7군에 소속되어 2차대전에 참전했다. 1944년 7월 31일, 지중해 코르시카 상공에서 독일군 전투기에 피격되어 바다로 추락해 사망했다. 『어린왕자』가 출간된 지 1년 3개월 만에 44세의 나이로 전사했다. 호르스트 리페르트라는 독일 공군 조종사는 『생텍쥐페리, 최후의 비밀』이라는 책에서 자신이 생텍쥐페리의 전투기를 격추시켰다고 고백했다.

3. 소위 말하는 '어른을 위한 동화'에는 트리나 폴러스(미국)의 『꽃들에게 희망을』(Hope for the Flowers), 쉘 실버스타인(미국)의 『아낌없이 주는 나무』(The Giving Tree), J.M. 데 바스콘셀로스(브라질)의 『나의 라임오렌지나무』(My Sweet Orange Tree), 파트리크 쥐스킨트(독일)의 『좀머씨 이야기』(Geschichte von Herrn Sommer), 구리 료헤이(일본)의 『우동 한 그릇』, 구로야나기 테츠코의 『창가의 토토』, 호아킴 데 포사다(미국)의 『마시멜로 이야기』(Don't Eat the Marshmallow Yet), 리처드 바크의 『갈매기의 꿈』(Jonathan Livingston Seagull) 등이 있다. 모두 3시간 이내에 읽을 수 있는 책들이다. 성격은 약간 다르지만 미치 앨봄(미국)의 『모리와 함께한 화요일』(Tuesdays with Morrie)도 권한다.

[『마시멜로 이야기』는 처음에 [한경BP], 이후에는 [21세기북스]에서 나왔다. 첫 책에서 주인공은 '찰리'였으나 두 번째 책에서는 '아서'로 바뀌었다. 아서가 원명이다.]

『죄와 벌』 Crime and Punishment

표도르 도스토옙스키 Fyodor Mikhailovich Dostoevskii|
러시아 1866년

그러므로 죽였지만…
나의 양심은 편안하다

비범한 사람은 평범한 사람을 죽여도 된다

도끼로 사람을 죽이면 쾌감이 있을 것이다. 붉은 피가 마룻바닥을 적
시고 핏방울이 벽에 기이한 추상화를 만드는 장면은 생각만 해도 전
율이 인다. 그 상대가 추악한 고리대금업자 노파라면 살인이라는 죄
의식도 들지 않을 것이다. 원래는 그 노파만 죽이려 했는데 우연찮
게(정말 재수없게도) 현장에 모습을 드러낸 여동생마저 덤으로 죽인다
면 쾌감은 두 배로 늘어날 것이다. 라스콜리니코프는 그렇게 생각했
을 것이다.

다른 삶에게 해를 끼치는 노파가 있어. 그 노파는 자기가 왜 사는지
몰라. 게다가 얼마 안 있으면 죽게 돼. 그런데 도움을 받지 못해 좌절
한 젊은이가 있어. 그 사람은 돈이 자기 손에 있다면 수백 수천의 사

람들을 올바르게 가도록 인도하고, 가난한 삶들을 도와 행복하게 해주려는 계획을 세웠단 말이야. 그 청년이 노파를 죽였다고 해봐. 작은 범죄 하나로 수천 가지의 선한 일을 할 수 있는데 그래도 그 청년의 잘못인가?

잘못이 아니다. 라스콜리니코프는 "누가 나폴레옹에게 살인죄를 물었던가? 나폴레옹은 사상 최대의 살인자인데도 사람들은 그를 영웅으로 존경하고 있지 않은가?"라고 자신의 행위를 합리화시킨다. 그의 논문에 따르면 나폴레옹은 비범인(非凡人)이다. 비범인은 세계의 구원과 개혁을 위해 평범인(平凡人)을 죽여도 된다.

케플러나 뉴턴이 자신의 위대한 발견(법칙)을 대중들에게 일깨워줘야 할 때 장애가 되는 사람이 있다면 수십 명 혹은 수백 명의 사람을 제거해도 된다고, 그럴 권리가 있다고 판사 앞에서 주장한다. 새로운 사회를 위해 낡은 것들을 파괴해야 할 때 유혈이 필요하다면 그렇게 해야 한다는 것이었다. 그래서 죽인 사람이 겨우 이웃집 할머니(한 명은 처녀) 두 명이라는 사실은 너무 초라하다.

도끼에 희생당한 전당포 노파 알료나 이바노브나는 라스콜리니코프의 관점에서 보면 "가난하고 불쌍한 사람의 돈을 부당하게 착취하는" 해충에 불과하다. 그러나 냉정한 통념에서 보자면 알료나는 경제 행위를 했을 뿐이다. 또한 이 세상에는 알료나보다 더한 '해충스러운' 사람은 부지기수이다.

고달픈 유형지에서의 유일한 위안

우리나라에 소개된 외국 작가는 대략 900여 명에 이른다. 이 중 가장 뛰어난 작가를 한 사람만 뽑으라면 단연 도스토옙스키다. 3명을 뽑으라면 프랑스의 빅토르 위고, 영국의 셰익스피어를 추가할 것이다. 그러나 도스토옙스키의 소설들은 읽기 쉽지 않다. 분량이 방대하고, 철학적 내용이 많고, 심리묘사가 어지럽다. 등장인물이 많은 데다가 이름들도 쉽게 와닿지 않는다. 러시아 역사도 그리 친밀하지 않다. 그럼에도 불구하고 딱 한 권의 소설만은 읽어야 하는데 바로 『죄와 벌』이다.

도스토옙스키는 러시아 근대 역사만큼이나 파란만장한 삶을 살았다. 사회주의 사상에 경도되어 1849년 '페트라셰프스키'(Petrashevsky)라는 모임에서 벨린스키(Vissarion Grigorievich Belinskii)의 편지를 읽었다는 죄명으로 체포되어 사형선고를 받았다. 28세 때였다. 12월 22일에 세묘노프스키 광장으로 끌려가 다른 죄수들과 함께 사형을 집행받았다. 3명씩 끌려갈 때 그는 두 번째 줄에서 기다렸다. 숨이 붙어 있는 시간이 1분도 남지 않았을 때 니콜라이 1세(Nikolai I) 황제의 배려로 '집행 중지' 종이 울렸고, 기적적으로 목숨을 건졌다. 그리고 시베리아로 유형을 떠나 4년간 혹독한 생활을 했다. 그때의 체험이 『죄와 벌』에 담겨 있다.

그는 4년을 보냈지만 법과 대학생 라스콜리니코프(로쟈)는 8년을 언도받았다(2명을 계획적으로 죽인 살인범에게 매우 관대한 처분이라 할 수 있다).

시베리아 수용소에서 중노동을 하는 로쟈는 다른 수형자들에게 늘 공격을 받았다.

"너 같은 건 도끼를 가지고 다닐 위인이 아니야."

"이 불신자 놈아! 너는 하나님을 안 믿지!"

늘 목숨이 위협받는 춥고, 배고프고, 더럽고, 괴롭고, 힘들고, 고달픈 유형지에서 유일한 위안은 소냐(소피야 세묘노브나)의 방문이었다. 죄수들은 로쟈를 극히 싫어했지만 그를 찾아오는 소냐만은 좋아했다. 일종의 숭배를 하는 죄수도 있었다.

"아아, 소피야, 당신은 우리들의 어머니나 다름없소. 착하고 친절한 어머니란 말이오!"

소냐는 과연 누구이고, 왜 살인자를 따라 황량한 시베리아까지 갔을까?

유로지비는 현실에서 가능할까

소냐는 매춘부이다. 퇴역 군인이자 주정뱅이 하급관리인 아버지와 계모의 강요로 매춘의 길로 들어섰다. 그런데 자신의 일에 충실하지 않은 듯하다. 로쟈를 설득해서 자수하게 할 정도로 오지랖이 넓고 설득력도 좋다. 로쟈는 그녀를 '유로지비'(iurodivyi=Holy Fool)라 부른다. 러시아정교에서 "세상에선 바보처럼 보이지만 하느님 앞에서는 가장 지혜로운 하느님의 사람"이란 의미다. 즉 성스러운 바보이다. 그러나 일반적 관점에서 보면 진짜 바보이다.

가난한 살인자를 뒤쫓아 시베리아 벌판까지 따라가서 보살펴주는 것은 성녀가 아니라면 불가능하다. 자기희생, 순종, 희망, 인내와 기다림으로 한 사람을 구원할 수 있고, 세상을 바꿀 수 있다고 믿으며 실천했다. 희미한 촛불 아래에서 그녀는 로쟈에게 성경을 읽어주었다.

어떤 병자가 있으니 이는 마리아와 그 자매 마르다의 마을 베다니에 사는 나사로라/이 마리아는 향유를 주께 붓고 머리털로 주의 발을 닦던 자요 병든 나사로는 그의 오라버니더라/이에 그 누이들이 예수께 사람을 보내어 이르되, 주여 보시옵소서 사랑하시는 자가 병들었나이다 하니/예수께서 들으시고 이르시되 이 병은 죽을병이 아니라 하나님의 영광을 위함이요 하나님의 아들이 이로 말미암아 영광을 받게 하려 함이라 하시더라.

신약『요한복음』11장이다. 여기에서 중요한 것은 '나사로의 부활'이다. 소냐는 이 구절을 들려줌으로써 살인자를 회개시키고 구원하려 한다. 로쟈는 두 명의 여자를 죽인 사람은 자신이 아니라고 항변했었다. "난 말이야, 소냐, 궤변 없이 그냥, 자신을 위해서, 오로지 나 자신만을 위해서 죽이고 싶었어! 그 노파를 죽인 것은 악마이지 내가 아냐."

그 악마는 평범한 사람의 마음에는 존재하지 않는다. 도스토옙스키의 관점에서는 나폴레옹 같은 비범한 사람에게 존재한다. 그 악마성이 사람을 죽이고, 재물을 빼앗고, 전쟁을 일으키고, 평화로운 삶을 파괴한다. 그것이 죄이다. 이 죄에서 벗어날 수 있는 사람이 지구상에서 얼마나 될까? 그러기에 우리 모두는 지구라는 별에서 유형의 벌을 받는 죄인이다.

도끼로 노파를 죽이기 전 라스콜리니코프는 매우 곤궁한 상황에 처해 있었다. 돈이 없어 대학을 휴학했고, 거의 매일 굶주렸으며, 옷은 누더기에 가깝고, 거처하는 곳은 빈민촌이다. 그의 주변 사람 모두 빈민들이다. 그때 어머니에게서 온 편지는 절망적이었다. 여동생 두냐가 가정교사를 하다가 집주인 남자 스비드리가일로프에게 성희롱을 당하고 쫓겨났다는 것이다. 다행히 변호사 루진을 만나 결혼하게 되었다는 것으로 편지는 끝을 맺는다.

그러나 이 소식은 로쟈를 더 우울하게 만들었다. 듀냐가 매춘부처럼 팔려가는 것이라 생각하기 때문이었다. 그러한 고통들이 몸과 마음을 짓눌러 결국 저녁 7시가 지나자 도끼를 집어 들었다.

그의 상황은 몹시 고달프다. 그러나 그 상황이 도끼를 집어들 만큼 절망적인지는 냉철하게 생각해 볼 일이다. 어떤 의미에서는 우리 모두 그러한 상황에 처해 있다고 할 수 있으므로….

＊ 더 넓은 지식을 위한 독서 내비게이션

1. 도스토옙스키는 『악령』, 『백치』, 『지하생활자의 수기』, 『카라마조프가의 형제들』 등 여러 작품을 남겼다. 꼭 한 권을 더 읽는다면 『지하생활자의 수기』를 권한다. 『카라마조프가의 형제들』을 읽을 것인가에 대해서는 논란이 있을 수 있다. 양이 너무 방대하고 내

용도 어렵다. 만약 읽고자 한다면 옛날 판본을 구해서 2년 계획으로 읽기 바란다.

2. 『죄와 벌』을 읽기 전에 작가에 대한 설명을 먼저 읽으면 작품 이해가 더 빠르다.

3. 러시아 소설은 푸시킨의 『대위의 딸』, 톨스토이의 『부활』, 투르게네프의 『첫사랑』, 『아버지와 아들』, 솔제니친의 『이반 데니소비치의 하루』, 『암병동』, 숄로호프의 『고요한 돈강』, 고골의 단편 『외투』, 『코』, 막심 고리키의 『어머니』를 권한다.

4. 푸시킨은 '삶이 그대를 속일지라도'라는 명시를 썼다. 모스크바 아르바뜨 거리에 그의 동상이 있다. 아나똘리 리바꼬프는 이곳을 무대로 장편 『아르바뜨의 아이들』(Deti Arbata)을 썼다.

5. 러시아 희곡은 안톤 체홉의 『벚꽃 동산』, 『세 자매』가 대표적이다.

6. 『롤리타』로 유명한 블라디미르 나보코프(Vladimir Nabokov)는 러시아 상트페테르부르크의 부유한 귀족 가문에서 태어났으나 러시아혁명을 피해 유럽으로 건너간 후 미국에 정착했다.

7. 시베리아는 아니지만 러시아 대평원을 보고 싶다면 블라디보스토크에서 출발해 모스크바까지 가는 대륙횡단열차를 타면 된다. 2015년에 나는 이 열차를 타고 21일에 걸쳐 러시아-폴란드-독일까지 갔다. 왜 러시아에서 위대한 음악가와 문학가가 많이 배출되었는지 어렴풋이 짐작할 수 있다.

제2부
사랑과 비극

삶의 영원한 테마는 사랑이다.
첫사랑에 설레이고, 이루어지지 못한 사랑에 가슴 아프다.
밤하늘의 별보다 어쩌면 더 많은 사람들이 있건만
왜 나의 사랑은 없을까?
아름다운 사랑보다 슬픈 사랑이 왜 그토록 더 많을까

『젊은 베르테르의 슬픔』
Die Leiden des jungen Werthers

괴테 Johann Wolfgang von Goethe
바이마르 공국(公國) 1774년

셋 중 하나가 반드시
떠나야 한다면

자연과 사람을 사랑하지만 귀족들에게 따돌림 받는 청년

삼각관계는 아니다. 둘은 이미 약혼했고, 곧 결혼해서 행복하게 잘 살아간다. 그런데… 예기치 않게 한 남자가 다가와 스스로 사랑의 번민에 사로잡히면서 부부 사이를 어색하게 만들고, 정숙하고 다정한 부인을 곤궁에 빠뜨린다. 비록 그 부인이 시간이 흘러 감정을 통제하지 못해 '사랑하는'이라고 말했다 해서, 나아가 키스를 했다 해서 그 외간 여자가 '자신의 것'이라고 착각 내지는 단정지어서는 안 된다. 그것이 세상의 엄연하고 보편적인 규칙이다.

그러므로 남편, 부인, 남자 중에서 어쩔 수 없이 한 명은 반드시 떠나야 한다. 누가 떠나는 것이 가장 좋을까? 가장 도덕적일까? 가장 순리적일까? 아니면 현대적인 방법으로 여자를 빼앗아오는 것은 어떨까?

독일 발하임(Walheim) 인근의 도시로 온 젊은 베르테르는 자연을 사랑하고, 서민들을 좋아하고, 특히 아이들을 좋아하며, 하느님을 경배하는 모범 청년이다. 그림을 그리면서 황제의 공무원으로서 백작을 도와 공무를 처리한다. 보리수나무 아래서 커피를 마시며 『호메로스』를 읽는 그는 가난한 집 아이들을 보면 단돈 얼마라도 쥐어주어야 직성이 풀린다. 공무를 처리하지만 규정에 얽매이기보다는 사람들에게 이익이 돌아가도록 한다. 그런 그를 좋아하는 사람도 있지만 귀족들은 내켜하지 않는다.

베르테르를 신뢰하는 C 백작이 VIP 파티를 열었을 때 우연히 그 자리에 있게 되었으나 자신이 있어서는 안 될 자리임을 알고 곧바로 나가려 했다. 그러나 B양과 이야기를 나누느라 기회를 놓치고 말았다. 급기야 C 백작이 "자네가 이 자리에 있는 것을 모두가 못마땅해 한다"고 말한 뒤에야 쫓기듯 파티장을 나왔다.

그리고 마을에 소문이 돌아 우스꽝스런 사내가 되고 말았다. '머리가 남보다 좀 뛰어나다고 해서 신분이나 관례를 초월해도 좋은 것처럼 생각하는 거만한 사내'가 된 것이다.

홀연히 나타난 아름다운 여자와 넘지 못할 벽

그런 그를 이해해주는 사람은 목사와 아이들뿐이다. 즉 순수한 마음을 지닌 사람만이 그를 너그러이 받아들인다. 또 한 명의 사람이 있다. 샤를로테이다. 베르테르는 로테를 5월 30일~6월 15일 사이에 만났다. 베르테르는 발하임 인근에 머물면서 빌헬름이라는 친구에게 부정기적으로 자신의 근황을 알리는 편지를 써서 보냈는데 6월 16일에 부친 편지에 로테의 이름이 처음 등장하기 때문이다.

　마을에서 무도회가 열렸을 때 운 좋게도(결과적으로는 아주 운 나쁘게도)베르테르도 초대받았고, 청년들, 아가씨들과 어울려 파티장으로 가면서 로테를 만난다. 옆 자리의 소녀는 로테를 이렇게 소개했다.

　"아름다운 아가씨를 알게 되실 거예요."

　그 뒤의 말은 베르테르의 운명과 나아가 로테의 운명도 어떻게 전개될 것인가를 예측하게 해준다.

　"반하지 않도록 주의하세요. 그 아가씨는 벌써 약혼한 분이 있으니까요."

　병을 주고 약을 주는 처사이다. 아니, 약을 먼저 주고 그 다음에 불치병을 주는 가혹한 처사이다. 어머니가 작고하는 바람에 동생 8명을 돌보는 로테는 매력이 넘치고, 다정다감하고, 책임감이 강하고, 교양도 풍부하다. "제가 좋아하는 작가는, 작품 속에서 저 자신의 세계를 발견할 수 있고, 저와 같은 처지의 생활묘사로 친근감이 가고 흥미 있는 이야기를 쓰는 작가"라고 말한다. 예컨대 골드스미스(Oliver Goldsmith)의 소설 『웨이크필드의 목사』(The Vicar of Wakefield)이다. 고차원적인 철학서나 허무맹랑한 수필집보다는 마음에 위안이 되는 책을 더 좋아한다. 어찌 베르테르가 그녀에게 반하지 않을 수 있겠는가!

　하지만 알베르트라는 약혼자가 있었다. 그것은 넘지 못할 벽이다. 베르테르보다 부자이고, 그만큼 교양이 있고, 둘은 오래전부터 사랑하는 사이이다. 그것을 알면서도 베르테르는 로테의 집을 방문해 아이들과 즐겁게 놀고, 함께 식사하고, 세 사람은 '어정쩡한 아는 사이'가 된다. 알베르트는 그를 싫어하지도 않고, 좋아하지도 않으며 때로는 격렬한 논쟁을 벌인다. 로테의 집을 찾아가면 찾아갈수록 베르테르의 번민은 커지고, '다시는 가지 않겠다'고 맹세하면서도 아침에 눈을 뜨자마자 '오늘은 무슨 핑계로 로테의 집에 갈까?' 고민한다. 그 고민과 번민은 독자에게 공감을 주지 못한다.

사랑하는 여인이 건네준 권총

『젊은 베르테르의 슬픔』은 사랑 이야기지만 삶의 교훈을 설파해주는 잠언서(箴言書)로 보아도 된다. 괴테라는 작가는 그 이름부터가 엄숙하고, 무언지 모르게 성스러우며, 옆집에 산다 해도 범접하기 어려울 것 같은 경외감마저 든다. 일부 학자들은 독일문학을 처음으로 세계적 수준으로 끌어올린 사람은 괴테라고 평한다. 사실 그의 작품들은 무겁고, 문장 역시 근엄하다. 가장 널리 알려진 『파우스트』를 쉽게 읽어낼 사람은 76억 명 중에 몇 되지 않을 것이다.

　사랑 이야기이면서도 삶을 살아가는데 교훈이 될 말들이 무수히 등장한다. "인간은 자신에 대해 스스로 비난하면서도 태연할 수 있으니 참으로 묘한 존재이다", "부지런히 상상력을 동원하여 지난날의 불행한 추억을 되새기려 하지 말고, 오히려 현재를 견디어내기 위해 노력한다면, 인간의 괴로움은 훨씬 줄어든다". "이 세상의 분쟁은 악의나 흉계보다는 오해와 타성 때문에 일어나는 편이 훨씬 더 많다" 등등.

이 소설은 편지 형식으로 이루어져 있으며 후반부는 제3자가 사건의 결말을 설명해주면서 끝난다. 베르테르는 호감 가는 청년이지만 차츰 독자를 화나게 한다. 사랑하는 여인이 있다면 쟁취하기 위해 노력하든지 아니면 처음부터 깨끗이 포기하고 새로운 상대를 찾아야 하건만 이러지도 못하고 저러지도 못하면서 자신만 학대한다. 나약한 청년이며 결단성도 부족하다. 친구에게 보내는 편지에 하소연만 늘어놓는다. 현대적 관점으로 보면 '찌질이'다.

물론 이 소설이 발표된 1774년의 세계와 지금의 세계는 판이하게 다르다. 결혼의 신성성, 종교적 억압, 사회의 극보수적 인습이 지금보다 훨씬 강했을 것이다. 그렇다 한들 사랑을 쟁취하는 방법마저 다른 것은 아니리라. 결국 베르테르는 "크리스마스이브까지 오지 말라"는 로테의 당부를 듣고 절망에 빠진다. 로테는 더 극적이고 즐거운 크리스마스를 맞이하기 위해 그렇게 말했을 뿐이지만 소심한 베르테르는 오해를 하고 만다.

이후 '베르테르 효과'(Werther effect)를 불러와 전 세계적으로 수많은 청춘들을 자살로 내몰았던 베르테르의 죽음은 아이러니하게도 그가 절실히 사랑했던 로테가 건네준 권총으로 마무리된다. 밤 12시에 자신의 오른쪽 눈 위를 쏘았고, 다음날 정오 12시에 숨을 거두었다. 그가 로테에게 한 마지막 간청은 분홍색 리본을 함께 묻어달라는 것이었다. "이 분홍색 리본은 우리가 처음 만났을 때 당신이 가슴에 달고 있었던 것입니다"라는 이유로.

자살로 확인된 후 밤 11시에 상두꾼이 영구를 메고 갔으며, 성직자는 한 사람도 따라가지 않았다. 기독교에서 자살은 타살보다 더 나쁘다고 하기 때문이다. 한 가지 위안은, 죽기 전날 베르테르와 로테는 뜨거운 키스를 나누었다는 점이다. 그것이 죽은 자에게 위안이 될 수 있다면 로테는 사랑을 주고 절망을 준 것이 아니라, 절망을 주고 사랑을 준 것이다.

* 더 넓은 지식을 위한 독서 내비게이션

1. 괴테는 23세이던 1772년에 실제 샤를로테(Charlotte)라는 여자를 만나 사랑에 빠지지만 그녀는 케스트네르와 결혼했다. 괴테는 깨끗이 물러났다. 그러나 막시밀리아네를 만나 또 사랑에 빠지고, 그녀는 브렌타노와 결혼한다. 즉 두 번의 쓰라린 실패를 경험한 것이다. 이를 바탕으로 1774년『젊은 베르테르의 슬픔』을 썼다.
2. 소설 속 베르테르는 그림을 그리기도 하는데 실제 괴테는 1천 장 이상의 스케치를 남긴 화가 지망생이었으나 결국에는 단념했다.
3. 독일문학은 13세기 초에 쓰여진 것으로 추정되는『니벨룽겐의 노래』를 출발점으로 본다. 운문 형식으로 이루어진 소설이며 독일 민족의 바탕을 어느 정도 알 수 있다. 작가 미상의 영웅 서사시는 영국의『베어울프』, 스페인의『엘 시드의 노래』, 프랑스의『롤랑의 노래』가 대표적이다.
4. 최초로 노벨문학상을 받은 독일인은 우리에게 잘 알려지지 않은 몸젠(Christian Matthias Theodor Mommsen)이라는 역사학자로 대표작

은『로마서』이다. 그 후 몇 명이 있었지만 익숙한 작가로는 토머스 만(Paul Thomas Mann)이며 1929년에 받았다.『선택된 인간』이 가장 유명하다.

5. 편지로 이루어진 소설은 도스토옙스키의『가난한 사람들』(1846년)이 가장 유명하다. 하급관리 마까르 알렉세예비치와 고아 처녀 바르바라 알렉세예브나가 주고받은 편지로만 이루어져 있다.

6. 프랑스의 신학자 피에르 아벨라르(1079~1142)는 수도원에 기거하면서 수녀원에 있는 아벨라르에게 사랑의 편지를 보냈다. 두 사람의 편지를 묶은 책이『아빌라르와 엘로이즈』이다.

7. 베르테르 효과의 반대말은 '파파게노 효과'(Papageno effect)이다. 이 말은 모차르트의 오페라「마술피리」에서 유래되었다고 한다.

8. 잘 알려진 것처럼 롯데그룹을 세운 신격호는『젊은 베르테르의 슬픔』을 읽고 감명받아 회사 이름을 롯데(Lotte)로 지었다.

『폭풍의 언덕』 Wuthering Heights

에밀리 브론테 Emily Bront | 영국 1847년

해서는 안 될,
그러나 했어야만 하는 사랑

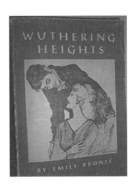

그를 데려오지 않았어야 한다

모든 잘못의 출발은 아버지에게 있다. 한 가정의 몰락, 한 기업의 몰락, 한 왕국의 몰락을 거슬러 올라가면 한 명의 남자가 있다. 그 남자는 아들일 수도 있고, 친구일 수도 있고, 신하일 수도 있고, 외부의 침입자일 수도 있다. 그의 정체가 무엇이든 그의 실책, 만행, 어리석음을 바로잡을 수 있었던 유일한 사람은 아버지이다. 그러나 아버지는 그것을 바로잡지 못하고 세상을 떠난다. 그 이후 모든 것은 엉망이 되고 남아있는 사람들은 가슴에 깊은 상처를 안은 채 뿔뿔이 흩어진다. 역사에 등장하는 무수히 많은 몰락들의 근원은 결국 아버지이다.

모든 비극의 출발은 사랑에 있다. 사랑은 한 사람을 인간으로 완성시키고, 삶의 희열을 느끼게 해주며, 세상을 유지시키는 강력한 힘이다. 그 사랑이 순수하고, 아무런 조건을 따지지 않을 때만… 만약 사

랑에 허위와 명예, 조건이 따라 붙으면 그때부터 지옥이 시작된다. 그 지옥을 만든 사람은 자신뿐만 아니라 모든 사람에게 씻을 수 없는 아픔을 준다. 그리고 몰락으로 치닫게 한다.

언쇼(Earnshaw)가 리버풀에서 고아 소년을 데려온 것이 모든 비극의 출발이었다. 그를 사랑하는 소녀는 그 비극의 완성자였다. 철저하게 복수하기 위해 자신마저 파멸시키는 소년은 모든 문학작품의 등장인물 중에서 가장 거칠고, 비열하면서도 가장 안타까운 주인공이다. 그를 폭풍의 언덕으로 데려오지만 않았다면 모든 사람이 행복하게 살았을 것이다. 그래서 나는 언쇼가 지극히 원망스럽다.

복수의 칼날은 자기 자신에게 향한다

평생 머릿속을 떠나지 않는 소설 속 주인공들이 있다. 『레 미제라블』의 장 발장, 『걸리버 여행기』의 걸리버, 『노트르담의 꼽추』의 콰지모도, 『테스』의 테스, 『바람과 함께 사라지다』의 스칼렛, 『변신』의 잠자, 『부활』의 카츄사, 『아Q정전』의 아Q, 『인형의 집』의 노라, 『젊은 베르테르의 슬픔』의 롯데, 『좁은 문』의 제롬, 『햄릿』의 햄릿…

이 모든 주인공들은 우리들에게 크건 작건 삶의 교훈을 준다. 때로는 반면교사의 역할도 한다. 하지만 히스클리프(Heathcliff)는 사악하고 거칠기만 하다. 그는 모든 주인공들 중에서 단연 돋보인다. 모든 주인공들이 한꺼번에 덤벼들어도 히스클리프를 이길 수 없다. 초등학교 6학년 때 『폭풍의 언덕』을 읽은 이후 그 이름은 내 머릿속에 깊이 각인

되어 한번도 떠나지 않았다. 그리고 많은 히스클리프를 만났다.

그들은 자기 세계를 파괴하기 바빴다. 구원해준 사람에게 "차라리 나를 내버려두지 그랬느냐"는 항변과 함께 공격을 퍼부었다. 사랑은 애당초 불가능하다는 엄연한 사실을 받아들이지 않으려 했다. 그래서 복수를 꿈꾸고 실행에 옮겼다. 그 복수의 칼날이 겨누는 사람은 결국 자기 자신이었다. 가장 애절하고, 가장 안타깝고, 가장 불쌍하면서 가장 미운 사람이 히스클리프이다. 그러면서도 가장 연민이 간다.

잘못은 신에게도 있다

『폭풍의 언덕』은 언쇼가 히스클리프를 데려온 1771년부터 본격적으로 시작한다. 아들 힌들리(Hindley)는 14살이었고 딸 캐서린(Catherine)은 6살이었으며, 이웃집 아들 에드거 린튼(Edgar Linton)은 9살이었다. 7살 히스클리프가 오지 않았다면 세 아이는 지극히 평범하고, 유복하고, 행복한 삶을 살았을 것이다. 히스클리프는 언쇼로 지칭되는 폭풍의 언덕(Wuthering Heights) 가문과 린튼으로 지칭되는 드러시크로스(Thrushcross) 가문을 황폐화시켜 버린다.

물론 모든 잘못이 히스클리프에게만 있는 것은 아니다. 이기주의자이며 자존심이 세고 아버지와 달리 인자함은 눈곱만큼도 없는 힌들리의 무자비한 학대도 주요 원인이다. 태생을 알 수 없는 부랑아 고아를 사랑한 캐서린의 잘못은 더욱 크다. 사랑하면서도 그를 저버리고 부와 명예, 체면을 쫓아 에드거와 결혼한 것은 치명적 실수이다. 그러하지 않았다면 (이 소설은 존재하지 않았을 것이겠지만) 캐서린과 히스클리프는 행복했을 것이다. 힌들러와 그의 아내 프랜시스, 에드거와 그의 여동생 이사벨라(Isabella, 훗날 히스클리프의 아내)도 행복했을 것이다. 하지만 그렇게 순조롭게 흘러가지 못하는 것이 두 가문 사람들의 운명이다. 잘못은 신에게도 있는 것이다.

결국 이 소설은 '… 했더라면'이 처음부터 끝까지 독자의 가슴을 후벼 판다. 그리고 교훈 하나를 안겨준다. '사랑하는 사람과 결혼하라.' 가문이나, 체면이나, 명예나, 권력이나, 돈이나, 학벌을 따지지 마라. 그러나 현실은 그리 녹록치 않다. 아무리 사랑한다 하여도 출신을 알 수 없는 무식한 고아 청년(실제로는 머슴)과 결혼할 여자가 몇 명이나 되겠는가?

"등장인물 또한 흉측하고 음산하다"

『폭풍의 언덕』은 18세기 후반부터 19세기 초반이 무대이다. 작가는 19세기 초반에 생존했다. 즉 작가는 시계바늘을 50년 전으로 돌려 두 가문의 처절한 사랑을 그렸다. 18세기는 계몽주의 시대이다. 중세의 기독교 이념은 차츰 물러났으며 계몽주의는 영국에서 출발했으나 꽃을 활짝 피운 곳은 프랑스였다.

프로이센의 프리드리히 2세, 러시아의 예카테리나 2세, 오스트리아의 마리아 테레지아, 프랑스의 루이(Louis) 왕가가 절대권력을 쥐고 있었고, 영국에서는 산업혁명이 일어나 공업국으로 발전하기 시작했다.

그리고 프랑스대혁명의 발발로 구세대(Ancienrgime)가 몰락했으며 미국이 독립했다.

이 시대의 인물로는 다니엘 디포, 데이비드 흄, 스피노자, 라이프니츠, 칸트, 볼테르, 몽테스키외, 나폴레옹, 조지 워싱턴, 시몬 볼리바르, 마르크스와 엥겔스, 괴테, 빅토르 위고, 푸슈킨, 스탕달, 베토벤, 쇼팽 등을 들 수 있다. 여자는 거의 없다. 빅토리아 여왕(Queen Alexandrina Victoria)은 브론테보다 1년 후인 1819년에 태어나 1901년까지 영국을 통치했다. 그녀는 재위 시에 '해가 지지 않는 나라'인 대영제국을 건설했다. 그러나 여성의 지위를 높이는 성과는 올리지 못했다. 정치, 경제, 과학, 예술 등 모든 분야에서 남성 독무대인 시대에 에밀리 브론테는 독보적 존재라 할 수 있다.

『폭풍의 언덕』은 "발표 당시에는 그리 관심을 끌지 못했고, 심지어 내용이 지나치게 야만적이고 비윤리적인데다 등장인물 또한 흉측하고 음산하다는 혹평을 받았다"고 소개되어 있다. 내용이나 표현기법이 문제가 아니라 1847년에 여성이 장편소설을 썼다는 사실을 남자들이 인정하지 않으려 했을 것이다. 그 혹평을 이겨내고『폭풍의 언덕』은 고전 명작이 되었다. "등장인물 또한 흉측하고 음산하다"는 평은 어쩌면 히스클리프를 지칭한 것이리라. 그러나 히스클리프가 아니었다면 이 소설은 살아남지 못했을 것이다. 그런 의미에서 못된 남자 히스클리프와 그를 사랑했으나 끝내 받아들이지 못한 가녀린 캐서린은 우리 모두의 서글픈 자화상이다.

기드 모파상은『여자의 일생』(A Woman's Life) 마지막에서 이렇게 결론지었다.

"인생이란, 사람들이 생각하는 것처럼 그렇게 행복한 것도 불행한 것도 아니지요."

이러한 두루뭉술한 말은, 한평생을 다른 사람을 사랑하면서 비극적으로 살다간 여자 캐서린의 일생에는 아무런 위안이 되지 못한다.

* 더 넓은 지식을 위한 독서 내비게이션

1. 에밀리 브론테는 1818년 태어나 폐병으로 1848년에 30세의 나이로 사망했다. 『폭풍의 언덕』은 대표작이며 유일작(唯一作)이다. 처음에는 엘리스 벨(Ellis Bell)이라는 필명으로 발표되었다. 그녀의 고향 북부 요크셔의 황량한 고원이 소설의 무대가 되었다. 언니 샬럿 브론테(Charlotte Bronte) 역시 『제인 에어』(Jane Eyre)를 쓴 소설가이다. 39살에 사망했다.

2. 이 소설은 윌리엄 와일러(1932)를 시작으로 피터 코스민스키(1992), 코키 지드로익(2009), 안드리아 아놀드(2011)까지 여러 감독에 의해 영화로 제작되었다. 가장 첫 작품인 윌리엄 와일러(William Wyler)의 흑백영화를 권한다. 유튜브에서 무료로 볼 수 있다.

3. 세계사에 등장하는(내가 파악하기에) 최초의 여류소설가는 스탈 부인(Madame de Stael 1766~1817)이다. 제네바에서 태어나 귀부인의 삶을 살았고, 괴테와도 교류했다 한다. 〈코린느〉(Corinne)라는 소설을 1807년에 썼다 하는데 읽지는 못했다.

4. 여성 작가의 소설은 프랑스와즈 사강(프랑스)의 『슬픔이여 안녕』, 콜린 매컬로(호주)의 『가시나무새』, 루이제 린저(독일)의 『고원의 사랑』, 『삶의 한가운데』, 펄 벅의 『대지』, 마가렛 미첼의 『바람과 함께 사라지다』, 제인 오스틴(영국)의 『오만과 편견』, 미우라 아야코(三浦綾子)의 『빙점』(氷點), 잉게보르크 바하만(오스트리아)의 『삼십세』, 도리스 레싱(영국)의 『마사 퀘스트』 등이 유명하다.

5. 프랑스 작가이자 철학가인 시몬느 드 보부아르의 『초대받은 여자』(L'Invitée)와 『계약결혼』(La Force de L'age)은 한때 여성 독자의 사랑을 받았다. La Force de L'age는 '나이의 힘'이라는 뜻이다.

6. 그 유명한 『누가 버지니아 울프를 두려워 하랴』(Who's Afraid of Virginia Woolf?)는 에드워드 올비(Edward Albee, 미국)의 장편 희곡이다. 박인환은 시 '목마와 숙녀'에서 "한 잔의 술을 마시고 우리는 버지니아 울프의 생애와 목마를 타고 떠난 숙녀의 옷자락을 이야기한다."라고 노래했다.

7. 버지니아 울프는 영국의 여류소설가이다. 『댈러웨이 부인』(Mrs. Dalloway), 『등대로』(To the Lighthouse)가 널리 알려져 있다. 1990년대 초반에 장편 『세월』(The Years)이 베스트셀러가 된 적이 있었다. 1937년에 발표된 소설이 근 60년의 세월을 뛰어넘어 갑자기 한국에서 왜 베스트셀러가 되었는지, 지금도 수수께끼이다.

『좁은 문』 La Porte étroite

앙드레 지드 André-Paul-Guillaume Gide
프랑스 1909년

너희는 좁은 문으로
들어가기를
두려워하지 마라

14살의 알리사를 만난 12살의 제롬

같은 혈통과 결혼하는 것은 그냥 괜찮을 것일까, 아니면 유전적으로 나쁜 것일까. 우리나라는 한때 동성동본의 결혼을 금했으나 지금은 구시대의 유물이 되었다. 그렇다면 사촌과 결혼한다면 어떻게 될까? 부모와 친인척 모두 결사반대할 것이며 당사자도 마음 내켜하지 않을 것이다. 무언가 커다란, 근원적인 죄를 짓는다는 생각이 들 것이기 때문이다.

"인생을 살다보면 때로는 금지되어 있기는 하지만 너무도 소중한 쾌락과 정다운 유혹이 있어 그것이 허용되었으면 하고 바라는 것이 자연스러울 때가 있다."

윤리학자 라 브리에르(Jean de La Bruyére)의 〈성격론〉(Caractéres 1688년)에 나오는 구절이라 한다. 이 구절을 읽은 사람은 사랑의 도덕적 관념을 깨부수고 싶어 한다. 그러하기에 많은 나라에서는 사촌간의 결혼을 법적으로 금지하지 않는다. 미국은 몇몇 주에서만 금지한다. 일본을 비롯해 아시아의 몇몇 나라에서도 사촌간에 결혼을 한다. 그 결혼이 유전적으로 좋은지 나쁜지는 과학적으로 명확히 밝혀지지 않았다. 찰스 다윈, 알버트 아인슈타인, 루스벨트 대통령 등은 사촌 결혼을 한 유명인이다.

여기 또 하나의 커플이 있다. 제롬과 알리사이다. 제롬의 상황은 그다지 좋지 않다. 의사인 아버지는 12살이 되기 전에 죽었으며, 어머니는 아들을 공부시키기 위해 파리로 갔다가 퐁궤즈마르라는 곳으로 거처를 옮긴다. 어머니는 늘 상복만 입었으나 어느 날 검은색 리본 대신 연보라색 리본을(어쩌면 큰마음 먹고) 달았지만 아들의 반대로 다시 검은색으로 바꿀 정도로 정숙하고, 아들의 조언을 사심 없이 받아들이는 여인이다. 다행히 뷔꼴랭 삼촌은 잘 살았고, 집은 3층짜리 18세기풍의 별장이었다.

그곳에서 불행인지 다행인지 사촌들을 만난다. 줄리에트는 1살 아래이고, 로베르는 더 어리고, 알리사는 2살 위다. 즉 12살의 제롬은 14살의 알리사를 처음 만났다(처음으로 추정된다). 외숙모 뤼씰르 뷔꼴랭은 정숙한 여인이 아니다. 어린 알리사의 옷이 촌스럽다는 이유로 마구 몸을 더듬기도 한다. 네 사람은 삼촌 서재에서 공부하고, 책을 읽고, 이야기를 나누고, 정원과 채소밭에서 뛰어논다. 그것으로 그쳤다면 좋았으련만 운명은 그렇지 못하다.

사랑의 훼방꾼은 늘 있게 마련이다

오랜 세월이 흐른 지금, 제롬은 알리사의 얼굴을 뚜렷이 기억하지 못한다. 다만 슬픔이 깃든 듯한 미소를 띤 표정과 커다란 곡선을 그리면서 눈과는 아주 멀리 떨어져 있는 눈썹의 선만을 기억한다. 그 눈썹은 단테 시대의 피렌체 조각을 닮았다. 그 눈썹은 알리사의 눈길과 몸 전체에, 근심과 신뢰가 동시에 섞인 질문을 던진다. 질문은 열정적이면서도 청순하다.

알리사에게는 모든 것이 질문이고, 기다림이었다. 그 질문이 제롬을 극한 상황으로 몰고 간다. 사랑이 싹텄을 때 사촌간의 결혼은 애당초 문제가 되지 않았다. 문제는 제롬이 알리사를 사랑하는 것만큼 알리사가 제롬을 사랑하느냐?이다. 그러나 그것만으로 문제는 해결되지 않는다. 사랑에는 늘 제3자가 끼어들기 마련이기 때문이다.

사람들은 제롬이 방학을 맞아 뷔꼴랭 삼촌 집에 가려 하면 으레 이렇게 말한다.

"그곳에 가면 삼촌과 줄리에트가 반가와하겠지."

이 말은 제롬을 당황케 한다. 상식적 관점에서, 줄리에트는 제롬보다 어리기 때문에 결혼 가능성이 높고(당시 프랑스에서 연상 여자와 결혼하는 것이 어떤 인식인지는 파악하기 어렵) 예쁘고 활달하기까지 하다. 제롬을 어지럽히는 것은 줄리에트의 태도이다. 그녀는 제롬 오빠가 언니 알리사를 흠모한다는 것을 알고, 사랑의 전령사 역할을 한다. 그리고 이렇게 당부한다.

"꼭 알리사를 행복하게 해준다고 다짐해줘. 만일 오빠로 인해 언니가 고민하는 일이 있게 된다면 난 정말로 오빠를 미워할 테야."

그러나 그 당부는 말짱 거짓이다. 그 거짓을 알리사도 알고 있다. 그러하기에 제롬에게 "난 네가 생의 경험을 쌓을 때까지 기다려달라고 부탁하는 거야. 이런 말을 하는 것도 너를 위해서라는 것을 이해해줘. 나로서는 너를 사랑하지 않게 될 수는 결코 없으리라는 걸 잘 알기 때문이야"라고 편지를 쓰지만… 막상 행동으로 옮기지는 않는다. 도대체 그 무엇이 알리사의 마음을 억세게 잡아 누르는 것일까?

누구나 좁고도 좁은 문을 통과해야 한다

『좁은 문』이라는 멋진 제목은 "너희는 좁은 문으로 들어가기를 힘쓰라, 멸망으로 인도하는 문은 크고 그 길이 넓어 그리로 들어가는 자가 많고, 생명으로 인도하는 문은 작고 협착하여 찾는 이가 드무니라"라는 성경 구절에서 따왔다. 유명한 이 소설 덕분인지 내가 청소년 시절에(7080 때는 사람들이 지금보다 책에 더 관심이 많았다) 좁은 문이라는 단어가 일상에서 많이 사용되었다. 입시의 좁은 문, 취업의 좁은 문, 사랑의 좁은 문…. 그 많은 좁은 문들을 통과해야만 인간은 꿈을 이룰 수 있다고, 선생님들은, 어른들은 강조했다.

이 좁디좁은 문은 제롬이 통과해야 할 필연적인 문이다. 허리를 숙여야 하고, 마음을 비워야 하고, 자신을 버려야 한다. 그래도 통과하지 못할 수 있다. 제롬은 보띠에 목사의 설교를 들으며 자신이 힘써

들어가야 할 그 좁은 문을 보았다. 그 문은 궁극적으로는 알리사의 방으로 들어가는 문이다. 그러나 문은 굳게 닫혀(잠겨) 있다. 제롬은 간절히 기도한다.

"주여! 당신이 우리에게 가르쳐주시는 길은 좁은 길입니다. 둘이서 나란히 걸어가기에는 너무도 좁은 길입니다."

이 소설은 작가 앙드레 지드의 삶을 바탕으로 한다. 아버지는 11살 때 사망했고, 어머니를 비롯한 여자들에 의해 자라면서 교육을 받았다. 22살 때 2살이 더 많은 사촌누이 마들렌 롱드를 사랑하지만 결혼을 거절당한다. 이 쓰라림이 첫 소설 『앙드레 왈테르의 수기』(1891년)인데 일기 형식으로 쓰여졌다. 『좁은 문』(1909) 역시 후반부는 알리사의 일기로 이루어져 있다.

훗날 지드는 그토록 원했던 마들렌과 결혼하지만 결혼생활은 그리 행복하지 못했다고 전해진다. 가슴 속 뜨거운 사랑의 존재를 그냥 열정적 사랑에서 그치는 것이 오히려 더 행복했을 수도 있으리라.

대부분의 남자는 "내가 지금의 아내가 아닌 18살에 만난 첫사랑의 그녀와 결혼했으면 지금보다 더 행복했을텐데…"라고 부질없는 망상에 빠진다. 만약 그 여자와 결혼했다면 지금보다 더 불행에 빠졌으리라. 그러므로 꼭 그렇지만은 않지만, 첫사랑의 순수와 청순은 가슴에 그대로 묻어두고 사는 것이 좋다.

알리사에게도 제롬은 첫사랑이다. 그녀 역시 제롬을 순수하고 아름답게 사랑했지만 이루어질 수 없는 사랑이라는 것을 여자의 예민한 직감으로 알고 있다. 그러면서도 간절히 간구한다.

"주여, 그를 제게 주옵소서. 그러면 이 마음을 당신에게 바치오리다. 주여, 한번만 더 그를 만나게 하여 주시옵소서. 주여, 이 마음을 당신에게 드리기로 약속하옵니다."

하지만 하늘은 그 기도를 받아들이지 않았다. 사랑이 이루어지지 못한 것은 기도의 정성이 부족해서가 아니라 인간에게 있다. 알리사가 10월 3일에 쓴 일기는 제롬을 향한 마음을 적나라하게 보여준다.

"제롬! 곁에 있으면 가슴이 터질 것 같고, 떨어져 있으면 죽을 것 같은 나의 불쌍한 벗, 내가 이야기한 것 중에서 내 사랑이 네게 들려주었던 것 외에는 다 잊어줘."

'사랑하는 그대'가 아닌 '불쌍한 벗'이라고 표현했다. 진정으로 사랑했지만 제롬에게 더 깊은 상처를 주지 않기 위해 벗이라는 단어를 사용했는지도 모른다. 결국 우리의 가련한 제롬은 좁은 문을 통과하지 못한 것이다.

사랑의 좁은 문을 통과하는 것이 더 어려울까? 아니면 낙타(부자들)가 바늘귀를 통과하는 것이 더 어려울까? 그럼에도 성경은 '너희는 좁은 문으로 들어가기를 힘쓰라'라고 말한 이유는 무엇일까?

* 더 넓은 지식을 위한 독서 내비게이션

1. 앙드레 지드(1869~1951)는 『좁은 문』 외에 『지상의 양식』, 『전원교향곡』 등 여러 편의 명작을 발표했으며, 1947년 노벨문학상을 받았다.

2. 그의 사후인 1951년에 『이제 그녀는 그대 안에 있다』가 발간되었
   는데 이 책에서 결혼생활의 비밀을 밝혔으며, 행복하지 못했던 것
   이 드러났다고, 한다.

3. 이름이 똑같은 프랑스 작가로는 앙드레 말로(André-Georges Malraux
   1901~1976)가 있다. 프랑스 문화부 장관을 지냈으며 『인간의 조
   건』이 가장 유명하다.

4. 사랑을 그린 명작으로는 아이작 B. 싱어의 『적들, 어느 사랑의 이
   야기』, 막스 뮐러의 『독일인의 사랑』, 이반 투르게네프의 『첫사
   랑』, 스콧 피츠제럴드의 『위대한 개츠비』, 에릭 시걸의 『러브 스토
   리』, 빅토르 위고의 『노트르담의 꼽추』, 괴테의 『젊은 베르테르의
   슬픔』 등이 대표적이다.

5. 여자가 주인공인 소설은 구스타프 플로베르의 『보봐리 부인』, 기
   드 모파상의 『여자의 일생』, 나다니엘 호손의 『주홍글씨』, 라우라
   에스키벨의 『달콤 쌉사름한 초콜릿』, 버지니어 울프의 『등대로』,
   아베 프레보의 『마농 레스코』, 알렉상드르 뒤마의 『춘희』, 에밀
   졸라의 『나나』, 오느레 발자크의 『사촌누이 베뜨』, 제인 오스틴
   의 『오만과 편견』, 테너시 윌리엄스의 『뜨거운 양철지붕 위의 고
   양이』, 프로스페르 메리메의 『카르멘』 등을 들 수 있다. 그녀들의
   사랑은 대부분 비극적으로 끝난다.

『부활』Voskresenie

톨스토이 Lev Nikolayevich Tolstoy | 러시아 1899년

'구원받은 아기'로
돌아갈 수 있을까

모스크바에서 남쪽으로 약 400km를 가면 보로네슈라는 도시가 나온다. 이곳을 빙 둘러 흐르는 강이 돈(Don) 강이다. 미하일 숄로호프의 장편 『고요한 돈강』은 이곳을 무대로 한다. 그곳에서 또 남쪽으로 40km를 더 가면 코스텐키(Kostenki)라는 마을이 있다. 1879년에 처음으로 구석기 유적이 발굴된 이래 다량의 유적이 출토되었다. 이곳에 살았던 현생인류는 그리말디인(Grimaldi man)으로 추정된다.

약 4만년 전에 살았을 것이며, 이[齒]의 구조나 튀어나온 턱, 긴 팔로 보아 니그로(Negroid) 인종의 조상으로 파악된다.

두개(頭蓋)의 모양이나 크기 등으로 미루어 본다면 크로마뇽(CroMagnon)과 같은 인류라고도 할 수 있다. 세계 역사에서 처음으로 러시아가 등장하는 시기이다.

러시아는 장구한 시간 동안 다양한 사건과 변혁을 거치면서 엄청난 영토를 차지해 한때 세계 1~2위를 다투는 강대국 소련으로 발돋움했

다. 그러나 불과 300년 전만 해도 무지몽매하고 야만적인 국가였다. 러시아의 바탕을 이루는 키예프 공국(Kievskaya 公國)은 9세기 말에야 겨우 세워졌다. 250년 동안 몽고의 지배를 받다가 1300년대 들어 독립했으며, 16세기 후반에 시베리아로 본격 진출하기 시작했다.

절대왕정과 농노제에 의해 유지되던 러시아를 근본적으로 개혁시킨 사람은 표트르 1세(Pyot 피터 1세, 1682~1725)이다. 대대적인 근대화에 착수하여 서유럽의 제도와 문화, 기술을 도입했고, 바다로의 출구를 찾아 스웨덴과의 북방전쟁에서 승리해 발트해 연안까지 나아갔다. 근대적 군대 양성, 행정조직 정비, 세제 개혁 등을 실시했고, 산업을 육성시켰다. 그리하여 동양적 은둔에서 벗어나 유럽 열강의 하나로 만드는 데 성공했다.

'인물의 창출'이 걸작과 졸작의 갈림길

러시아는 고전음악과 문학에서 걸출한 인물들을 배출했다. 쇼스타코비치, 림스키코르사코프, 무소르그스키, 보로딘, 미하일 글린카, 스트라빈스키, 차이코프스키 등이 고전음악의 대가들이다. 반면 철학자와 사상가는 미미하며 경제학자도 거의 나오지 않았다. 이는 정치적 상황에 따른 결과로 풀이된다. 미술 부분도 약하다고 할 수 있는데 평범한 사람들이 알 수 있는 화가는 샤갈과 칸딘스키뿐이다. 그나마도 샤갈은 프랑스에서, 칸딘스키는 독일에서 활동했다.

그에 비해 문학 부분에서는 엄청나게 많은 세계적 작가들이 배출되었다. 그런 의미에서 신은 인간뿐만이 아니라 각 나라에도 골고루 특정 분야를 나누어 준 것 같다. 러시아 문학의 양대 산맥은 도스토옙스키와 톨스토이이다. 문학에서 소설은 기본적으로 '이야기'이고, 두 사람은 세계 역사상 가장 탁월한 '이야기꾼'이다.

두 사람의 소설은 일단 재미있으며 역사, 철학, 인물(주인공)이 담겨 있고 문장력 또한 뛰어나다. 모든 소설에는 인물이 등장하지 않는가? 라고 반박할 수 있으나 인물을 창출해내지 못한 소설이 더 많다. 걸작과 졸작의 차이점은 인물이 있느냐, 없느냐로 판가름 난다. 내 관점에 의하면, 전 세계 수많은 소설의 70% 이상은 인물을 창출해내지 못했다.

6개의 이름으로 불린 여자

그녀는 비참한 과정을 통해 이 세상에 태어났다. 스빠손나야(구원받은 아기) - 첸카로 - 카치카 - 카튜사 - 류보브라는 이름으로 불리었다. 정식 이름은 예카테리나 마슬로바이다. 7년 동안 사창가에서 공인 받은(당시 러시아는 창녀 제도를 인정했다) 창녀로 활약했다. 18살에 여주인의 조카이자 부유한 공작(公爵)인 대학생에게 처음으로 처녀를 잃었다. 그 보상으로 100루블을 받았다. 이후 늙은 경찰서장 - 산림 감독원 - 중학교 6학년 남학생 - 늙은 소설가 - 젊은 점원을 거쳐 사창가 창녀가 되었다.

"검은 비로드로 장식한 밝은 황금빛 비단옷, 등과 앞가슴을 깊게 판

깃없는 야회복을 입을 수 있을" 것이라 생각했기 때문이었다. 나아가 "자기를 배신한 사나이(대학생)와 자기를 버리고 간 점원과, 그리고 그 외에 자기를 괴롭힌 모든 남자들에게 복수할 수 있다"고 생각했기 때문이었다.

7년 동안 그녀를 거쳐간 손님은 젊은 남자, 중년 남자, 애송이, 늙은이, 독신자, 기혼자, 장사치, 점원, 아르메니아인, 유대인, 타타르인, 부자, 가난뱅이, 건강한 사람, 군인, 문관, 대학생, 중학생 등등 온갖 계급과 연령, 갖가지 성질의 남자들이었다.

8년째가 되던 26살 때 2급 상인 페라폰트 예밀리야노비치 스멜리코프를 만나지 않았다면 적어도 7년은 더 창녀 생활을 했을 것이며, 그 후에는 포주가 되어 다른 비참한 여자들을 꼬드겨 창녀가 되도록 만든 후 돈을 뜯어먹는 삶을 연명하면서 천수를 누렸을 것이다. 그러나 운명은 그렇게 태평스레 놓아두지 않았다.

이대로 내버려 둘 수 없어!

근위대 중위 드미트리 이바노비치 네플류도프 공작은, 부자이고 사회적 명망이 높은 코르차긴 일가의 딸 M. 코르차기나와 결혼을 앞두고 있었다(그렇게 소문이 났다). 그럼에도 귀족 회장의 부인 마리야 바실리예브나와 은밀한 관계를 맺고 있었다. 다행인지 불행인지 어느 장교가 마리야의 꽁무니를 열심히 쫓아다니고 있어서 곧 해방될지도 모른다는 희망(한편으로는 질투심)을 안고 있었다.

대토지를 소유한 네플류도프는 "토지는 사유재산의 대상이 될 수 없다"는 신념을 한때 갖고 있었기에 농민들에게 땅을 나누어 주기까지 했다.

188X년 4월 28일, 코르차기나와 미술전람회에 가려 했으나 배심원으로 참석하라는 명령을 받았다. 그렇지 않으면 벌금 300루블을 내야 했으므로 약속을 취소하고 재판정으로 향했다. 그곳 배심원석에서 독살사건을 일으킨 3명의 피의자를 처음으로 보았다. 그중 주범인 마슬로바(카츄샤)와는 세 번째 만남이었다.

"아니야, 그럴 리가 없어."

네플류도프는 두 번째 만남을 떠올렸다.

속옷만 입은 채 두 팔을 드러내 놓고 있는 카추샤를 번쩍 안아들고 문 밖으로 무턱대고 나왔다.

"어머나, 왜 이러세요?"

그녀는 속삭였다. 그러나 그는 그 말에 귀도 기울이지 않고 그녀를 자기 방으로 안고 들어갔다.

"아이, 안 돼요. 놓아 주세요."

그렇게 말하면서도 그녀의 온몸은 그에게 더욱 바싹 다가갔다.

네플류도프는, 그녀는 죄가 없다고 확신한다. 그러나 형법 제771조 제3항, 제776조, 제777조 및 형법 제28조에 의거해 마슬로바는 '공민권과 일체의 재산권을 박탈당하고 4년의 징역'에 처해진다. 네플류도프는 중얼거린다.

"이대로 내버려 둘 수는 없어!"

두 번째 남자와 첫 번째 남자

재판이라는 것은 아무리 공정하게 진행된다 하여도 그 누구도 만족시키지 못한다. 풍자소설 『가르강튀아와 팡타그뤼엘』을 쓴 프랑스의 라블레(François Rabelais)는 "주사위를 던져서 짝수가 나오면 원고가 이기고, 홀수가 나오면 피고가 이긴다"는 어이없는(한편으로는 수긍이 가는) 이야기를 했다. 마슬로바가 유죄 판결을 받은 것은 배심원들이 유죄/무죄 여부를 놓고 토론을 벌이는 일을 지루해 했기 때문이다.

그래서 죄에 따른 벌은 상황에 따라 다르게 내려진다. 예컨대, 한 여자가 5명의 남자에게 강제 윤간을 당했다. 이 경우 5명이 똑같은 벌을 받지는 않는다. 첫 번째 남자는 "나는 강간을 했을 뿐 윤간은 하지 않았다"고 주장할 수 있기 때문이다. 세 번째 남자는 "나는 두 번째 남자를 따라 했을 뿐이다"고 주장할 수 있다. 즉 윤간은 두 번째 남자로부터 시작되었기 때문에 그가 가장 큰 벌을 받을 수 있다.

마슬로바의 삶에서 두 번째 남자는 늙은 경찰서장이다. 그러므로 그가 가장 큰 벌을 받아야 하지만 모든 근원은 첫 번째 남자 네플류도프에게 있다. 그 스스로 그렇게 생각하기에 유부녀와의 불륜을 청산하고 죄없는 마슬로바를 보살피기 위해 새로운 삶을 시작하지만… 그녀의 인생이 순수하고 평범했던 시절로 다시 돌아가지는 못한다.

구원받아야 하는 사람이 마슬로바인지 네플류도프인지는 그 누구도 판단을 내릴 수 없다. 만약 마슬로바가 구원을 받았다면 생애 첫 이름인 '스빠손나야'로 부활하는 것이리라.

* 더 넓은 지식을 위한 독서 내비게이션

1. 톨스토이는 이 소설에서 러시아정교(Russian Orthodox Church)를 비판했다는 이유로 1901년 종무부(宗務部)로부터 파문당했다. 톨스토이는 "신을 거역해서 교회를 버린 것이 아니라 영혼의 온 힘을 다해 그를 섬기기 위해 버렸다"고 말했다.

2. 1909년 남아프리카에서 인권 활동을 하는 인도인 변호사 간디가 편지를 보냈고 두 사람은 오랫동안 서신을 주고받았다. 간디의 비폭력주의는 톨스토이 작품에서 유래되었다. 그런 의미에서 간디는 문학속의 가르침을 실천한 '위대한 본보기'라 할 수 있다.

3. 『부활』은 『전쟁과 평화』나 『안나 카레니나』보다 문학 수준이 떨어진다는 평을 받지만 일반적으로 읽기에는 『부활』이 적합하다.

4. 톨스토이가 노벨문학상을 받지 않은 것에 대해 의문을 제기하는 사람들이 많다. 노벨평화상에 4번, 문학상에 16번 후보로 올랐으나 탈락되었다. 그에 대한 추론 글이 많은데 진실이 밝혀진 것은 없다. 다만 "노벨위원회가 보수적"이라는 설명이 설득력을 얻는다. 82세의 나이에 집을 떠나 작은 간이역 아스타보프에서 사망한 행력(行歷)으로 추정컨대 톨스토이는 노벨문학상에 그다지 신

경을 쓰지 않았을 것이다.

5. 스탕달의 『파르마의 수도원』, 셀마 라게를뢰프의 『늪텃집 처녀』, 아나톨 프랑스의 『타이스』(Thaïs), 푸쉬킨의 『예브게니 오네긴』 (Evgenii Onegin)등은 비슷한 분위기의 소설이다. 종교와 사랑, 성적 행위를 묘사했다.

『위대한 개츠비』 The Great Gatsby

F. 스콧 피츠제럴드 F. Scott Fitzgerald | 미국 1925년

치밀한 사랑,
운명적 파멸

수상한 남자의 초호화판 파티

돈을 버는 일차적이고 근본적인 이유는 세상을 살아가기 위해서이지만 어떤 사람은 특별한 목적을 위해 힘써 돈을 벌기도 한다. 술을 지독히 좋아하는 사람 중에는 오로지 술을 마시기 위해 돈을 버는 사람도 있다. 대부분의 평범한 사람들의 눈에는 그 사람이 알코올 중독자로 보이지만, 그 사람 눈에는 돈을 벌어 여행을 다니거나, 자선사업을 하거나, 빌딩을 짓는 사람이 오히려 이상할 뿐더러, 미친 짓에 불과하다. 그렇다면 왜 개츠비는 그 많은 돈을 벌었을까?

　개츠비는 매우 수상한 사람이다. 이름도 불분명하다. 어떤 사람은 그가 "사람을 죽인 범법자"라 말하고, 어떤 사람은 "영국의 옥스퍼드 대학을 나왔다"고 말하고, 어떤 사람은 "독일 빌헬름 황제의 조카 아니면 사촌"이라 입방아 찧는다. 그 어느 것도 정확히 알 수 없음에도

사람들은 매일 밤 개츠비의 저택으로 부나방처럼 몰려간다. 그곳에서 초호화판 파티가 열리기 때문이다.

미국 동부 롱아일랜드 해변의 웨스트에그에 있는 개츠비의 저택은 40에이커(약 4만 9천평)의 넓이이고(32평 아파트 1,532채를 깔아놓은 면적) 당연히 대리석 풀장과 멋진 정원이 있으며, 저택은 우뚝 솟은 탑을 지닌, 유럽의 고성(古城)을 닮은 최고급 럭셔리 주택이다. 하인(당시에는 '하인'이라는 표현을 썼다)도 여럿이다. 파티가 열리면 값비싼 음식들과 과일, 술, 와인 등이 넘쳐나고, 4인조 밴드가 아닌 10명이 넘는 소규모 오케스트라가 음악을 연주한다. 방문객의 고급 차들이 넘쳐나 도로까지 5줄로 주차해야 한다.

초대장을 받고 오는 사람도 있지만 소문을 듣고 호기심에 오는 사람, 지나가다가 불쑥 들르는 사람들도 많다. 개츠비의 하인들은 그 사람들을 문전박대하지 않는다. VIP들과 어중이떠중이들이 어울려 파티장은 늘 시끄럽고, 사람들은 술에 취해 춤을 추고, 노래 부르고, 그러다가 밤이 이슥해지면 혹은 새벽녘에 운전기사가 모는 차에 실려 집으로 돌아간다. 아예 개츠비의 집에서 쓰러져 자고 가는 사람도 있다. 올빼미 눈을 지닌 사내도 그중 한 명이다. 그가 이 소설의 마지막에 던진 말은 '위대한' 개츠비의 모든 것을 집약해준다.

'남의 잘잘못을 따질 때' 기억해야 할 것은?

대부호는 개츠비에 그치지 않는다. 롱아일랜드 해협을 건너 이스트에그에 사는 톰 뷰캐넌은 개츠비보다는 못하지만 시카고의 거부이다. 그는 예일대학을 나왔고, 미모의 데이지와 결혼해서 행복하게 살고 있다. 톰은 데이지와 함께 남태평양으로 9개월 동안 신혼여행을 다녀올 정도로 돈이 많고, 데이지는 톰을 너무 사랑해서 그가 옆에 없으면 안절부절못한다. 그 이유가 정말 사랑해서일까? 아니면 다른 이유가 있어서일까?

닉 캐러웨이는 데이지와 6촌간이며, 톰과는 대학동창이다. 닉이 아직 어렸을 때 아버지가 들려준 충고는 평생의 좌우명이 되었다.

"남의 잘잘못을 따질 때는 언제든지 이 세상 사람들이 너처럼 좋은 환경에서 자라지 못했다는 것을 기억해야 한다."

이 말은 이 소설의 첫 부분에 나오는데 이 말에 매혹되어 『위대한 개츠비』를 읽기 시작하는 사람이 많다. 과연 '좋은 환경에서 자라지 못한 사람은 누구일까?'라는 의문을 갖고 출발한다. 뷰캐넌이 먼저 등장하고, 그는 부자이고, 가식적 결혼생활을 한다는 것을 알아채기 때문에 그가 문제의 인물이 아니라는 생각이 든다. 또 하나의 의문은 '개츠비라는 사람은 왜 위대한가?'라는 것이다. 그 의문의 답을 닉이 들려준다.

부클류 공작의 후손인 닉은 그럭저럭 중산층 가정에서 태어나 열심히 공부하고, 혼자 힘으로 살아가기 위해 중서부를 떠나 뉴욕의 증권회사에 취직한다. 6촌 여동생 데이지 부부를 만나면서 뜻하지 않게 사랑과 욕망의 대 소용돌이에 휘말려 들어간다. 때는 1차대전이 끝난 1922년 여름이다.

남자에게 돈이 생기면 반드시 바람을 피운다?

미국은 1776년 독립했을 때 13개 주의 연합체였다. 그런 미국이 언제 세계의 최고 강대국이 되었을까? 명확하게 말하기는 어렵지만 1차대전을 승리로 이끌고 난 후 미국을 얕보는 나라는 없었다. 국토는 넓고, 인구는 많고, 자원은 풍부하고, 기계의 발달로 산업은 나날이 증대하고, 그만큼 부자들도 늘어났다. 그 부자들 중에는 겸손하게 살면서 사회적 책임을 다하는 사람도 있지만 흥청망청, 과시욕, 무분별한 사치에 매몰되어 몰락한 사람도 있다.

뷰캐넌과 개츠비는 그런 전형을 보여준다. 그러하기에 닉은 개츠비를 향해 처음에 "내가 노골적으로 경멸한 모든 것을 포함하고 있는 대표적인 사람"이라고 깎아 내렸다. 그때만 해도 닉은 아버지가 말한 "남의 잘잘못을 따질 때는 언제든지 이 세상 사람들이 너처럼 좋은 환경에서 자라지 못했다는 것을 기억해야 한다"는 충고를 적용하지 않았던 듯싶다. 어찌 개츠비뿐일까! 예일대학을 졸업한 지식인 뷰캐넌은 아름다운 아내와 좋은 집에서 살면서도 자동차 정비공의 아내와 바람을 피운다. 남자는 돈이 많으면 반드시 바람을 피운다는 속설은 정말 맞는 것일까?

부호들의 어긋난 행태뿐만 아니라 그들에게 빌붙어 고급 술 한잔을 얻어 마시고, 밤새 여자들과 춤을 추려는 욕망과 허영의 남자들은 세계 도처에 넘쳐난다. 작가 피츠제럴드는 미국인의 그 속물근성과 황금 제일주의, 허욕의 나락을 날카롭게 비판해 대호평을 받았다. 그가 이러한 소설을 쓸 수 있었던 데는 청춘시절의 쓰라림에 있다. 1919년, 각고의 노력 끝에 단편소설 하나를 써서 어렵사리 잡지에 게재했으나 단돈 30달러를 받았다. 보통 사람이라면 포기했겠지만 그는 절치부심하면서 여러 편의 소설을 썼고 세 번째 장편 『위대한 개츠비』가 발표되자 어마어마한 찬사가 쏟아졌다. 심지어 시 '황무지'로 유명한 T.S. 엘리엇은 "헨리 제임스 이후 미국 소설이 내디딘 최초의 일보"라고 격찬했다.

왜 개츠비는 위대할까?

이 소설의 장르를 굳이 분류하자면 연애소설이다. 『폭풍의 언덕』이 고전판 사랑의 비극이라면 개츠비는 현대판 사랑의 비극이다. 시각에 따라서는 사회소설로 볼 수도 있다. 주인공 닉을 제외하고 모두 불행하고, 가식적인 삶을 살아간다. 그러면서도 자신은 행복한 척, 교양 있는 척 행동한다. 유려한 문체, 비교적 매끄러운 번역, 빠른 전개, 미국인의 심리와 일상, 앞과 뒤가 딱 맞아떨어지는 전개는 매우 흥미진진하면서도 혀를 끌끌 차게 만든다.

평범한 사람들은 '상류사회'라는 것이 무엇인지 TV나 영화를 통해 짐작만 할 뿐 실제로는 참여하기 어렵고, 들여다보기도 쉽지 않다. 만약 상류사회가 있다면 그들은 정말 매일 호화로운 파티를 즐기고, 멋진 승용차로 여행을 다니고, 요트로 바다를 유람할까? 그들은 도대체 그런 돈을 어디에서 모았으며, 어떻게 모았을까? 소설은 이 질문에 대한 답을 주지 않는다.

또한 가장 중요한 "왜 개츠비는 위대한가?"라는 질문에 답하기도
어렵다. 어찌 보면 부질없기도 하다. 개츠비의 모든 것이 차례차례 밝
혀지면서 측은하다는 생각도 든다. 닉은 이렇게 말했다. "인생이란 여
럿이 아닌 단 하나의 창문으로 바라보면 성공하기가 훨씬 더 쉽다."
이 말처럼 개츠비가 사랑이라는 하나의 순수한 창문으로 인생을 보았
다면 그토록 비참하게 끝나지는 않았을 것이다.

* 더 넓은 지식을 위한 독서 내비게이션

1. 피츠제럴드(Francis Scott Key Fitzgerald)는 1896년 미네소타에서 태어
   나 1940년 44세의 나이로 작고했다. 『위대한 개츠비』로 대성공을
   거두었으나 낭비와 방탕으로 인해 심장마비로 사망했다. 장례식
   에는 여류작가 한 사람만 참석했다고 한다.
2. 그는 자신의 묘비에 새길 시 한 편을 썼다.

   너의 책은 나의 서랍 속에 있을 텐데
   너의 머릿속의 어떤 미완성 혼돈은
   위대한 운명의 여신 때문에
   무(無)로 돌아갔다.
   　- 출처 : 삼성판 세계문학전집 42. 이가형(李佳炯) 옮김

3. 1922년 『벤저민 버튼의 기이한 사건』(The Curious Case of Benjamin Button)이라는 단편소설을 썼는데 이를 바탕으로 2008년에 영화 「벤자민 버튼의 시간은 거꾸로 간다」가 제작되었다.

4. 미국인의 현대적 삶을 탐사할 수 있는 소설은 시어도어 드라이저의 『아메리카의 비극』(An American Tragedy)이 걸작이다. 『위대한 개츠비』를 능가한다고 볼 수 있다. 노만 메일러의 『아메리카의 꿈』(An American Dream)도 비슷한 내용을 다룬 소설이다.

5. 존 스타인벡의 『분노의 포도』, N. 호돈의 『주홍글씨』, 나브코브의 『롤리타』, 윌리엄 포크너의 『음향과 분노』 등도 읽어야 할 소설이다. 존 업다이크의 『달려라 토끼』는 샐러리맨의 일탈을 그린 소설이다.

6. 청소년을 주인공으로 한 사회소설은 J.D. 샐린저의 『호밀밭의 파수꾼』, 흑백갈등은 하퍼 리의 『앵무새 죽이기』가 가장 유명하다. 미국 초창기의 소설은 마크 트웨인의 『톰 소여의 모험』이 대표적이다. 워싱턴 어빙의 『스케치북』에는 그 유명한 립 반 윙클의 이야기가 실려있다.

7. 헨리 제임스(Henry James, 1843~1916)는 미국 소설가이다. 여러 편의 장편과 단편이 있는데 우리에게는 널리 알려지지 않았다. 1949년에 『사랑아 나는 통곡한다』(The Heiress)가 영화로 제작되었다.

8. 아메리카 인디언의 삶을 그린 책은 포리스트 카터의 『내 영혼이 따뜻했던 날들』, 디 브라운의 『나를 운디드니에 묻어주오』(Bury My Heart at Wounded Knee), 로버트 M. 어틀리의 『시팅불』(The Lance and

the Shield: The Life and Times of Sitting Bull)이 있다.

9. 은밀한 사랑을 묘사한 소설은 로버트 제임스 월러의 『매디슨 카운티의 다리』가 있다. 나흘간의 은밀한 사랑을 다룬 짧은 소설로 1990년대 중반에 베스트셀러였으며, 영화로도 제작되었다.

『설국』雪國

가와바타 야스나리 川端康成 | 일본 1948년

여자가 겪는 사랑의
순수함과 가련함

20년 전과 별반 다르지 않다

오래전에 읽은 기사를 더듬어보면, 아주 오래전, 신문기자 한 명이 '왜 우리나라는 노벨문학상이 요원한가?'라는 의문을 품고 그 실태를 알기 위해 유럽으로 탐방을 떠났다. 그는 노벨문학상이 스웨덴의 문학 아카데미에서 선정되기 때문에 우선 스웨덴의 국립도서관으로 갔다. 적어도 천만 권 이상의 책이 소장되어 있을 그곳에(참고로 우리나라의 국립중앙도서관에는 1,050만 권 이상의 문헌이 있다) 한국과 관련된 책은 딱 3권이었다! 스웨덴 교포가 쓴 시집 1권, 기자가 알지 못하는 한국 소설가의 책 1권, 80년대에 간행된 한국 안내서 1권이 있었다,고 한다(내 기억이 맞다면). 그 상황에서 한국 작가가 노벨문학상의 후보로 오르는 일조차 어불성설이었다.

　그리고 20년이 지났다. 서로 다른 언어를 쓰는 영국(미국), 프랑스, 독일, 스웨덴, 스페인의 국립도서관 혹은 대학도서관에 한국과 관련되어 현지 언어로 번역된 책은 과연 몇 권이 꽂혀 있을까? 아마 20년 전과 별반 다르지 않을 것이다. 2019년 즈음의 대한항공 동영상 광고를 보면 미국 보스턴공공도서관이 나온다. 1848년 설립되었으며 약 1,900만 권의 자료가 있다,고 한다. 당연히 한국책 코너도 있다.

　그 코너에 꽂힌 책들을 보면 너무 어이가 없어 웃음조차 나오지 않고, 부끄러움만 든다. 2016년에 한강 작가가 『채식주의자』로 맨부커 인터내셔널상(The man Booker International Prize)을 받은 일은 온 국민의 경사이지만 그것 하나로 한국문학의 위상이 세계적으로 올라섰다고 생각하는 것은 대단한 착각이다.

　2017년 여름에 남미 파라과이를 방문했다. 통역사와 함께 수도 아순시온의 한 서점을 찾았다. 수천 권의 책이 진열되어 있는 서점에서 눈에 띄는 것은 유리장 안에 예쁘게 놓여 있는 무라카미 하루키의 소설들이었다. 우리에게 익히 알려진 『IQ84』를 비롯하여 여러 권의 예쁜 양장본이 보란 듯이 진열되어 있었다.

　"한국에 관한 책이 있나요?"

　서점 주인은 통역사의 질문을 듣고, 고개를 갸웃했다. 그러고는 마침 궁금한 것이 있었는데 잘 됐다는 표정으로 스페인어로 통역사에게 무언가를 말했다. 통역사는 난감한 얼굴로 그의 말을 내게 들려주었다.

　"한국은 휴대폰도 잘 만드는데, 왜 그리 청년들이 자살을 합니까?"

인도-일본-일본-중국-중국, 그 다음에는?

아시아에서 최초로 노벨문학상을 받은 작가는 흔히 '인도의 시성(詩聖)'이라 불리는 타고르(Robindronath Ṭhakur)이다. 작품은 '신께 바치는 노래'라는 뜻의 『기탄잘리』. 인터넷을 뒤져보면 이 시의 전문이 실려 있다. 1913년 노벨문학상을 받은 타고르는 1929년 일본을 방문했다. 동아일보 기자가 한국 방문을 요청하자 이에 응하지 못함을 미안하게 여겨 그 대신 써준 작품이 저 유명한 '동방의 등불'이다.

> 일찍이 아세아의 황금시기에
> 빛나던 등촉의 하나인 조선
> 그 등불 한번 다시 켜지는 날에
> 너는 동방의 밝은 빛이 되리라

타고르에 대해서는 갑론을박이 많지만 "일본은 물질적으로는 진보했으나 정신적으로는 퇴보하고 있다… 굶주린 일본은 지금 조선을 잠식하고, 중국을 물어뜯고 있다"라는 연설로 일본인을 비판한 것은 사실이다.

55년이 지난 1968년, 드디어 아시아에 두 번째 노벨문학상이 돌아왔다. 일본의 가와바타 야스나리(川端康成)이며 수상작은 『설국』이다. 가와바타는 오사카의 부유한 의사 집안에서 태어났으나 가혹한 운명으로 불우한 청소년기를 보냈다. 부단한 노력으로 작가가 되어 노벨문학상을 받는 등 일본 사회의 큰 존경을 받았지만 1972년 가스 자살로 생을 마감했다(헤밍웨이는 1961년 엽총으로 자살했다). 1968년 우리나라 1인당국민소득은 169달러였다. 노벨문학상은, 꿈은 꾸었을지언정 실현은 불가능한 시절이었다.

그리고 또 26년이 지나 1994년, 일본에 두 번째 노벨문학상 수상자가 나왔다. 우리에게 익히 알려지지 않은 오에 겐자부로(大江健三郎)라는 소설가였다. 대표작이랄 수 있는 『개인적인 체험』, 『만연 원년의 풋볼』을 비롯하여 작품 전집이 고려원에서 순차적으로 간행되었으나 소설의 기법이나 내용이 대단히 어려워 당시로서는 큰 눈길을 끌지는 못했다. 이후 꾸준히 읽히면서 명작으로 자리를 잡았다. 또한 일본에 두 번의 노벨문학상 작가가 나올 때까지 한국은 무엇을 하고 있었느냐는 의문이 화두로도 등장했다. 그즈음 일본의 1인당국민소득은 43,400달러, 한국은 12,300달러였다.

충격적인 일은 6년이 지난 2000년에 드디어 중국에 노벨문학상이 수여되었다는 사실이다. 가오싱젠(高行健)은 희곡 『영혼의 산』으로 중국인 최초로 노벨문학상을 받았고, 뒤이어 2012년 영화 『붉은 수수밭』으로 유명한 모옌(莫言)이 상을 받았다. 그 다음은 아시아에서 어느 나라일까? 과연 한국의 차례일까?

다음 주인공은 바로 그대이기를!

『설국』은 이해하기 어려운 소설이다. 2018년 한국인 754만 명이 일본을 여행했다. 매우 높은 수치이지만 도쿄를 둘러보고, 오사카에서 맛있는 초밥을 먹는다 하여 일본의 문화와 문학을 자연스레 이해할 수 있는 것은 아니다. 혹자는 『설국』에의 몰이해는 "잘못된 접근방식에서 비롯된 것으로 보인다"라고 말하지만 어려운 것은 사실이다. 온천 마을인 니가타현(新潟縣)의 에치고유자와(越後湯澤)를 배경으로 도쿄에서 온 무용 평론가 시마무라와 그곳에서 만난 여인 고마코, 여기에 요코라는 여인이 합류하면서 펼쳐지는 짧은 이야기이다.

이해하기 어렵고, 공감하기 어렵지만 죽기 전에 한번은 읽어야 할 명작이다. 읽기 전에 일본의 문학, 가와바타 야스나리의 삶, 소설의 배경과 해설 등을 미리 조사하면 나름대로 의미를 파악할 수 있다. 나아가 '왜 이 소설이 노벨문학상을 받았는지?' 그 질문과 답을 찾으면 금상첨화이리라.

"노벨문학상을 꼭 받아야만 하는가?"라고 질문하는 사람들이 있다. 이 질문에는 은근히 노벨문학상을 깎아 내리려는 의도가 깔려 있다. 그 폄하가 나쁜 것은 아니다. 노벨문학상은 1901년에 시작되어 118년의 역사를 이어오고 있다. 이 질문을 이렇게 바꾸어보면 답이 나온다. 근대올림픽은 1896년에 시작되어 지금까지 31번이 치러졌다. 123년 동안 이어진 역사에서 "한국이 단 하나의 금메달도 따지 못했다면 어떻겠는가?"

매우 부끄러운 일일 수 있다. 『설국』은 그 부끄러움에 답을 주는 소설이다.

* 더 넓은 지식을 위한 독서 내비게이션

1. 우리가 읽을 수 있는 일본 문학의 출발점은 『겐지 이야기』(源氏物語)이다. 11세기 초에 쓰여진 작품으로 4대(代)의 왕으로 이어지는 70여 년에 걸친 이야기이다. 『전설의 고향』을 읽는다는 느낌으로 읽으면 된다.

2. 나츠메 소세키(夏目漱石)의 『도련님』, 『나는 고양이로다』, 『마음』, 아쿠타가와 류노스케(芥川龍之介)의 『라생문』(羅生門), 미시마 유키오(三島由紀夫)의 『금각사』(金閣寺), 시마자키 도손(島崎藤村)의 『파계』(破戒), 다자이 오사무(太宰治)의 『사양』(斜陽), 『인간실격』 등은 한번은 읽어야 할 명작으로 꼽힌다. 특히 『인간실격』은 한국인도 사랑하는 명작이다.

3. '아쿠타가와 문학상'은 권위있는 문학상으로 1935년에 제정되었다. 1996년 재일동포 작가 유미리는 『가족씨네마』로 이 상을 받았다.

4. 장편소설로는 이노우에 야스시(井上靖)의 『풍도』(風濤), 고미카와 준페이(五味川純平)의 『인간의 조건』, 야마사키 도요코(山崎豊子)의 『불모지대』(不毛地帶)를 권한다. 시바 료타로(司馬遼太郎)의 『료마는 간다』, 『항우와 유방: 천하대란』도 읽을 만하다. 한때 미우라 아야코(三浦綾子)의 『빙점』(氷点)이 베스트셀러가 된 시절이 있었는데 지금은 잊혀진 작품이 되었다.

5. 야마오카 소하치(山岡莊八)는 1950년부터 1967년에 걸쳐 『도쿠가

와 이에야스』라는 대하소설을 썼다. 우리나라에서는 『대망』(大望)으로 번역되어 판매되었으나 완독하기는 쉽지 않다.

6. 일본인의 심성을 알 수 있는 또 다른 책으로는 호주계 미국 작가인 제임스 클라벨(James Clavell)의 『쇼군』(將軍), 아서 골든(Arthur Golden)의 『게이샤의 추억』을 권한다. 이부세 마스지(井伏鱒二)의 『검은 비』(黑雨)는 원폭 피해자의 이야기다.

7. 오에 겐자부로의 『개인적인 체험』은 그 자신의 체험을 바탕으로 한 장편이다. 지적 장애아들을 둔 젊은 아버지 버드(Bird)와 그의 아내, 히미코라는 여자를 중심으로 가족, 일탈, 방황 등의 이야기가 펼쳐진다.

『참을 수 없는 존재의 가벼움』
The Unbearable Lightness of Being
밀란 쿤데라 Milan Kundera | 체코 1984년

사랑과 정체성,
무엇이 가벼웁고,
무엇이 무거운가

우리 사회를 변화시킨 소리 없는 파도

1989년은 87 민주화운동이 마무리된 지(어떤 의미에서는 지금도 계속되고 있지만) 2년이 지난 후이며, 역사적인 88 올림픽이 끝난 다음해이다. 그러나 우리나라의 세계화(혹은 국제화)는 아직 걸음마 단계였으며 해외 여행 자유화가 겨우 이루어져 이제 막 개인들의 닫힌 의식이 깨지려던 참이었다. 그리고 책 한 권이 번역되어 서점가에 선을 보였다. 완전히 생소한 밀란 쿤데라라는 체코슬로바키아 작가의 소설이었다. 지금은 체코와 슬로바키아, 2개의 공화국으로 분리되어 각각 다른 나라이지만 그때만 해도 체코슬로바키아 한 나라였다.

소설의 제목은 '참을 수 없는 존재의 가벼움'이라는, 당시로서는 창제(創題)가 거의 불가능한 멋진 제목이었다. 출간 즉시 베스트셀러가 되었으며, 지하철을 타면 이 책을 읽는 독서인을 적어도 하루에 10명

이상 마주쳤다. 그 시절 이 책을 들고 다니지 않으면 교양인이 아니었으며 시대에 뒤떨어진 사람으로 취급될 정도였다. 그리고 그해 여름 개봉한 영화 『프라하의 봄』은 비록 원작과 많이 달라서 작가가 화를 내기는 했어도, 소설을 읽지 않은(혹은 못한) 사람들에게까지 밀란 쿤데라와 체코 민주화, 분방한 사랑의 행위(특히 거울에 비치는 여자의 몸)를 각인시켰다. 『참을 수 없는 존재의 가벼움』은 한 권의 책에서 그치지 않고 우리 사회를 변화시킨 소리 없는 파도 중 하나였다.

첫 번역자는 송동준이고(그 후는 이재룡), 첫 간행되었을 때는 샘터 크기의 양장본이었다. 그런데 얼마 지나지 않아 A5판의 일반책(보통의 단행본)으로 바뀌었다. 몇 년 지나 민음사에 갔을 때 "왜 양장본에서 일반책으로 바뀌었느냐?"고 물었다.

"책이 너무 많이 팔려 양장본으로 제작할 시간이 부족했어서"라는 답이 돌아왔다. 그럴 만도 했다. 내친 김에 하나 더 물었다.

"참을 수 없는 것이 존재입니까? 가벼움입니까?"

이 질문을 다르게 하면 이렇게 된다.

"존재를 참을 수 없는 것입니까? 아니면 가벼움을 참을 수 없는 것입니까?"

편집자는 당혹스런 눈길로 나를 응시했다. 책을 읽었다면 그런 바보 같은 질문이 나올 수 없다는 눈길이었다. 그러나 나는 지금까지 참을 수 없는 것이 '존재'인지 '가벼움'인지 단정 짓지 못한다. 이러한 의문은 1990년, 영화 「죽은 시인의 사회」(Dead Poets Society)를 보았을 때도 내 머리를 혼란스럽게 했다.

"죽은 것이 '시인'인가? 아니면 '사회'인가?"

30년이 흐른 지금도 여전히 궁금한 것은,

'참을 수 없는 것이 존재인가? 아니면 가벼움인가? 아니면 둘 다인가?'이다.

떠돌면서, 저항하면서, 사랑하는 두 남자와 두 여자

초 베스트셀러임에도 읽기는 쉽지 않다. 과거와 현재가 얽혀 있고, 4명밖에 되지 않는 인물들도 이리저리 얽혀 있다. 동구권이라는 지리적 정치적 특성도 작용한다. 작가의 의식세계를 들려주는 지문과 철학적 질문, 설명도 난해하다. 외과의사 토머스, 술집 여종업원이었던 테레사, 그림을 그리는 사비나, 대학교수 프란츠가 이야기를 이끌어간다. 토머스는 테레사와 만나고, 사비나는 토머스의 친구이면서 테레사를 도와주고, 프란츠는 사비나의 친구이다.

물론 이외에도 많은 사람과 동물이 등장한다. 토머스의 아들 시몬, 토머스와 테레사가 키우는 암캐 카레닌, 송아지 마르케타, 프란츠의 아내 마리-클로드, 내무부 과장, 대머리, 엔지니어…. 그들 모두 4명과 얽혀 있기 때문에 등장인물들의 이름을 메모해 가면서 읽어야 한다. 토머스는 테레사를 6번의 우연 끝에, 그야말로 우연히 만난다. 그는 이 '우연'을 매우 중요시 여긴다. 그래서 테레사가 "어느 누군가 까맣게 콜타르를 칠한 바구니 속에 넣어 강물에 띄워보낸 아기"라고 생각한다. 그럼에도 그는 어떻게 해야 할지 몰랐다.

어떻게 해야 할지를 우리는 알지 못한다. 왜냐하면 우리에겐 단 하나의 삶이 있기 때문이다. 우리는 이것을 이전의 삶과 비교할 수도 없거니와 이후의 삶에서 교정할 수도 없다.

토머스는 결국 그녀를 받아들이지만 그는 많은 여자들과 성관계를 갖는 남자이다. 그러면서도 자신의 침대에서 여자가 잠을 자고 가지 못하게 한다. 마찬가지로 다른 여자의 침대에서 밤을 지새우지도 않는다. 한번은 사비나와 성교를 한 후 양말을 찾지 못해 사비나의 니트 스타킹을 신고 오기도 했다. 그러나 테레사만은 자신의 침대에서 잠을 자게 한다. "성교의 목적이 두 연인에게는 쾌감에 있기보다는 오히려 그 후에 따르는 잠에 있다"는 것을 깨달았기 때문이다.

친구들이 평생 몇 명의 여자를 소유(성관계) 했었느냐고 묻자 (50세 즈음의) 토머스는 200명쯤 된다고 대답했다. 친구들이 놀라자 토머스는 간단히 공식을 들려준다. 25살 때부터 여자와 관계를 했으므로 200명을 25로 나누면 8이 된다. 즉 1년에 8명의 여자는 '많은 것이 아니다'라고 반박한다. 그런 그였기에 집으로 돌아오면 테레사는 그의 머리에서 풍기는 여자의 성기 냄새를 슬퍼한다.

자유로운 성행위는 사비나도 마찬가지다. 그녀는 그림을 그려서 성공하고, 행동도 거칠 것이 없다. 여자로서 태어난 사실에 반발한다는 것은 그 사실에 자만하는 것과 똑같이 어리석다고 생각한다. 자유와 돈을 찾아 미국으로 건너가 캘리포니아 상원의원과 친구가 된다. 예술도 돈이 뒷받침되지 않으면 성사되기 어렵기 때문일까! 그렇다면 테레사는 순수할까? 교수 프란츠는 사비나와 재혼하기 위해 가족을 버린다. 도대체 4명의 남자와 여자는 조국의 비민주적 상황을 핑계삼아 너무 제멋대로 세상을 살아가는 것 아닌가! 무엇이 이들로 하여금 그런 삶을 살게 하는가?

상대의 삶과 자유에 대해 요구하지 말 것

하지만 4명 모두 삶의 깊은 아픔이 있다. 테레사의 어머니는 심사숙고 끝에 9번째 구혼자와 결혼했으나 실패했고, 테레사는 그 어머니의 벽을 넘지 못했다. 정의로운 토머스는 1968년 오이디푸스에 대한 이야기를 잡지에 실었고, 몇 년 후 그 덕분에 병원에서 쫓겨나 창문닦이 일을 하는 노동자가 되었다. 두 사람은 한적한 시골로 내려가 마을 조합장과 함께 돼지 메피소토를 키우던 시절이 가장 행복했었다.

　이 소설을 평가하기는 난망하다. 한 번 읽는 것으로 전체 줄거리를 파악하기도 어렵다. 4명의 존재는 자유로운 이성관계, 억압, 암울한 현실, 현실에서의 탈출과 저항을 보여준다. 테레사는 죽기 전에 남편 토머스에게 당신은 의사가 천직이었다고 말해준다. 그에 반해 토머스는 "누구에게나 천직은 없으며, 천직을 갖지 않는다는 것을 확인한다는 것은 사람의 마음을 굉장히 가볍게 해준다"고 반박한다. 즉 토머스는 어떤 존재에게든 자유로운 삶의 조건이 있어야 한다고 말하는 것이다. 이 책 전체를 관통하는 핵심은 토머스의

　"상대의 삶과 자유에 대해 요구하지 않는 비감상적 관계에서만 두

사람은 행복하게 될 수 있다"라는 말이다. 그렇지 않으면 우리는 누구에게든 참을 수 없는 존재의 가벼움이 된다.

* 더 넓은 지식을 위한 독서 내비게이션

1. 예전에는 소설을 원전으로 영화가 많이 제작되었으나 2010년대 이후 이 비율은 급속도로 줄어들었다. 그에 비해 웹툰을 바탕으로 한 영화가 늘어나고 있다. 소설가의 역량이 떨어졌다는 방증이기도 한데, 어찌 보면 세계적인 현상이기도 하다.

2. 강물에 띄워보낸 아기는 성경 『출애굽기』(出埃及記)에도 나온다. 영화 「십계」에서 파라오의 딸 비티아(Bithiah)는 바구니에 담겨 강물에 흘러오는 아기를 자신의 아들로 키우는데 그가 모세(Moses)이다.

3. 공산정권에 의해 개인이 억압받는 영화는 1990년 폴란드에서 제작한 「신문」(Przesluchanie 訊問)이 있다. 분위기가 「프라하의 봄」과 비슷하다.

4. 토머스와 테레사가 호텔 식당(술집)에서 처음 만났을 때, 테레사는 6시에 근무가 끝난다는 것을 알려주면서 이렇게 덧붙였다. "기차는 7시에 떠나요."

5. 쿤데라의 책은 여러 권이 번역 소개되었으며 그중 『농담』(1967), 『느림』(1993), 『정체성』(1998) 등이 한국 독자의 사랑을 받았다. 매년 가을에 노벨문학상 발표 시기가 되면 쿤데라의 이름이 항상

거론된다. 그러나 언론에 등장하는 후보자의 이름과 발표 결과
는 아무런 관계가 없다. 즉 언론들이 미리 입방아를 찧는 것이다.

6. 체코 출신으로 가장 유명한 작가는 프란츠 카프카(Franz Kafka)이
다. 1883년 프라하에서 태어나『성』,『변신』등의 소설을 발표했
으며 1924년 오스트리아에서 사망했다.

7. 1967년 5월, 프라하에서 세계여자농구선수권대회가 열렸다. 박신
자(朴信子)를 앞세운 우리나라는 체코, 동독, 유고슬라비아 등을
누르고 결승에서 소련과 맞붙었으나 아쉽게 패해 2위를 차지했
다. 우리나라와 체코의 첫 인연이 아닐까 싶다.

『욕망이라는 이름의 전차』
A Streetcar Named Desire

테너시 윌리엄스 Tennessee Williams | 미국 1947년

비 내리는 뉴올리언스의
오후를 좋아하시나요

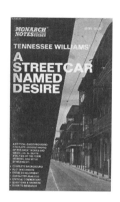

『나폴레옹 법전』의 신봉자

그의 말에 의하면 루이지애나 주에는 『나폴레옹 법전』이라는 것이 있
다. 그 법전에 의하면

"아내 껀 내 꺼구, 내 껀 아내 꺼지."

몇 조 몇 항인지 알 수 없으나 스탠리가 이 법전을 들먹이는 이유는
아내 스텔라의 미상속분 유산이 혹시라도 남아있지 않을까 하는 욕
심 때문이다. 아내는 남부 대농장의 딸이었으므로 분명 유산이 조금
은 있을 것이라 생각한다. 그 유산을 차지하려는 속셈이다. 그러나 처
형(妻兄) 블랑쉬는 "남아있는 것은 묘지뿐"이라고 냉소적으로 알려준
다. 급기야 양말 속을 뒤집어 보여주듯이 가방을 홀랑 뒤집어 서류를
전부 쏟아낸다.

여기 다 있어요. 서류 전부! 이제 전부 당신한테 주는 거예요! 그걸 갖구, 낱낱이 보구 ― 모조리 외우라구요!

만약 블랑쉬가 조금의 땅덩이나 건물, 돈을 가지고 있었다면 스탠리는 아내의 언니를 그리 차갑게 대하지 않았을 것이다. 융숭하게 대접했을 것이며, 언니나 동생 모두 불행으로 치닫지는 않았을 것이다. 그러나 만약 돈(재산)이 있었다면 더 큰 불행이 닥쳐왔을지도 모른다. 두 여자와 한 남자는 유산을 두고 피비린내 나는 싸움을 벌였을 것이므로…. 어느 경우이든 블랑쉬의 운명은 비극으로 끝나게 되어 있다. 첫사랑이 시작되었을 때부터 불행과 파멸을 동반했으므로….

65센트가 전부인 망상가 여인

두 자매의 고향은 미시시피 로렐의 벨 레브이다. 수백 년 동안 잘먹고 잘살던 선조들의 땅(농장)은 수천 장의 서류들에 의해 조금씩 파괴되고 결국 묘지만 남았다. 블랑쉬는 고등학교 영어 선생님이었으나 17살 남학생과 성관계를 맺고 파면되었다. 동생의 집을 어렵사리 찾아왔을 때 호주머니에 든 돈은 65센트였다.

다행히 그녀에게는 유부남이기는 해도 대학 동창 쉐프 헌트리가 있었다. 그는 캐딜락 컨버터블을 타고 다니며 텍사스에서 유전 사업을 한다. "텍사스는 그의 주머니에 금덩이를 뿌려넣고 있다"고 믿는 블랑쉬는 헌트리에게 전화만 하면 가게를 차려줄 것이라 믿는다. 그래서 웨스턴유니온(Western Union)에 전화를 걸려 하지만….

스텔라가 호화로운 벨 레브를 떠나 어떤 과정을 거쳐 루이지애나 뉴올리언스 엘리지안 필드 632번지에 정착했는지는 알 수 없다. 그곳은 애드가 앨런 포(Edgar Allan Poe)만이 묘사할 수 있을 정도로 음침하고 비좁고 더러운 곳이다. 짐승같은 남자 스탠리와 어떻게 결혼하게 되었는지도 알 수 없다. 스탠리가 폴란드 출신이며, 결혼 첫날 슬리퍼로 전구를 전부 깨부수었다는 것 외에. 그는 무엇이든 부수는 것이 습관이다. 그래서 친구들과 포커게임을 할 때 블랑쉬가 라디오를 켜놓자 창밖으로 던져버렸다. 그러한 야만적 사내가 고상한 척하는 빈털터리 여자를, 아무리 아내의 언니라 한들 좋아할 수는 없었다.

그 여자가 이곳에 오기 전까지는

이 희곡에 나오는 등장인물은 모두 비정상이면서도 우리의 모습을 고스란히 보여준다. 아픈 어머니를 홀로 돌보는 유유부단하면서도 팔랑귀를 가진 청년 미치, 그는 블랑쉬에게 말한다.

> 어머니께 당신 얘길 했어요. 어머니가 물어 보시더군요. "블랑쉬가 몇 살이니?" 근데 난 대답하지 못했어요.

블랑쉬는 나이를 정직하게 밝힐 만큼 어리석은 여자가 아니다. 그러면서 세상을 살아가는 방식은 한없이 어리석다. 일이 끝나면 친구들과 술을 마시며 볼링 혹은 포커게임으로 하루를 마감하는 스탠리, 그의 친구들인 파블로, 스티브… 모두 하루를 힘겹게, 그러면서도 노력없이 살아간다.

스탠리는 블랑쉬가 농장을 처분한 돈을 가지고 있으리라 생각했다. 그녀의 가방을 뒤져 액서서리를 꺼내 아내에게 보여주며 닦달했다. 그러나 그러한 것들은 모두 모조품이고 싸구려들이었다. 그중에는 연애편지도 있었다.

"내가 먼저 한번 봐야겠어."

그러자 블랑쉬가 질겁한다.

"당신 손이 닿으면 그걸 모욕하는 거예요!"

그 편지들은 소년이 쓴 시들이었다. 소년은 그 시들과, 돌아갈 수 없는 아름다운 시절의 사랑과 비난만 남긴 채 저세상으로 떠났다. 블랑쉬는 소년으로 인해 학교에서 쫓겨났음에도 편지를 버리지 못한다. 버리지 못하는 것은 편지뿐만 아니다. 화려했던 나날의 즐거움과 뭇남성들의 추파, 한때나마 주인공이었던 영광을 버리지 못한다.

스탠리는 파괴주의자이다. 한편으로는 오늘을 즐기는 현실주의자이다. 블랑쉬가 오기 전 그의 삶은 그럭저럭 유지되었고 나름 즐거웠다. 비좁은 집이기는 해도 사랑하는 아내가 있고, 곧 아버지가 될 예정이었다. 그러던 것이 창녀나 진배없는 블랑쉬로 인해 엉망이 되어 버렸다. 아내에게 호소한다.

"그 여자가 여기 오기 전까지 만사가 잘 되지 않았어?"

맞는 말이다. 그 여자가 등장하기 전까지 두 사람은 행복했고, 만사가 잘 되었다. 그런데 그 여자는 스탠리를 야만인, 원숭이, 비열한, 저급한 사내라고 멸시했다. 더구나 폴란드 출신이다. 언니가 그 사실을 알려주면서부터 스텔라의 결혼생활은 비참한 것으로 판명되었다. 소소한 행복들은 하찮은 것이 되고 말았다. 언니가 오기 전까지!

욕망의 종착역은 어디일까

욕망은 두 가지이다. '돈'에 대한 욕망과 '성욕'에 대한 욕망. 스탠리는 두 가지를 다 가지려 한다. 미치는, 돈에 관심이 없으나 블랑쉬에 대한 성욕(결혼)이 있다. 블랑쉬는 돈이 필요하다. 스텔라는 그 사이에서 방황하는 가엾은 여자이다. 예쁜 아기를 낳고 남편과 오순도순 살기를 원한다. 남편은 많은 돈을 벌지는 못해도 어엿한 기술자이고, 직장이 있다. 블랑쉬에게 돈이 없다는 사실을 명백히 파악한 스탠리는 이제 성욕을 채우려 한다.

일반적 관념에서, 한 남자가 아내의 언니와 불법적으로 성관계를 맺으려 하는 것은 매우 비도덕적이다(여자와 합의를 했다 해도 비도덕적이다). 여자는 그것을 알고 있다. 병을 깨서 사내의 얼굴에 들이민다. 그러나 사내는 그녀의 말처럼 야만적이고, 짐승이나 다름없다. 저항하는 여자에게서 더 성적 쾌락을 느낀다.

"오! 그래 당신은 한바탕 소동을 원하는군! 좋아, 소동을 벌여 봅시다!"

그 소동이 과연 사내의 의도대로 펼쳐질 수 있을까? 욕망이라는 전차에 올라탄 사내의 종착역은 과연 어디일까?

* 더 넓은 지식을 위한 독서 내비게이션

1. 블랑쉬가 동생 스텔라의 집으로 가기 위해 탔던 실제 전차 노선의 이름이 '욕망(Desire)'이다. 스텔라의 집은 엘리시안 필드(Elysian Field)와 포부르 마리니(Faubourg Marigny)가 만나는 곳의 2층집이다.

2. 테너시 윌리엄스(1911~1983)는 미시시피에서 태어났다. 아서 밀러(Arthur Miller), 유진 오닐(Eugene O'Neill)과 함께 미국의 3대 극작가이다. 『욕망이라는 이름의 전차』와 더불어 『유리동물원』, 『뜨거운 양철지붕 위의 고양이』가 걸작이다. A. 밀러의 대표작은 『세일즈맨의 죽음』(Death of a Salesman)이고, E. 오닐의 대표작은 〈느릅나무 밑의 욕망〉(Desire under the Elms)이다. 두 작품을 꼭 읽어보기를 권한다.

3. 시간이 나면 2019 노벨문학상 수상작가 페터 한트케(Peter Handke, 오스트리아)의 『관객모독』(Publikums Beschimpfung)도 읽어보라. "이 부패한 민중들아, 이 교양 있다는 계급들아, 이 말세를 사는 속물들아, 이 망망한 황야에서 울부짖거나 하는 놈들아, 종말이나 와야 회개할 놈들아"라는 식의 꾸짖음이 난무한다.

4. 루이지 피란델로(Luigi Pirandello 이탈리아)의 『작가를 찾는 6인의 등장인물』은 아버지, 어머니, 의붓딸, 아들 등 이름없는 사람들이 등장하여 무대감독과 연출가들을 괴롭히는 기이한 희곡이다. "우물쭈물 하다가 내 이럴 줄 알았지"라는 묘비명으로 유명한 독설가 조지 버나드 쇼(아일랜드)의 『피그말리온』은 귀족과 꽃파는 처녀

의 사랑 이야기이다. 『My Fair Lady』로 영화화되었다.

5. 그리스 고전 희곡은 소포클레스(Sophocles)의 『오이디프스왕』, 『안티고네』, 아이스킬러스(Aeschylus)의 『아가멤논』, 유리피데스(Euripides)의 『트로이의 여인들』이 대표작이다. 세 사람을 그리스 3대 비극 작가라 일컫는다.

6. 남자 바람둥이의 대명사 돈 주앙(Don Juan)은 영국 시인 바이런의 풍자서사시(1824년)이다. 프랑스 극작가 몰리에르도 1665년에 풍자 희곡 『돈 주앙』을 썼다. 러시아 작가 고골리의 『감사관』(1842년)은 로마노프 왕정 시대에 관료의 부패를 비판한 희곡이다.

『테스』 Tess of the D'Urbervilles
···
토머스 하디 Thomas Hardy | 영국 1891년

사랑의 과오는
아직도 존재하며,
영원히 존재한다

가난이 첫 번째 죄, 예쁜 것이 두 번째 죄

필연적으로 아버지는 무능하고, 술을 좋아한다. 당연히 배우지 못했다. 어머니 역시 무식하며 출신 또한 변변찮다. 그런 집일수록 자식은 줄줄이 많다. 그러나 그것이 비극은 아니며 부끄러움도 아니다. 불과 100년 전만 해도 이 세상 사람 대부분이 그렇게 살았기 때문이다. 그 상황이 비극이 된 것은 트링감 목사가 존 더베이필드에게 '존 경(卿)'이라고 부르면서 시작되었다. '경'은 귀족에게 붙이는 칭호이며 시골의 하찮은 농부(실제로는 행상인)에게는 가당찮은 호칭이었다.

"실수였다"고 그냥 지나가면 좋았으련만 목사는 존에게 "당신은 훌륭한 귀족 가문의 후예"라고 여러 역사적 사실을 들어 친절하게 설명해준다. 존이 "그딴 것은 지금 아무 소용없어요"라고 가볍게 넘기면 좋았으련만 그렇지 못하는 것이 못 배운, 가난한 사람의 속성이다. 그

날 이후 사태는 꼬이기 시작한다.

비극은 발단은 여기에서 그치지 않는다. 마알로트 마을에 사는 존의 첫째 딸 테스는 그나마 학교를 다닌 덕분에 기초적 교양이 있고, 가정에 충실하며, 부모를 존경하고, 동생들을 사랑한다. 아침부터 밤까지 집안을 일으키기 위해 열심히 일한다. 문제는 그녀가 너무 예쁘다는 점이다. 마을에서 무도회가 열리면 청년들과 외지에서 온 방문객들은 모두 그녀와 춤을 추고 싶어 하면서도 막상 "나와 함께 춤을!" 이라고 요청하지는 못한다. 너무 예쁘기 때문이다.

하지만 예쁘다는 사실이 밥을 먹여주지는 못한다. 노동을 해야 한다. 다행히(실제는 불행히도) 귀족의 후예라는 사실을 알았으므로 또 다른 귀족의 후예를 찾아가 일자리를 구한다. 트랜트리지 마을의 더빌 부인은 호화로운 슬로우프 저택에서 앵무새와 함께 살아가는 부호이다. 그곳에서 테스는 양계장 일을 맡는다. 그리고 외아들 알렉 더빌이 등장한다. 만약 테스가 못생기고 뚱뚱한 시골 처녀였다면 알렉은 관심 두지 않았을 것이다. 그녀를 처음으로 본 알렉은 이리저리 집적거리다가 방으로 돌아와 혼잣말을 중얼거린다.

"거참 희한한 일도 다 있군! 하하하…… 한데 그 계집앤 정말 너무 예쁘단 말야."

현대의 관점에서 이러한 여성 외모주의 소설은 용납받기 어렵다. 소설의 발표 시점이 1891년이라는 점을 감안하면 어느 정도 납득되지만 당시에도 『테스』는 부도덕하다는 비난을 받았다. 여성 외모주의를 비난한 것이 아니라 테스의 행동이 부도덕하다고 비난받았다는 것이다.

테스의 어떤 행동이 과연 부도덕한 것일까?

한 번의 실수(?)를 고백한 여자

알렉 더빌은 끈질긴 남자이며, 자신이 권력을 지녔다는 사실을 알고 있다. 그 알량한 권력을 적절히 이용하는 갑(甲)의 교활함도 지녔다. 그리고 귀족의 후예라는 것도 말짱 거짓이다. 드디어… 어느 날 밤, 테스는 숲속에서 알렉에게 처녀를 잃는다. 이에 대해 토머스 하디는 이렇게 한탄했다.

"세상의 일이란 왜 이렇듯 탕아가 순결한 여인을 차지하고 악한 여자가 착한 남자를 빼앗아가는 식으로 어긋나야만 하는 것일까. 이 문제를 두고 철학자들이 수천 년에 걸쳐 연구해왔으나 명쾌한 해답을 내린 사람은 아무도 없었다."

10월 하순의 일요일 아침에 테스는 슬로우프 저택을 떠나 집으로 돌아간다. 알렉은 그녀를 붙잡지만 테스는 단호하다. 스스로 생을 헤쳐나갈 수 있다고 자신한다. 그러나 정조를 잃고 아기를 낳은 그녀를 곱게 보는 사람은 없었다. 설상가상으로 아기마저 죽었을 때 테스는 좌절에 빠진다. 그때 구세주가 등장한다.

에민스터 클래어 목사의 막내아들 에인절(Angel)이다. 천사가 되라는 뜻으로 지어준 이름이다. 에인절은 부모의 바람과 달리 농부가 되려 하고, 테스는 더할 나위없는 농부의 아내였다. 아버지에게 "아내가 될 만한 모든 자격을 갖춘 진실한 여자가 나타났어요. 그것은 운명이

거나 하느님의 뜻입니다"라고 말했다.

결혼식을 올리기 전에 에인절은 테스가 입을 결혼예복(웨딩드레스)을 보내주었다. 그 옷이 맞는지 입어볼 때 문득 어머니가 불렀던 노래가 떠올랐다.

"한번 실수한 여자에게는 영원히 어울리지 않는 신비한 옷"

첫날 밤, 에인절은 서로의 과오를 고백하고, 그 과오를 용서해주자고 제안한다. 테스는 그렇지 않아도 자신이 결혼 전에 부정을 저질렀다는 사실을 고백하려던 참이었으므로 제안을 받아들인다. 에인절은 런던에서 한 여자를 만나 이틀 동안 방탕한 생활에 빠졌었다고 말한다. 그 방탕함에는 물론 성행위도 포함되어 있으리라. 테스는 그것에 개의치 않고 자신의 과오를 고백한다. 그 결과는 무엇일까?

이미 늦은 사랑에 후회하다

이 소설은 기승전결이 매우 뚜렷하며, 등장인물들의 성격도 다양하다. 사회비판, 추리, 종교적 가르침, 세태 묘사도 뛰어나다. 2019년의 기준에서 128년 전에 창작되었다. 1891년은 조선의 고종 28년이며, 독일은 빌헬름 황제, 러시아는 로마노프 왕조, 영국은 빅토리아 여왕, 프랑스는 제3공화국이었으며, 미국은 벤저민 해리슨이 대통령이었다. 조선에서는 일본의 횡포가 심해지고 있었고, 유럽에서는 공산주의가 싹트기 시작했다. 다행히 국제 전쟁은 없었다. 당시 서민들이 어떻게 살아갔는지는 짐작하기 어렵다.

그러나 소설 속 테스의 삶이 현실에 어느 정도 바탕을 두었다면 민중의 삶이 어떠했을지 가늠이 된다. 우리는 교과서에서 왕과 귀족들이 만든 위대한 혹은 실패한 역사를 배울 뿐 실제 민중들의 삶이 어떠했는지 알지 못한다. 농장에서 일하는 테스의 노동은 여자로서 감당하기 힘든 것이지만 그녀는 생존을 위해, 가족을 위해, 사랑하는 사람을 위해 새벽부터 밤늦게까지 일한다, 일해야 한다. 불과 150년 전 대다수 사람들의 생존법이다.

나아가 사람들의 의식구조도 대략적으로 파악이 가능하다. 시베리아 횡단철도가 착공되고, 에디슨이 등사기를 만들어 국제 교류가 활발해지고, 교육과 서적 보급이 이루어지던 시절에도 대부분의 사람은 신분에 얽매여 있었으며, 정조 관념에 사로잡혀 있었다. 우리의 테스도 마찬가지다.

그녀는 가난하고 비참한 삶에서 탈출할 기회가 있었다. 개과천선한 알렉 더빌이 찾아와 가정을 이루자고 여러 번 당부했을 때 냉정하게 거절했다. 브라질로 떠난 에인절을 기다리지 않고 알렉과 다시 가정을 이루었다면 테스는 겉으로는 행복했을지도 모른다. 행복까지는 아니라 해도 삶은 그럭저럭 안정되었을 것이다. 그러나 그녀는 너무 순수했고, 에인절을 진심으로 사랑했다. 그 사랑이 그녀를 처참한 비극으로 내몰았다. 온갖 고생 끝에 고향으로 돌아온 에인절은 테스를 찾아 나서지만 이미 늦었다. "늦었다고 생각될 때가 가장 빠른 때이다"가 아니라 "늦었다고 생각되면 정말 늦은 것이다."

모든 것을 이겨내는 순수한 사랑의 힘

살인을 저지르고 감옥에 갇힌 테스가 어떻게 죽음을 맞았는지는 명확하지 않다. 옛 도시 윈톤체스터(윈체스터)의 팔각형 탑 위로 7월의 어느 날, 아침 8시가 조금 지났을 때 깃대 위로 검은 깃발이 나부끼면서 소설은 끝난다. 그 전에, 테스는 에인절과 함께 도망 다니면서 간곡히 부탁한다.

"만약 내게 무슨 일이 생기면 날 위해서라도 리자 루우를 돌봐주지 않겠어요?"

리자 루우는 테스의 여동생이다. 자신의 운명을 예감한 테스는 에인절이 동생과 결혼하기를 원한다. 그 당부에 에인절은 대답하지 않는다. 두 사람은 결혼한 사이임에도 단 한번도 성행위를 하지 않은 것으로 추정된다. 에인절이 받은 충격이 가장 큰 이유이다. 테스의 죽음 이후 형부와 처제가 어떻게 되었을지 섣불리 예측해서는 안 된다. 우리가 알 수 있는 것은, 테스의 무한한 순진성과 참된 사랑이 모든 고통을 이겼다는 사실이다.

* 더 넓은 지식을 위한 독서 내비게이션

1. 하디(Thomas Hardy 1840~1928)는 문학공부를 하지 않고 건축공부를 하다가 소설을 쓰기 시작했다. 『테스』 외에 『비운의 주드』가 널리 알려져 있다.

2. 여성의 '사랑의 고난'을 다룬 소설은 N.호손(미국)의 『주홍글씨』
   (The Scarlet Letter, 1850)가 대표적이다. 『테스』보다 40년 먼저 발표
   되었다.

3. 사랑(방탕함) 때문에 여자가 죽는 소설은 아베 프레보(프랑스)의 『마
   농 레스코』(Manon Lescaut, 1731), 불행한 사랑을 그린 소설은 콜린
   매컬로(호주)의 『가시나무새』(The Thorn Birds)를 들 수 있다. 가톨릭
   신부 랠프와 매기의 사랑 이야기이다.

4. 구스타브 플로베르의 『보바리 부인』(Madame Bovary, 1857)은 보바리
   의 아내 에마의 방탕을 그린 소설이다. 작가가 풍기문란으로 재
   판까지 받았다.

5. 『테스』에는 영국 하층민의 힘겨운 삶이 잘 나타난다. 에밀 졸라의
   『목로주점』(L'Assommoir 1877)은 여주인공 제르베즈를 비롯해 애인
   랑체, 남편 쿠포와 함께 몰락하는 소설이다. 낭만적인 제목과 달
   리 프랑스 하층민의 처참한 삶을 묘사했다.

『붉은 수수밭』紅高粱

모옌 莫言(管謨業) | 중국 1986년

붉은 것은 피,
피는 뜨거운 사랑

어느 선까지 사람을 죽일 수 있을까

전쟁이 일어나면 사람을 죽이는 행위가 어느 선까지 용납받을 수 있을까? 1949년 체결된 제네바협약(Protection of Civilian Persons in Time of War)에 따르면 "전투의 범위 밖에 있는 자와 전투행위에 직접 참가하지 않은 자는 보호를 받아야 하고 존중되어야 하며, 인도적인 대우를 받지 않으면 안 된다"고 규정되어 있다. 즉 민간인을 고의적으로 죽이면 안 된다. 그러나 막상 전쟁(혹은 테러)이 일어나면 민간인(특히 여자와 어린이)이 가장 먼저 희생된다.

한 가지 의문은, 만약 이 협약이 없다면 군인은 전쟁에서 민간인을 죽여도 용서받을 수 있을까? 하는 점이다. 보편적인 사고를 지닌 군인이라면 민간인을 죽이지 않을 것이다. 또 하나의 의문은 1949년 이전에 벌어진 전쟁에서 민간인을 죽인 행위는 용서받을 수 있는가? 하는 점이다.

일본은 2차대전(대동아전쟁)을 치르면서 아시아 여러 나라를 침략해 식민지(혹은 피점령국)로 만들었고 그 과정에서 수없이 많은 민간인과 독립운동가들을 죽이고, 고문하고, 옥에 가두고, 고국을 떠나게 만들었다. 그 숫자는 지금까지 정확히 파악되지 않고 있다. 패전 후 열린 극동국제군사재판에서 7명이 교수형, 16명이 무기징역을 선고받는 것으로 무수히 많은 희생이 묻혀지고 말았다.

1931년 9월 18일, 일본 관동군은 만주의 류타오후(柳條湖)에서 군사행동을 개시해 만주사변을 일으킨 뒤 다음해 3월 1일 만주국(滿洲國: 요령성, 길림성, 흑룡강성, 내몽고자치구 등 동부지역)을 세웠다. 그리고 1937년 7월 7일, 베이징 교외에서 선전포고 없이 중국을 침략해 중일전쟁을 일으켰다. 『붉은 수수밭』에 등장하는 모쉐이(墨水 Moshui) 강 전투는 중일전쟁의 여파로 1939년 음력 8월 9일에 벌어졌다.

까오미현 동북마을(高密 東北縣)의 애국심 넘치는 마을 사람들과 일본군 전차부대의 전투는 당연히 피비린내로 끝났다. 까오미 사내들의 무기는 지극히 변변찮아서 새총으로 무장하기도 했지만 충천한 사기로 일본군을 패퇴시켰다. 그 결과로 얻은 것은 무엇일까?

"이놈은 어쩔 도리가 없습니다요."

또우꽌(豆官)은 14살 때 마을 사람들(의용군)과 함께 위잔아오(余占鰲) 사령관을 따라 자오핑로(膠平路)로 간다. 중추절을 7일 앞둔 날이다.

그 일대는 붉은 수수밭이 끝없이 펼쳐진 곳으로 수수를 이용해 품질 좋은 고량주(빼갈)를 만들어낸다. 양치기 사내아이(훗날 또우관의 아들이 자 이 소설을 들려주는 話者)는 큰소리로 노래를 불렀다.

"수수가 붉어졌네 - 일본놈들이 왔다네 - 동포들은 준비했지 - 총을 쏘고, 포를 쏘았네 -"

노래의 기상은 매우 높지만 노래와 현실은 다르다. 일본군은 까오 미, 핑뚜, 자오현의 중국인 40만 명을 강제 징발해 전차가 다닐 수 있 는 길을 닦도록 했다. 엄청난 농작물들이 훼손되었고, 노새들이 전부 끌려갔으며, 반항하는 중국인은 채찍으로 맞았다. 당연히 채찍을 휘두 르는 사람은 일본인이 아닌 중국인 십장이다. 또우꽌네 고량주 술도가 에서 일하는 루어한(羅漢)은 노새도 빼앗기고, 노동에 끌려가 채찍을 맞자 밤에 몰래 노새의 다리를 부러뜨린다. 불쌍하기는 해도 그렇게 해야 일본군에게 작으나마 타격을 입힐 수 있기 때문이었다.

그러나 곧 붙잡혀 일본군에게 죽도록 얻어맞고, 쑨(孫)씨네 다섯째 아들(孫五)에게 피부를 전부 벗겨내는 형벌을 받는다. 솜씨 좋은 도살 꾼 손오는 거부할 수 없어 칼을 들고 작업을 시작한다. 먼저 루어한의 귀를 잡아 다니며 말한다.

"이놈은 어쩔 도리가 없습니다요."

그리고 귀를 싹둑 잘라낸다. 이 소설은 영화로도 만들어졌는데 루어 한의 피부가 벗겨지는 장면이 처절하게 그려진다. "어쩔 도리가 없다" 는 말은 이 영화 전체를 관통하는 독백 중 하나이기도 하다. 그렇게 처 참하게 생을 마감한 사람은 루어한뿐만이 아니다. 중일전쟁은 1937년 시작되어 1945년까지 계속되었다. 9년 동안 희생된 사람은 대략 1,200만 명이다. 작가 모옌은 루어한의 죽음을 통해 전쟁의 잔혹성, 일본군의 잔악성을 사실적으로 묘사했다.

피보다 더 붉은 수수밭과 그보다 더 진한 사랑과 죽음

키 160cm, 몸무게 60kg의 따이펑리엔(戴鳳蓮)은 16살 때 딴팅시우(單廷秀)의 외아들 딴삐엔랑(單扁郎)에게 시집갔다. 시댁은 고량주 술도가를 운영하는 부호였기에 마을 사람들은 부러움이 가득 담긴 축하를 했다. 하지만 딴삐엔랑은 한센병(문둥병)에 걸렸으며 이 사실을 알면서도 따이펑리엔의 부모는 딸을 시집보냈다. 노새 한 마리를 받고 딸을 팔아넘긴 것이다.

시집가는 날 그녀는 홀로 가마에 오르고 북잡이, 나팔장이, 두 명의 가마꾼이 모는 가마는 너른 수수밭을 지나 시댁으로 간다. 짓궂은 가마꾼들은 새색시를 놀리려고 가마를 이리저리 흔들고, 급기야 구토를 하고, 밖을 보아서는 안 된다는 친정어머니의 말을 무시하고 휘장을 들쳐보는 순간 땀에 절은 가마꾼의 등이 번쩍, 빛난다. 그는 용감하고, 세상을 보는 눈이 있고, 경영능력도 탁월하고, 진실한 사랑이 무엇인지도 안다. 그가 위잔아오이다.

훗날 필연적으로 두 사람은 수수밭에서 진한 사랑을 맺는다. 따이펑리엔이 '남편은 정말 문둥병자'라고 하소연하자 위잔아오는 단도를 챙기며 간단하게 답한다.

"사흘 후에는 어쨌든 돌아오리다."

그의 말처럼 사흘 후부터 따이펑리엔의 삶은 즐거움만 계속된다. 잔악한 일본군이 침략하지만 않았더라면! 까오미 마을의 왕원이(王文義)는 '우향우'라는 말을 이해하지 못할 정도로 바보이다. 그의 어린 아들들 셋은 마당에서 천진하게 놀다가 일본군 비행기가 떨어뜨린 폭탄에 맞아 산산조각 나고 말았다. 우연한 그 불행이 아니었다면 세 아들은 평범한 농부로 수수밭을 일구며 살아갔을 것이다. 바보조차 무기를 들게 만드는 처절함에서 어린 또우꽌 역시 저항의 대열에 참여하지 않을 수 없었다.

마을 사람들은 또우꽌이 누구의 아들인지 짐작은 하지만 입밖으로 말하지 않는다. 어머니조차 아들에게 위잔아오를 양아버지라 일러주었다. 일본군의 총에 맞아 죽기 직전에 진실을 알려준다.

"그 사람이 바로 네 친아버지다."

전북 김제평야의 중심지인 죽산마을에 가면 아담한 하시모토 농장(橋本農場) 사무실(기념관)이 있다. 1910년 한일합방 이전부터 일본인은 한국의 최대 곡창지역인 김제로 들어와 여러 개의 대단위 농장을 만들어 수확되는 쌀들을 전부 일본으로 실어갔다. 광복되기 전까지 40년 넘게 일본인들의 수탈과 잔혹한 강제노동은 계속되었다. 그 아픔은 어떤 의미에서는 지금도 계속되고 있다.

또 하나, 몇몇 사람들의 증언에 의하면, 일본인 지주들보다 더 잔악하고 야비한 행동을 한 사람들은 한국인이었다고 한다. 그 모순은 어떤 의미에서는 지금도 계속되고 있다..

한국의 몇몇 작가들이 일제 치하의 참혹성을 그린 소설들을 발표했지만 아쉽게도『붉은 수수밭』만큼 세계적으로 읽혀지지 못했다. 모옌의 본명은 관모예(管謨業)이며, 모옌은 "말을 하지 않는다"는 뜻이다. 오로지 글로서 승부를 걸겠다는 의지의 표현이다. 그는 그 의지로 침략자 일본에 저항하는 중국 민초들의 강인함을 전 세계에 보여주었다. 수수가 익으면 붉어지고, 수수밭은 붉은 바다가 된다. 그 붉은 곳에서 그네들이 흘린 피는 뜨거운 사랑이며, 영원한 생명이다.

* 더 넓은 지식을 위한 독서 내비게이션

1. 소설의 무대가 된 산둥(山東)성 까오미현 동북마을(高密 東北縣)
   은 웨이팡(濰坊) 시와 칭다오(淸島) 시의 중간 즈음에 있다. 전투
   가 벌어진 모쉐이(墨水 Moshui) 강은 구글맵에 희미하게 나타난다.
2.『붉은 수수밭』은 1986년에 중편소설로 발표되었고, 후에 5편을
   묶어『홍고량 가족』(紅高粱家族)으로 재간행되었다. 1987년 영화
   로 제작되어 세계적인 반향을 불러 일으켰다. 단행본『붉은 수수
   밭』은 1997년에 문학과지성사에서 문고판으로 간행되었으나 지
   금은 절판되었다.
3. 모옌은 2012년 중국인으로서는 두 번째로 노벨문학상을 받았다
   (아시아에서는 4번째). 일부에서는 '친정부 어용작가'라고 비난하기
   도 한다. 2005년 한국을 첫 방문했을 때 "고구려는 한국의 역사"

라고 말했다.

4. 중국 소설은 명나라 시절의 4대 기서(奇書)를 출발점으로 본다. 나관중(羅貫中)의 『삼국지연의』(三國志演義), 시내암(施耐庵)의 『수호지』(水滸誌), 오승은(吳承恩)의 『서유기』(西遊記), 작자미상(혹은 난릉소소생[蘭陵笑笑生])의 『금병매』(金瓶梅)이며 여기에 청나라 시대에 간행된 조설근(曹雪芹)의 『홍루몽』(紅樓夢)을 포함시킨다. 모두 한국어로 번역이 잘 되어 있다.

5. 근대문학의 창시자는 루쉰(魯迅)으로 인정되며 대표작은 『아Q정전』, 『광인일기』이다. 라오서(老舍)의 『낙타상자』(駱駝祥子)는 인력거꾼 샹쯔의 인생 역정을 통해 중국 근대 역사와 하층민의 삶을 적나라하게 보여준다.

6. 조정래의 대하소설 『아리랑』은 구한말부터 해방기까지의 역사와 농민들의 애환을 그린 소설이다. 김제 만경평야를 무대로 일제 수탈과 강제 징용, 소작 쟁의, 독립운동을 들려준다. 위안부를 다룬 소설로는 권비영의 『몽화』(夢花)가 있다.

7. 한수산의 소설 『군함도』(2016년)는 일제강점기 하시마(瑞島) 강제 징용과 나가사끼 피폭을 다루었으며 영화로도 제작되었다.

제3부
예술과 고독

우리는 빵만으로 살 수 없으며
자유와 예술이 있어야 한다.
자유는 희생을 담보로 하고, 예술은 고독의 동반자이다.
희생과 고독으로 위대함을 만든 사람들은 늘 우리 곁에 있다

『삶의 한가운데』
Mitte Des Lebens
루이제 린저 Luise Rinser | 독일 1950년

삶을 사랑했던
한 여인의
쓰라린 삶 탈출기

삶의 한가운데는 시간이 아니라 절정의 순간

"내가 다시 삶의 한가운데 내던져졌을 때 나는 무척이나 부끄러웠다."

삶의 한가운데는 어디쯤이고, 왜 부끄러울까? 이 낯선 질문의 답을 찾아가보자. 하루의 한가운데는 낮 12시이고, 1년의 한가운데는 7월 2일이다. 그렇다면 인생의 한가운데는 어디일까? 80년을 산다면 40세일 것이고, '운이 몹시 나빠서' 백년을 산다면 50세가 될 것이다. 그러나 청춘의 시기인 30세가 지나면 사실상 삶의 한가운데를 지났다고 할 수 있다. 그 이후의 삶은 어쩌면 자신이 저질러 놓은 일들을 수습하면서 살아가는 덤이지 않을까.

니나 뷰슈만은 37세이다. 작가 루이제 린저는 1940년대 말에 평균수명을 74세로 잡았던 것 같다. 2019년에 독일인의 평균수명이 80.07세이고 여자가 82.44세인 점을 감안하면 매우 높게 잡았다고 볼 수 있

다. 그러나 나이는 무의미하다. 인생에서 가장 빛나는 시기, 가장 아름다운 시기가 삶의 한가운데이다. 스티브 잡스는 1955년에 태어나 2011년에 사망했다. 지상에 머물렀던 시간은 56년에 불과하다. 그의 삶의 한가운데는 세계를 변혁시킨 아이폰을 발표한 2007년이지 싶다. 무려 52세에 삶이 가장 빛났던 것이다.

니나는 소설의 여주인공들 중에서 쓰라림과 괴짜의 선도이다. 『좁은 문』의 알리사, 『폭풍의 언덕』의 캐서린, 『바람과 함께 사라지다』의 스칼렛 오하라, 『안나 카레니나』의 안나, 『노트르담의 꼽추』의 에스메랄다, 『인형의 집』의 노라보다는 덜 유명하지만 삶의 무게와 사랑에의 번민은 그녀들보다 더 크다.

12살 때, 결혼하는 언니의 면사포에 침을 뱉는가 하면, 거의 20여년 만에 재회한 언니와 저녁을 먹으러 나갔다가 공원 벤치에 앉아 그대로 잠을 자버린다. 그리고 뜬금없이 소설을 쓰기도 한다. '한나'라는 여자가 1945년 4월 22일 수용소에서 석방되는 단편소설이다. 어쩌면 린저의 체험을 바탕으로 한 소설로 추정된다. 니나가 여러 재능이 있는 것은 분명하지만 아버지가 의사에게 보낸 편지에 그녀의 성격이 그대로 드러난다.

… 이 아이는 차갑고 방종하고 몰인정합니다. … 철면피한 아이입니다.

차가운 성격 탓인지 니나는 집을 떠나 유럽 여러 나라를 방랑하고,

필연적으로 여러 남자를 만나고, 소설 속 여주인공들이 대부분 그러하듯 사랑하지 않는 남자와 얼떨결에 결혼하고 26살에 임신하고, 헤어지고, 아이들은 스스로 자란다. 정작 자신을 열렬히 사랑하는 슈타인과는 함께 여행을 떠나기도 하지만 섹스도 하지 않고, 결혼도 하지 않는다.

그녀가 대학교수이자 자신을 치료했던 의사인 슈타인을 사랑했는지, 하지 않았는지는 명확하지 않다. 다만 변치않는 애정으로 줄기차게 편지를 보내고 일기에 니나에 대한 기록만 남기는 슈타인이 측은할 뿐이다.

"아, 나는 그녀를 내 생명처럼 붙들고 싶다. 하지만 그건 불가능하리라."

삶의 굴레를 탈출하기 위해 몸부림 친 여인

그러나 이 소설은 결코 연애소설이 아니다. 멜랑꼬리하고, 감미롭고, 가슴 쓰린 사랑의 격정이나 달콤함은 없다. 바덴바일라의 한 호텔에서 우연히 동생 니나를 만난 언니의 이야기로 시작된다. 니나가 간직하고 있는 슈타인의 일기와 편지를 언니가 읽으면서 순차적으로, 그러면서도 꽤나 복잡하게 전개된다. 그리고 간간히 니나의 두서없는 이야기를 듣는다.

니나는 부모와 집을 떠나 홀로 낯선 곳을 헤매면서 삶을 꾸려가지만 결혼도, 가정에도 적응하지 못했다. 나치 치하에서 유대인을 탈출시켜 감옥에 갇히기도 했다. 나아가 한 남자의 인생도 보기좋게 망가 뜨렸다. 사랑을 거부한 니나에게 분노를 느끼기보다는 사랑하는 여자를 '쟁취'하지 못한 남자에게 화가 치민다.

현대 독일 소설답게 어려운 부분이 없는 것은 아니지만 가슴에 길이 간직할 명문장도 많이 등장한다. "이 세상에 양면적인 타협처럼 구제불능의 결함은 없다", "나는 꼭 해야 할 말을 하지 않았다. '내가 널 사랑하므로'라고.", "그녀는 결코 이 세계에 속해 있지 않은 것 같았는데 언젠가는 그것을 경멸할 것이다."

동생을 이해하지 못했던 언니는 일기와 편지를 모두 읽은 후 당연히 그러하듯이 동생을 이해하게 되고 눈물을 터트린다. 그리고 깨닫는다.

"(나는) 촘촘하게 얽힌 그물 같은 인간의 숙명에 울음을 삼켰다. 누가 있어 그 그물을 찢을 수 있겠는가? 그리고 설령 찢어버릴 수 있다 한들 그 그물은 늘 발에 밟히고 걸려 우리 뒤를 질질 따라다니지 않겠는가?"

번역가 이영제는 "삶이라는 엄청난 대기(大器) 속에는 우리가 몇 자의 어휘로 간단히 표현하는 행복, 불행, 진실, 죄악, 설움, 고통, 사랑, 인내, 갈등, 좌절 등등의 엄청난 사실들이 들끓고 있다. 그 모든 어휘는 인간이 만든 것이며, 그 굴레에서 헤쳐나오기 위해 몸부림 친다"고 말했다. 니나는 삶의 한가운데에서 그 굴레를 탈출하기 위해 몸부림 친 여인이다.

소설은 소설일 뿐일까? 아니면 작가의 행위가 더 중요할까?

루이제 린저(Luise Rinser, 1911~2002 향년 91세)는 독일 바이에른 피츨링 출생이다. 일부 문헌에는 그녀가 옛 동독 출신이라고 소개되어 있다. 뮌헨대학을 졸업하고 교사로 근무했다. 2차대전 때 나치에 저항해 감옥에 갇혀 사형선고를 받은 이력으로 저항문학가로 알려졌으나 최근 조사에 따르면 나치에 협력했다고 하기도 한다.

그녀가 북한을 여러 차례 방문해 김일성 주석을 만난 것은 유명한 일화이다. 북한 방문 후 『또 하나의 조국』을 썼으며, 작곡가 윤이상(尹伊桑)과의 대담록인 『상처입은 용』(Der verwundete Drache)을 1977년에 발표했다. 그래서 그런지 우리나라 자칭 보수주의자들에게 공격을 받는 모양새다.

개그 프로그램에서 경찰의 잘못된 행태를 소재로 삼으면 다음날 경찰이 항의 전화를 하고, 정치인을 비판하면 심지어 고소를 당하기도 한다. 그래서 "개그는 개그일 뿐 오해하지 말자"고 개그맨들이 목청을 높였다. 소설은 소설일 뿐 작가의 행위는 관계가 없다. 언젠가 내가 어느 글에서 "이문열은 매우 뛰어난 작가이다"라고 쓴 글을 읽고 자칭 진보주의자가 시비를 걸었다. 그런 식으로 따지면 이 세상에 읽을 소설은 한 편도 없게 된다.

『삶의 한가운데』는 좌충우돌 젊은 여성의 의식 편력(遍歷), 사랑 편력, 체제에의 저항을 유려한 문체로 다루었다. 삶의 한가운데가 어디인지 정확히 알 수 없으나 삶의 의미를 찾아가는 방법은 일러준다.

"제 생각엔, 생의 의미를 물어보는 사람에게는 해답이 결코 주어지지 않지만 그걸 묻지 않는 사람에게는 해답이 주어지는 것 같아요."

니나의 개인적 생각에 그치지 않고 모든 사람에게 적용될 수 있다. 삶이란 무엇인가를 고민하지 말고 실천적으로 살아가라는 조언이다. 이 소설은 1950년에 발표되었다. 독일은 국토가 황폐화되었고, 나라는 둘로 갈라졌다. 패전의 암울함을 딛고 독일문학을 부흥시키는 작품 중 하나가 되었다. 모든 선입견과 편견을 버리고 이 소설을 읽기 바란다.

* 더 넓은 지식을 위한 독서 내비게이션

1. 1993년 한림출판사에 간행된 『세계명작 소설: 이해와 감상』에는 모두 180명의 작가가 소개되어 있다. 그중 여성은 10명도 되지 않는다. 남자의 잘못인지, 여자의 잘못인지 판단하기 어렵다.
2. 노벨문학상 수상자 110명 중 여성 수상자 역시 10명이 되지 않는다. 첫 수상자는 『닐스의 모험』으로 유명한 스웨덴의 셀마 라게를뢰프(Selma Ottilia Lovisa Lagerlöf)로 1907년에 받았다. 첫 여성 흑인은 1933년 미국의 토니 모리슨(Toni Morrison)이다. 대하소설 『대지』로 세계적 명성을 얻은 펄 벅(P.S. Buck)은 1938년에 받았지만 문학성에 대해서는 논란이 있다. 그러나 그녀의 작품이 뛰어난 것은 분명하다.
3. 린저의 북한 방문에 대한 이야기는 인터넷 여러 곳에 자세히 실

려 있다. 또 다른 소설『고원에 심은 사랑』은 유럽에서 문학적 수준이 높지 않다고 평가받았으나 우리나라에서는 1970~80년대에 큰 인기를 끌었다. 19세의 처녀 유리안느가 독일 북부의 한 고원지대를 찾아가 의사 헤클리프를 만나 사랑하게 된다는 이야기다.

4. 폴란드 출신 독일 작가 크리스타 볼프의『나누어진 하늘』은 옛 동독에서의 삶을 들려주는 소설이다.

5. 여성 작가의 고전문학은 에밀리 브론테의『폭풍의 언덕』, 샬롯 브론테의『제인 에어』, 제인 오스틴의『오만과 편견』을 권한다. 현대의 작가로는 이사벨 아옌데(칠레)의『영혼의 집』, 마르그리트 뒤라스(프랑스)의『연인』(L'Amant)을 들 수 있다. 1930년대 식민지 인도차이나에서 한 소녀와 부잣집 중국인 아들과의 뜨거운 사랑을 그린 소설이다.

6. 사실상 단 한편의 소설로 세계적 명성을 얻은 여성 작가는『앵무새 죽이기』를 쓴 미국의 하퍼 리(Nelle Harper Lee),『바람과 함께 사라지다』를 쓴 미국의 마가렛 미첼(Margaret M. Mitchell)을 들 수 있다. 두 작품 모두 퓰리처상을 수상했다.

7. 한때 독서인들의 사랑을 받았으나 인기가 사그라든 작품 중에서 읽어야 할 책은 시몬느 보부아르의『계약결혼』, 미우라 아야꼬(三浦綾子)의『빙점』, 프랑스와즈 사강의『슬픔이여 안녕』, 버지니아 울프의『세월』, 콜린 맥콜로의『가시나무새』 등이 있다. 카슨 맥컬러스(Carson McCullers 미국)의『마음은 외로운 사냥꾼』역시 명작이지만 아쉽게도 널리 알려져 있지 않다.

8. 상실과 기억찾기는 패트릭 모디아노의 『어두운 상점들의 거리』, 도리스 레싱의 『생존자를 위한 비망록』, 반항과 갈등은 로제 마르탱 뒤 가르의 『회색 노트』를 권한다.

『달과 6펜스』 The Moon and Six pence

서머셋 모옴 William Somerset Maugham | 영국 1919년

인생은 미쳤고,
예술은 바보짓이다

비참함은 예술가의 숙명일까

"꼭 그래야만 했을까?"라는 의문이 강하게 든다. "더 좋은 방법이 분명 있었을 텐데…" 라는 아쉬움도 든다. 그 의문과 아쉬움을 묵살하고 "예술가는 보통의 평범한 사람들과 다를 수밖에 없다"라는, 공인받지 못한 명제를 받아들여야 한다고 이 소설은 매우 멋진 문장과 철학을 곁들여 강요한다. 반박하고 싶지만 점점 나락으로 떨어지는 화가 지망생을 보며 이것이 그의 운명이로구나! 한편으로는 수긍하고, 한편으로는 애처로워진다.

제목마저도 극히 예술적인 『달과 6펜스』는 예술에 대한 사색과 인물 추적기를 아우른 종합 보고서이다. 전반부는 약간 지루하고 중반에 잠깐 위안을 받기는 해도 후반에서는 우울해진다. 슬퍼서 눈물이 난다. 그래서 예술가들, 특히 화가들이 측은해지고, 누군가 그림을 그

리겠다고 하면 말리고 싶은 마음이 든다.

그림 한 장에 수십억, 심지어 수백억 원에 판매되었다는 뉴스가 나오면 사람들은 '화가들은 모두 부자'라 생각한다. 그러나 세상에서 가장 가난한 직업군이 예술가들, 특히 화가이다. 100만 원짜리 그림을 1년에 1점도 팔지 못하는 사람이 태반이다. 그럼에도 불구하고 사람들이 예술가를 높이 평가하는 이유는 그들이, '자신이 하지 못하는 예술을 하기' 때문이다.

어처구니없는 것은 비참하게 죽은 화가일수록 더 추앙을 받고 그림값이 한없이 비싸다는 사실이다. 현재 거래되고 있는 그림값의 1000분의 1이라도 생전에 받았다면 그 화가는 그토록 비참한 삶을 살지 않았을 것이다. 그러나 이것이 예술가의 숙명인가?

이유 같지 않은 이유로 사라진다면?

만약 증권회사를 잘 다니던 과묵하고 가정적인 남편이 어느 날 갑자기 사라지고 며칠 후에 편지로 이별을 통보한다면 어떻게 하겠는가? 그 이유가 여자와 함께 도망을 친 것이라면, 즉 정사(情事)의 문제라면, 문제는 아주 쉽다. 길면 2~3년 후에 돌아오기 때문이다. 하지만 '그림을 그리기 위해서'라면 어떻게 대처하겠는가?

전혀 엉뚱한, 그야말로 이유 같지 않은 이유로 이별(이혼)을 통보하고, 직장도 그만두고, 자식도 팽개치고, 돈도 남겨놓지 않고 홀연히 사라졌다면 어떻게 하겠는가?

찰스 스트릭랜드는 그렇게 사라졌다. 런던에서 홀연히 사라져 파리로 간다. 소문이 뒤를 따른다. 시내의 어느 다방에서 일하던 젊은 여자가 바로 얼마 전에 다방을 그만두었다나 봐요, 또는 엠파이어극장의 발레 공연에서 본 프랑스 무용수에게 반하여 마침내 함께 파리로 도망쳤다고 하네요….그 소문 덕분에 곤경에 처한 스트릭랜드의 아름다운 아내는 젊은 작가에게 '파리로 가서 남편을 만나 다시 집으로 돌아오도록 설득해 줄 것'을 부탁한다. 작가는 덕분에 파리로 가면서 이렇게 생각한다.

그녀가 남편이 돌아오기를 바라는 것은 남편을 사랑하고 있어서인지 아니면 세상이 수군거릴 게 두려워서인지, 나는 갈피를 잡을 수 없었다.

그러나 남편은 그딴 것에는 눈곱만큼도 관심이 없었다. 파리의 뒷골목에서 어렵사리 만나 "도대체 부인은 앞으로 어떻게 살아가란 말입니까?" 비난하자, 즉각 답이 돌아왔다. "17년간이나 벌어 먹였으니 이젠 자기 손으로 벌어먹을 수도 있을 것 아니오?" 틀린 말은 아니다. 작가는 한참이나 논쟁을 벌이다가 "도대체 왜 집을 나오셨습니까?" 묻는다. 답이 황당하다.

"그림을 그리려고요."

미친 짓이다. 단지 '그림 나부랭이'를 그리기 위해 가정과 직장을 팽개친단 말인가? 직장을 다니면서 그림을 그리면 안 된단 말인가? 가정을 지키면서는 그림을 못 그린단 말인가? 그렇다면 이 세상의 모든 화가는 결혼을 해서는 안 된단 말인가? 방법을 찾아보면 해결책은 얼마든지 나올 수 있다. 아내가 돈을 벌고 남편은 그림을 그릴 수도 있다. 하지만 찰스는 그 방법은 애초부터 생각조차 하지 않았다. 그가 모든 것을 팽개친 이유는 단순했다.

> 어렸을 때 화가가 되고 싶었는데, 아버지가 화가가 되면 가난에 쪼들린다고 강제로 나를 장삿길로 들어서게 한 거요. 그래서 한 1년 전부터 조금씩 그리기 시작하여 그동안 줄곧 밤에 그림 공부를 하러 다녔죠.

아, 슬프다!

동서고금을 막론하고 아버지들은 아들(자식)이 돈을 벌어 잘 살기를 바란다. 화가를 택하여 가난하게 살지 않기를 바란다. 찰스는 아버지 말에 순종했고, 증권회사 직원이 되었고, 예쁜 여자와 결혼도 했다. 그러나 어렸을 때의 꿈을 되찾기 위해 그 누구도 이해하지 못하고(심지어 작가인 화자조차), 공감하지 못하는 행동을 저질러버린 것이다. 작가는 또 비난한다.

"하지만 당신은 나이 40이 아닙니까?"

이 비난은 옳다. 그러나 찰스의 대답은 더 옳다.

"그러니까 더 이상 꾸물거릴 수 없었던 거요."

현실과 꿈 사이에서 방황하는 사람들

이 소설이 뛰어난 이유는 독자에게 질문을 던져주기 때문이다. 자신의 꿈을 위해 현재의 안위를 버리는 것이 옳은지, 아니면 인간으로서의 책임을 다하기 위해 가정과 사회에 열심인 것이 옳은지에 대한 문제를 제기한다. "꿈을 찾아가라"고 외치는 사람이 더 많을 것이겠지만 현실은 그리 녹록치 않음을 우리는 알아야 한다.

또 다른 이유는, 예술이란 과연 무엇인가? 사람들은 예술을 어떻게 인식하고 있는가에 대한 단서를 제공한다.

- 머지않아 틀림없이 백합꽃이 핀다고 생각하고 부지런히 아스팔트 포도 위에 물을 준다는 것은, 시인이나 성자가 아닌 이상 생각할 수도 없는 일이다.
- 사람은 영혼의 안정을 구하기 위해 매일 자기가 좋아하지 않는 일을 두 가지씩 하는 것이 좋다. 나도 이 교훈을 잘 지켜오고 있다. 매일 아침 마지못해 일어나고 저녁에는 잠자리에 드는 일이 바로 그것이다.
- 작가란 창작의 기쁨과 가슴속의 울적한 생각을 토로하는 일을 그 보수로 여길 뿐, 그밖의 일에는 무관심해서 칭찬을 받건 비난을 받건, 성공을 하건 실패를 하건 전혀 개의치 않는다.

이러한 명문장들이 무수히 등장한다. 등장인물도 실존했던 화가와 가상의 인물이 혼합되어 지식의 범위를 넓혀준다. 타히티 섬의 묘사와 토인(책 그대로의 표현)들에 대한 묘사도 무척 아름답고, 흥미롭다. 그래서 재미있다. 그러나 결말로 갈수록 기쁨과 우울함이 마구 뒤섞여 있다. 그래서 나는 '내가 읽은 가장 슬픈 소설'로 꼽는다.

위안이 되는 것은 세상 사람들에게 예술가의 마음을 조금이나마 알려주었다는 점이다. 그러나 자신의 꿈을 향해 용감히 돌진했음에도 찰스 스트릭랜드보다 더 비참한 삶을 사는 예술가는 여전히 많다. 그래서 더욱 슬프다.

＊더 넓은 지식을 위한 독서 내비게이션

1. 이 소설은 프랑스 화가 폴 고갱(Paul Gauguin 1848~1903)을 모델로 했다. 아버지의 이른 사망 – 떠돌이 생활 – 한때의 행복한 생활 – 가난 – 고행 – 이별 – 질병 – 우울증 – 자살 시도를 거쳐 심장 마비로 사망했다.

2. '6펜스'는 우리나라의 1원짜리 동전과 같다. 과거 영국은 화폐단위에 12진법을 썼기 때문에 6펜스, 12펜스로 돈이 만들어졌다. 20세기 들어 10진법을 채택하면서부터 1, 10, 100펜스 단위로 바뀌었다. 6펜스는 아주 작은 돈, 사소한 것, 그러면서도 현실적인 것을 의미한다,고 말하지만… 해석은 각자의 몫이다. '달'의 의미 역시 각자의 해석에 따라 달라진다.

3. 그림을 주제로 한 소설은 트레이시 슈발리에의 『진주 귀고리 소

녀』(Girl with a Pearl Earring)가 있다. 네덜란드 화가 요하네스 페르메이르(Johannes Jan Vermeer)의 작품을 모태로 했다.

4. 예술가를 주인공으로 다룬 소설로는 제임스 조이스(아일랜드)의 『젊은 예술가의 초상』(A Portrait of the Artist as a Young Man)이 유명하다(읽기는 쉽지 않다). 화가의 마음세계를 알 수 있는 책은 빈센트 반 고흐의 『고흐의 편지』, 시인의 세계를 다룬 책은 안토니오 스카르메타(칠레)의 『네루다의 우편배달부』(El Cartero de Neruda)가 있다.

5. 한국 작품으로는 박완서의 『나목』(裸木)을 권한다. 화가 박수근(朴壽根)을 모델로 한 명작소설이다. 이외수의 『들개』는 개 그림에 미친 남자가 주인공이다.

6. 고흐의 삶과 예술세계를 가장 잘 알 수 있는 영화는 2017년에 개봉한 〈러빙 빈센트(Loving Vincent)〉이다. 그림으로 제작된 영화이다.

그는 인간 실격자,
나는 인생 패배자

계속 혹은 중도포기의 결정권은 나에게 있다

자신의 탄생은 자신이 결정한 것이 아니다. 그러나 주어진 삶을 '계속 살 것인지' 아니면 '중도에 포기할 것인지'를 결정할 권리는 있다. 계속 살더라도 '아름답고 신나게' 살 것인지 아니면 '그냥저냥' 혹은 '비참하게' 살 것인지 선택할 권리도 있다. 그 무엇이든 조건이 따른다. 아름답고 신나게 살기 위해서는 부단한 노력을 기울여야 하고, 중도에 포기하려면 극한 선택을 해야 한다. 무엇이든 쉽지 않다. 만약 아름답게 살고 싶지만 여건이 그렇지 못하다면 어떻게 해야 할까?

　나를 낳은(알 수 없는) 아버지와 어머니가 나를 버리고 사라졌다면, 부모는 있지만 지독히도 가난한 집의 5형제 중 막내였다면, 선천적인 기형을 안고 태어났다면 이후의 삶이 고달파서 세상을 저주하며 망가지며 살아갈 수도 있다. 그러나 내성적이고 부끄러움을 많이 탄다는 이유로 아무렇게나 살아간다는 것은 선뜻 이해되지 않는다. 또한 그 외모가 여자들에게 호감을 주어 많은 여자들이 꼬인다는 이유로 파멸의 생활을 하는 것도 납득하기 어렵다. 더더구나 그 집안이 부자이고 명성 높은 가문이라면!

요조는 의원(議員)의 아들로 태어났다. 남부럽지 않은 부를 지닌 집안이며 하인들도 있고, 아버지의 위신은 대단하다. 평범한 성격을 지녔다면 -부질없는 말이지만- 좋은 대학을 졸업하고 열심히 일해서 아버지를 뛰어넘는 사람이 되었을 것이련만 그의 인생은 세 장의 사진에 잘 요약되어 있다.

첫 번째 사진은 10살 전후에 찍은 사진이다. 고개를 30도 정도 왼쪽으로 갸웃한 채 흉하게 웃고 있다. 사진을 처음으로 보는 사람은 송충이를 털어내듯 팽개칠 정도의 불쾌한 얼굴이다. 두 번째 사진은 고등학생(혹은 대학생)의 얼굴이다. 갑자기 엄청난 미남으로 변해 있음에도 괴기스러운 섬뜩함이 든다. 세 번째 사진은 언제, 왜 찍었는지 알 수 없는 사진이다. 분명 청년임에도 머리는 희끗하고 표정은 굳어있다. 무표정의 전형이다. 주위 배경도 음침하다. 보는 사람을 오싹하게 하고 기분 나쁘게 한다.

세 장의 사진은 요조의 인생을 축약하고 있다. 흉하게 웃는 것은 자신을 위장하기 위해서이고, 미남의 얼굴은 파멸로 가는 지름길이며, 머리가 희끗해진 것은 사람과 세상, 세월에게 한 방 펀치를 먹었기 때문이다. 서로 연관되어 있기는 해도 직접적이고 가장 큰 치명타는 미남이라는 사실이다. 그 잘생긴 얼굴은 남자들에게 호감을 주는 것이 아니라 여자들에게 호감을 주었다. 결국 그의 인생을 망친 것은 그 자신의 멋진 얼굴이다.

인생을 망친 열 가지 불행의 으뜸은 여자들

1980년대 초반, 이른바 제5공화국 시절에 군 생활을 할 때 간혹 엉뚱한 행동과 말로 선임들을 당황케 하는 신병이 있었다. 겉보기는 멀쩡한데 어떤 일이 주어지면 바보같은 표정을 지으며 어이없는 실수를하는 것이다. '정말로 바보이다'라는 것이 판명되면 이후의 군 생활이 편해질 수도 있다. 그러나 고참이 한마디만 하면 바보 행동은 끝장난다.

"너 일부러 미친 짓 할래!"

닳고 닳은 고참은 신병의 얄팍한 꾀를 금세 간파하고 여지없이 깨버린다. 그 순간 이후부터 그는 정상적으로 행동한다. 그런데 만약, 그 이후에도 바보처럼 행동하기로 굳게 마음먹었다면 제대하는 날까지바보가 되어야 한다. 그것은 사실상 불가능하다. 하지만 요조는 일찌감치 자신을 위장하는 광대가 되었다. 그 이유는 여러 가지다. 배고픔의 느낌을 알지 못하고, 인간의 알뜰함에 서글퍼지고, 인간이라는 존재에 두려움을 느끼고… 요조는 그것들을 '열 가지 불행 덩어리'라 했다. 그 두려움과 불행들을 억누르기 위해 초등학생 때부터 공부는 잘하지만 행동은 엉망진창인 장난꾸러기가 되었다. 중학생이 되어서도 마찬가지였으나 어느 날 한 급우가 속삭였다.

"일부러 그랬지?"

그 말을 한 사람은 어리숙한 다케이치이다. 진짜 바보가 가짜 바보를 금세 간파해낸 것이다. 비밀을 들킨 요조는 다케이치에게 아부를 하고 집까지 데려가 즐겁게 해준다. 다케이치는 요조의 서비스를 받으며 중요한 말을 한다.

"여자들이 네게 홀딱 반할 거야."

요조는 심드렁했지만 삶을 바꾸는 이정표가 되었다. 어렸을 때 자신을 희롱(범죄)한 하녀들이 처음이었고, 중학교 때 하숙집 자매들이 본격적으로 인생에 개입했다. 그녀들은 요조를 번갈아가며 집적거렸고 함께 가출하자고 유혹까지 한다. 요조는 "여자는 남자에 비해 더 많은 쾌락을 탐하고, 소화해낼 수 있다"고 믿을 수밖에 없었다. 그 믿음이 요조를 비정상의 길로 이끈다.

진정한 인간의 자격은 무엇인가?

하숙집 자매를 시작으로 여러 여자들이 요조 앞길에 나타난다. 그림을 그리는 호리키 마사오는 그 길에 기름을 붓는 6살 많은 선배이다. 두 사람은 늘 술을 마시고, 매춘부들과 신나는 밤을 지새운다. 술, 담배, 매춘부는 인간을 향한 공포심을 잊게 해주는 좋은 요소들이었다. 필연적으로 돈이 부족해지자 모든 물건을 전당포에 잡히면서 생활은 엉망이 되어간다. 카페 여급 쓰네코 역시 삶에 몸서리나도록 지친 여자이다. 의기투합한 둘은 가마쿠라 바다에 뛰어들어 동반자살한다.

불행인지 다행인지 요조는 살아남고 방탕한 삶은 계속된다. 또 불행인지 다행인지 여러 여자가 나타나고, 호리키 마사오는 악인이 되었다가 은인이 되는 행동을 되풀이한다. 요조는 그림 재능을 살려 만화를 연재하는 무명 만화가가 되었으나 삶에 드리운 원초적 불행의 씨앗은 점점 자라나 삶 전체를 갉아먹는다.

내성적 성격, 술의 유혹, 절제심의 부족, 인간에 대한 공포, 여자들의 접근, 세상의 난해함, 거짓된 학문, 금전만능… 을 요조는 이겨내지 못한다. "돈 끊어지면 인연도 끊어진다"는 말을 실감한다. 자신을 진정으로 사랑하는 여자도 있건만 끝내는 자신을 포기한다. 인간으로서 실격이기 때문이다.

1930년~40년대 초반까지 일본은 세계로 나아가던 시대였다. 정치를 제외한 모든 분야가 아시아에서 제일이었고 식민지도 여럿이었다. 식민지에서의 약탈과 수탈은 일본 경제를 부흥시켰고 서민들도 다른 어느 나라 사람들보다 잘 살았다. 시대의 정치적·사회적 배경은 소설속에 드러나지 않지만 경제적 부를 누리는 한 청년의 방탕한 삶과 죽음은 한편으로는 동정이 가면서도 한편으로는 호강에 겨운 미친 짓으로 보인다.

'아니오'라고 말해야 할 때 '네'라고 말하지 마라

이 소설은 3부와 짧은 후기로 이루어져 있다. 유년시절의 1부, 학창시절의 2부, 청년시절의 3부이다. 행복하고 낭만적인 순간도 있지만 자아를 잃어버리고 사람들 틈에서 자신을 위장하기 위한 난투극 가까운 행동들이 더 많이 등장한다. 어렸을 때부터 요조는 단 한마디도 진심을 이야기하지 않는 아이가 되기로 결심한다. 그 결심은 죽을 때까지 변함없지만 정신병원에 입원한 후 작성한 수기에서만은 27살의 나이로 진심을 밝힌다.

그 진심은 간단한다. 나는 '인간실격자'이다. 과연 인간의 자격은 무엇인가? 이 질문에 답하기는 불가능하지만 교바시 술집의 마담은 요조의 몰락 이유를 명확히 짚어냈다.

"그 사람 아버지가 나쁜 거예요."

아~ 얼마나 많은 아들들이 가난한 아버지, 엄격한 아버지, 방탕한 아버지, 무관심한 아버지를 원망하며 살아왔던가! 그러나 아버지만큼 아들을 사랑하는 사람은 없다. 설사 그렇지 않다 하여도 아버지를 뛰어넘어 성공하는 것이 최대의 복수이다.

그러나 우리의 요조는 술과 여자에 매몰돼 아까운 인생을 허비했다. 그 인생을 망친 것은 아버지가 아니라 '아니오'라고 말해야 했을 때 '네'라고 말한 소심함과 공포심에 있었다. '아니오'라고 말하지 못할지언정 '네'라는 대답만 하지 않았다면 그의 삶은 빛났을 것이다. 누구인들 그러하지 않겠는가!

* 더 넓은 지식을 위한 독서 내비게이션

1. 화자(話者)인 [나]가 한 인간의 삶을 들려주는 형식은 여러 소설

에서 사용된다. 『네루다의 우편배달부』, 『달과 6펜스』, 『폭풍의 언덕』 등을 들 수 있다.

2. 청소년의 방랑, 몰락, 비행 등을 다룬 소설은 북미에서는 『호밀밭의 파수꾼』, 유럽에서는 『시계태엽오렌지』, 아시아에서는 『인간실격』이 대표적이다. 셋 모두 명작이다.

3. 다자이 오사무는 그 천재성과 요절이 우리나라의 이상(李箱, 본명 金海卿)과 유사하다. 소설 『날개』, 시 『오감도』가 필독 작품이다.

4. 현실과 사회에 적응하지 못하고 일찌감치 생을 마감하는 내용은 헤르만 헤세의 『수레바퀴 밑에서』가 널리 알려져 있다. 총명하지만 부모의 기대에 부응하지 못하는 시골 소년 한스 기벤라트의 방황과 죽음을 보여준다. 반대되는 소설은 찰스 디킨스의 『올리버 트위스트』이다. 고아로 태어나 온갖 고행을 겪으면서도 훌륭한 청년으로 성장한다.

5. 쥘 르나르(Jules Renard)의 『홍당무』(Poil de carotte)는 한 소년의 성장과 사랑, 자살 실행과 가족 사랑을 유머러스하게 그린 작품이다. 주로 청소년용으로 읽힌다.

『아Q정전』阿Q正傳

루쉰 魯迅 | 중국 1923년

살다보면
끌려 나가기도 하고,
끌려 나오기도 하는 것

변혁에 짓밟혀진 고통의 100년

세계 역사를 객관적으로 살펴보면 근현대기에 가장 복잡한 역사를 거
치면서 처참한 꼴을 당한 나라는 유럽에서는 폴란드이고, 동양에서는
중국(청~중화민국)이다. 물론 나치 독일에게 정복당한 프랑스나 독소
전쟁을 치르느라 엄청난 피해를 입은 소련도 처참한 상황에 처하기는
했어도 그 시기는 짧았다. 반면 폴란드는 한때 강국이었으나 약소국
으로 전락하여 오랜 세월 극심한 억압과 수탈을 입었다. 온전한 주권
국이 된 것은 사실상 1980년대 후반이라 할 수 있다.

　1616년 건립된 청나라는 강희제·옹정제·건륭제의 이른바 강건성
세(康乾盛世)가 마무리되면서 혼란기로 접어들었다. 1796년에 시작해
1804년에 진압된 백련교(白蓮敎)의 난을 시발로 중국 대륙은 격정의
세월로 접어들어 마오쩌둥(毛澤東)이 사망한 1976년까지 180여 년 동

안 거의 하루도 조용한 날이 없었다(이는 우리나라도 마찬가지다).

백련교의 난-강제적 문호개방-은의 유출과 마약의 성행-아편전쟁-난징조약-영토할양-태평천국의 난-북경함락-제2차 아편전쟁-이권침탈-양무운동-산업화의 태동-청일전쟁-변법자강운동-서태후의 횡포-무술정변-의화단 사건-북청사변-신학문 도입-만주족에 대한 저항-혁명세력의 대두-손문의 활약-신해혁명의 과정을 거쳐 1911년 멸망했다.

지난 5000년 동안 겪었던 변혁보다 더 많은 변혁을 100여 년 사이에 다 겪은 것이다. 그러나 손문이 세운 중화민국(中華民國)의 앞날은 더욱 험난하면 험난했지 평탄하지 못했다.

힘없는 사람을 괴롭히는 사람은 누구일까?

사회가 혼란스럽고 나라가 어지러워지면 누가 가장 손해를 볼까? 이 어리석은 질문의 답은 '가난한 백성'이다. 전란, 반란, 혁명, 전쟁의 시기에 돈이 없고, 권력이 없는 사람들이 가장 큰 피해를 입는다. 그러나 가만 생각해보면 가진 자들이 더 손해를 입는다. 혁명이 일어나면 가장 먼저 권력자가 자리에서 쫓겨나고, 사형을 받고, 재산을 몰수당한다. 사실 가난한 사람은 빼앗길 것이 없기 때문에 전쟁이 일어나 초가집 한 채가 파괴된다 해도 그리 큰 손해가 아니다. 반면 가진 자는 모든 것을 빼앗긴다.

결국 혁명과 전쟁의 시기에는 너나할 것 없이 대부분의 사람이 피해를 입는다는 결론이다. 이는 루쉰의 소설 『아Q정전』에도 그대로 담겨 있다. 아Q는 집도 절도 없다. 직업도 없고, 가족도 없고, 고향이 어디인지도 모르고, 재산도 없으며, 배짱도 없다. 당연히 글씨를 쓸 줄 모르고 읽을 줄도 모른다. 가장 애처로운 것은 30이 다 되었음에도(당시는 조혼 시대이므로) 여자와 한번도 접촉해보지 못했다는 사실이다(여승의 머리를 만져본 적은 있다). 그리고 그 가능성 또한 전무하다는 사실이다.

일본 영화 「나라야마 부시코」(楢山節考)는 여자의 성기를 평생 처음으로 본 남자가 너무 감격해 그 앞에서 감사 기도를 올리는 장면이 나온다. 지독하게 어이없는 설정이지만 그 남자는 아Q보다 행복하다. 아Q는 부잣집 하녀 우마(吳媽 청상과부)에게 "나하고 자자"라고 엉겁결에 말했다가 온갖 수모를 받고, 지팡이로 머리를 얻어맞고, 그 집 하인에게 사죄하기 위해 술을 사주어야 했기 때문이다. 술값을 마련하느라 털모자를 전당포에 잡혀야 했다!

우마는 비록 과부이지만 '아Q 같은 놈'과 연분을 맺기는 죽어도 싫었다.

젊은 아씨가 우마를 방밖으로 끌고 나오며 말했다.
"밖으로 나와…. 그러면 안 돼. 자기 방에 숨어서 엉뚱한 생각을 하면…."

엉뚱한 생각은 자살을 의미한다. 아Q 같은 '왕빠단'(忘八蛋: '개새끼' 정도의 욕)에게 "나하고 자자"라는 소리를 들었으니 죽고만 싶은 것이다. 하인은 한술 더 뜬다. 그 자신이 하인이면서도, 자신보다 못하다고 업신여기는 아Q를 뜯어먹는 것이다. 힘없는 사람을 괴롭히는 사람은 바로 그 위의 힘없는 사람이다.

혁명의 의미를 알지 못했다

배우지 못하고 힘없는 사람의 말로는 어떻게 될까? 아Q는 마을에서 늘 구박만 받고, 사람들에게 업신여기고, 말 한마디 잘못하면 두들겨 맞는다. 그 상황을 오래 버티는 사람은 없다. 자신의 근본을 알지 못하는 타향으로 가면 출세할 수 있고, 성공할 수 있다. 성공한 뒤 금의환향하면 깔보는 사람이 없어진다.

아Q는 그 전형을 따랐다. 그리고 돈을 뿌렸다. 사람들은 갑자기 그를 존경하기 시작했다. 아Q가 성공의 비밀을 밝히기 전까지, 그리고 돈이 떨어지기 전까지. 돈이 떨어지자 아Q는 다시 빌어먹던 옛날로 돌아갔다. 그 옛날이 진정한 옛날이었으면 좋으련만 갑작스레 시대가 변했다. 혁명이 일어난 것이다.

혁명이 일어나면 사람들의 태도는 둘 중 하나로 덩달아 변한다. 혁명에 동조해 살아남거나, 저항해서 반혁명 집단을 만들거나. 여기에는 한 가지 전제조건이 있다. 혁명의 의미를 알아야 한다는 것이다. 무엇을 위한 혁명인지, 누구를 위한 혁명인지, 혁명의 주체는 누구인지를 알아야 한다. 똑똑한 사람, 돈이 많은 사람, 눈치가 빠른 사람은 이를 재빨리 파악해 둘 중 하나를 택해 살아남는 길을 모색한다.

그러나 우리의 아Q는 혁명이 무엇인지 알지 못했다. 사람들이 부잣집에 쳐들어가 재물을 훔쳐내는 모습을 멀거니 구경만 하다가 돌아섰다. 그러고는 왜 자신에게 재물을 나누어주지 않는지 분통을 터트렸다. 자신도 뛰어들어 재물을 차지할 엄두는 내지 못한다. 왜?

어리석으니까.

그 어리석음은 반드시 벌을 받는다. 혁명에는 희생자가 있어야 한다. 그 희생자가 권력이 없고, 가족이 없고, 직업이 없는 사람이면 훗날 반혁명이 일어나더라도 후환이 없다.

동그라미 하나조차

이 소설은 신해혁명이 배경이다. 청을 무너뜨리고 중화민국이 들어선 대변혁이다. 그 변혁의 과정에서 희생당한 무명의 민초를 그렸다. 그 민초는 "살다보면 어떤 때는 끌려 나가기도 하고, 끌려 나오기도 하는 것"이라고 담담히 받아들인다. 우리네 삶과 동일하다. 다만, 알 수 없는 문서에 서명을 하라고 할 때 글씨를 쓸 줄 모르는 것이 부끄러울 뿐이다.

난생 처음 붓을 들고 서명이랍시고 온 정성을 기울여 동그라미 하나를 그리려 했건만 흰 종이 위에 그려진 것은 수박씨 하나였다. 동그란 인생이 아닌 찌그러진 인생이 된 것이다. 착하고 순수했던 아Q는 동그라미 하나조차 남기지 못하고 그렇게 희생양이 되었다.

소설의 무대 웨이장은 가상의 시골마을이며, 중국 남부의 깊은 농촌이다. "이름 阿Q의 阿는 친근감을 주기 위해 사람의 성이나 이름 앞에 붙는 접두어이고, Q는 청나라 말 중국인들의 변발한 머리 모습을 상징적으로 표현한 말이다"라고 소개되어 있다. 루쉰의 은유법에 감탄할 따름이다. 그 은유법에 의해 아Q가 창조되었고 잠시 머물다가 사라졌다. 변혁 속에 매몰된 한 인간의 삶은 어쩌면 우리 모두의 삶인지도 모른다.

루쉰의 문체는 유려하고, 박학하고, 강단이 있는 반면 군더더기가 없다. 월장(越章: 문장을 생략하고 뛰어넘는 것)의 부분에서는 독자의 상상력을 불러일으킨다. 그러면서도 재미가 있다. 영어소설을 번역하는 것과 한문소설을 번역하는 것 중에 어느 것이 더 어려운지는 모르겠으나 같은 한자문화권이기에 읽기가 훨씬 매끄럽다.

마지막으로, 아Q의 본명은 아꾸이(阿桂)일 수도 있고 또 다른 아꾸이(阿貴)일 수도 있다. 이름이 무엇이든 다 부질없다!

* 더 넓은 지식을 위한 독서 내비게이션

1. 루쉰의 본명은 주수인(周樹人)이고, 일본에서 의학공부를 하다가 소설가로 전향했다. 『아Q정전』외에 『광인일기』(狂人日記)를 권한다. 산문집 『아침에 떨어진 꽃을 저녁에 줍다: 朝花夕拾』도 명작이다.
2. 중국의 근대사, 농민의 삶, 역사의 부침을 가장 잘 알 수 있는 소설은 펄 벅(Pearl S. Buck)의 『대지』(The Good Earth)이다. 현대 작품으로

는 위화(余華)의『허삼관 매혈기』(許三觀賣血記)가 있다. 한때 바진 (巴金)의 작품이 유행한 적이 있었으나 권할 만한 책은 없다. 다이 호우잉(戴厚英)의『사람아 아, 사람아』(人啊, 人!)도 명작이다. 1950 년대 이후부터 문화대혁명을 무대로 11명의 등장인물을 통해 중국 현대 역사를 드라마틱하게 보여준다.

3. 마오쩌둥(毛澤東)에 관한 전기는『중국의 붉은 별』(Red Star over China)이 가장 뛰어나다. 미국의 신문기자 에드거 스노(Edgar Snow) 가 외국인으로는 최초로 연안(延安)에 들어가 毛와 직접 인터뷰하고 쓴 책으로 1970~80년대에 대학가의 필독서였다. 이른바 '장정'(長征)에 대해 알고 싶다면 이 책을 꼭 읽어라.

4. 반드시 읽어야 할 책은 모옌(莫言)의『훙까오량 가족』(紅高粱 家族) 이다. 이 소설은 영화「붉은 수수밭」으로 잘 알려져 있다. 민초들의 강렬한 항일투쟁과 더불어 일본군의 잔학상을 리얼하게 그려낸 역작이다.

5. 앙드레 말로의『인간의 조건』(La condition humaine)은 상해혁명을 묘사한 소설이다. 혼혈아 기요, 테러리스트 첸, 혁명가 카토프 등을 중심으로 혁명의 과정을 보여준다. 1933년 공쿠르상을 받았다.

『네루다의 우편배달부』

El Cartero de Neruda

안토니오 스카르메타 Antonio Skármeta | 칠레 1985년

소년은 자라면서
시인이 된다

불타는 인내심으로 사랑하다

가장 먼저 떠오르는 것은 포도이다. 언제부터 칠레 포도가 우리나라
에 들어왔는지 알 수 없으나 커다랗고 파란 칠레 포도는 마트마다 쌓
여 있고, 값도 그다지 비싸지 않으며, 맛도 그럭저럭 좋다. 두 번째는
길고 긴 영토이다. 태평양을 왼쪽에 두고 있는 칠레는 세계에서 가장
가늘면서도 가장 길다. 남북의 길이는 무려 4,300km로 한반도의 4배
가 넘는다. 세 번째로 떠오르는 것은 파블로 네루다(Pablo Neruda)라는
시인이다.

영화 「일 포스티노」(Il Postino)는 1994년 이탈리아에서 제작(감독 마이
클 래드포드)되어 세계적인 성공을 거두었으며 우리나라에서도 큰 인
기를 끌었다. 주인공은 시인 네루다와 어부의 아들 마리오, 그의 연인
베아트리스 곤잘레스이다. 주인공이 네루다이기 때문에 그의 작품을

바탕으로 만든 영화로 생각하는 사람들이 간혹 있다. 원작은 『불타는 인내』(Ardiente Paciencia)이며 작가는 안토니오 스카르메타이다. '불타는 인내(忍耐)'는 네루다가 1971년 노벨문학상을 받으면서 밝힌 수상소감에 등장한다,고 하는데 원래는 랭보(Jean-Arthur Rimbaud)의 시 '지옥에서 보낸 한 철'을 장식하는 시 구절이다.

"여명이 밝아올 때 불타는 인내로 무장하고 찬란한 도시로 입성하리라."

Et a l'aurore, armes d'une ardiente patience, nous entrerons aux splendides villes.

스카르메타는 『불타는 인내』가 「일 포스티노」라는 제목으로 영화가 완성된 후에 『네루다의 우편배달부』로 제목을 바꾸었고, 곧 세계 여러 나라에서 간행되어 수많은 독자들의 사랑을 받았다. 네루다가 훌륭한 시인인 것은 확실하지만 그의 이름이 널리 알려진 것은 「일 포스티노」에 힘입은 바가 크다고 할 수 있다.

그렇다면 네루다는 왜 불타는 인내를 인용했을까? 인내심이 불에 타오른다는 의미는 도대체 무엇일까? 찬란한 도시는 어디이며, 입성하는 이유는 무엇인가? 답은 '알 수 없다'이다. 노벨상을 받기 위해 스웨덴 스톡홀름 공항에 도착했을 때 누군가(어쩌면 기자)가 물었다.

"가장 아름다운 단어를 꼽으라면 무엇을 들겠습니까?"

"낡을 대로 낡은… '사랑'이라는 단어. 그 단어는 쓰면 쓸수록 더 강해지지요."

그래서… 불타는 인내는 결국 사랑이 아닐까 생각해본다.

단 한 명을 위해 편지를 배달하는 우체부

네루다의 시 중에서 널리 알려진 것은 '20편의 사랑의 시와 한 편의 절망의 노래'인데 이 시는 무려 1924년에 발표되었다. 마지막 '절망의 노래'는 이렇게 끝난다. "새벽 부두처럼 버려졌다 / 떠는 그림자만이 내 손 속에서 몸부림친다 / 오, 그 무엇보다도 먼, 오, 그 무엇보다도 먼 / 이제 헤어져야 할 시간, 오, 버려진 자!"

17살 마리오 역시 이 시를 읽었을 것이다. 이슬라 네그라(Isla Negra, 검은 섬)라는 코딱지만한 어촌의 옆 동네에 사는 마리오는 가난하고 배우지 못한 청소년들이 그렇듯 매일 빈둥거리다가 어느 날 아버지 호세 히메네스에게 따끔한 잔소리를 듣는다.

"일자리를 구해."

다행히 마리오에게는 레냐노(우리나라로 치면 삼천리호) 자전거가 있었고, 더 다행히도 산안토니오 우체국에서 직원을 구하고 있었다. 사회주의자 우체국장 코스모는 선선히 채용하지만 조건을 말한다. 수신인이 단 한 사람뿐이라는 것이다(어촌 사람들은 대부분 까막눈이었다). 즉 그다지 재미없는 노동을 하게 될 것이라는 사실이다. 그 수신인이 파블로 네루다이며, 때는 1969년 6월이었다.

난생 처음 근로의욕을 느낀 마리오는 거의 매일 자전거를 타고 네루다를 찾아가 우편물을 전해준다. 그가 자전거를 타고 해변을 달리는 광경은 영화의 명 장면 중의 하나이다. 마리오는 그 일이 좋기도 하지만 네루다의 시집 『일상송가』에 사인을 받고 싶은 욕망이 가득하다.

시인의 멋진 헌사를 기대하면서 변변찮은 급여를 털어 두 번째 시집 『新 일상송가』를 샀지만 네루다는 반응이 없었다.

그러나 '이 세상은 모두 무엇인가의 메타포(metaphor)'라는 엄청난 진리를 배우게 된다. 이해하지 못하는 마리오에게 네루다는 친절하게 시를 들려준다.

"나는 바다이고… 푸른 표범 일곱 마리, 푸른 개 일곱 마리… 바위 섬을 훑고…"

파도를 '푸른 표범'과 '푸른 개'로 은유한 것이다. 노벨문학상 수상 후보로 오르내리는 세계적 시인에게서 명 강의를 들었으니 어찌 가슴이 뛰지 않을 수 있겠는가! 그러나 잠시 후, 포구 선술집에서 만난 소녀에 비하면 네루다의 메타포는 아무것도 아니었다.

사랑도 메타포도 기실은 일상적인 일일까?

베아트리스는 16살이다(한창 학교에 다녀야 할 나이 아닌가?). 엄마와 함께 주점을 운영한다. 엄마는 세상물정에 밝다. 딸을 구제하기 위해 남자의 번드르르한 말이 어떤 결과를 가져오는지 진심으로 일러준다.

"번드르르한 말처럼 사악한 마약은 없어. 촌구석 술집년을 베네치아 공주처럼 만들지. 그리고 나중에 진실의 순간이 오면, 말이란 부도수표일 뿐이라는 것을 깨닫게 되지."

진리 중의 진리이다. 그러나 사랑에 눈이 먼 소년소녀를 제정신 차리게 만들 수는 없다. 급기야 네루다까지 나서서 소년소녀를 응원하고, 둘은 결혼한다. 두 사람은 피 끓는 청춘 덕분에 넉 달 동안 열락의 늪에서 허우적거린다. 어느 날, 격정적인 섹스가 끝났을 때 엄마는 잔소리를 퍼붓고, 아름다운 베아트리스는 개처럼 짖어댔다.

"일거리를 찾아."

행복 끝, 고생 시작이다. 세상도 덩달아 변하기 시작했다. 칠레 민주화 운동의 결과가 열매를 맺는가 싶었지만 우울한 상황이 거듭된다. 아옌데(Salvador Allende Gossens)는 1970년 9월 대통령선거에서 세계 역사상 최초로 선거에 의한 사회주의 정권을 세우고 대통령이 되었다. 그러나 3년 후 군부 쿠데타가 일어나 피노체트(Augusto Pinochet Ugarte)가 대통령이 된다. 네루다는 아옌데에 의해 파리 대사로 임명되고, 드디어 노벨문학상도 받지만 개인의 명예보다 조국의 앞날을 더 걱정한다. 1973년 9월 23일 산타마리아 병원에서 숨을 거둔다. 쿠데타가 일어나고 12일 후다. 네루다의 집은 전부 약탈당했다.

네루다는 칠레의 대통령 후보가 되어달라는 요청을 받을 정도로 국민들의 신망이 높았고, 아옌데 정부에서 파리 대사를 지낼 정도로 국제적인 인사였다. 그런 그가 17세의 우편배달부에게 메타포가 무엇인지 들려주고, 사랑의 결실을 맺도록 도와준 것은 그의 인간성이 그만큼 참되다는 뜻이다.

우리의 마리오는 네루다의 장례식에 참석하지 못했다. 뜬눈으로 밤을 새우고, 새벽 5시 즈음 한 무리의 남자들이 찾아온다. 그리고 이름과 직업, 생년월일을 묻는다. 우체부 마리오가 분명하다는 것을 확인하고 차에 태운다. "무슨 일이죠?"라고 묻는 마리오에게 사내는 대수

롭지 않게 대답한다.

"일상적인 일입니다."

그렇다. 어떠한 일이 어떤 사람에게는 놀라움과 기쁨이지만 다른 사람에게는 평범한 일상이다. 마리오가 네루다를 흠모한 것, 베아트리스를 사랑한 것은 삶의 깊은 깨달음이고 경이이지만 대부분의 사람에게는 미친 짓, 일상적인 일이다. 어부의 아들로 태어났으나 메타포를 배워 진실한 시인이 된 마리오는 일상적인 일을 처리하기 위해 사내들에게 끌려갔다. 그리고 그 후는…. 아무도 알지 못한다.

* 더 넓은 지식을 위한 독서 내비게이션

1. 남미에서 최초로 노벨문학상을 받은 사람은 1945년 가브리엘라 미스트랄(Gabriela Mistral, 본명은 루실라 고도이 데 알카야가)이며 대표작은 시집 『죽음의 소네트』이다. 두 번째는 1967년 과테말라의 소설가 미겔 앙헬 아스투리아스이고, 네루다는 세 번째로 1971년에 받았다.

2. 안토니오 스카르메타(1940~)는 칠레 산티아고대학 졸업 후 미국, 아르헨티나, 독일 등을 전전(망명)하다가 1988년에야 고국으로 돌아왔다. 이 소설을 쓰는 데 14년이 걸렸다고 「머리말」에서 밝혔다.

3. 또한 페루의 소설가 마리오 바르가스 요사(Mario Vargas Llosa)에 대해서도 언급했는데 『나는 훌리아 아주머니와 결혼했다』를 비롯해 여러 책이 번역되어 있다. 요사는 2010년 노벨문학상을 받았다.

4. 네루다에 대한 전기는 애덤 펜스타인이 쓴 『빠블로 네루다』(2005 년 생각의나무)가 대표적이다. 자서전은 『사랑하고 노래하고 투쟁 하다』를 읽으면 된다. 네루다의 시집은 『너를 닫을 때 나는 삶을 연다』(민음사), 『스무 편의 사랑의 시와 한 편의 절망의 노래』(민음 사), 『질문의 책』(문학동네), 『모두의 노래』(문학과지성사) 등이 있다.

5. 아르헨티나의 호르헤 보르헤스(Jorge Borges 1899~1986)의 『픽션들』, 『불한당들의 세계사』도 널리 알려진 작품이다. 이탈로 칼비노 (Italo Calvino 1923~1985)는 쿠바에서 태어났지만 2살 때 이탈리아로 건너가 정착했기 때문에 이탈리아 작가로 보는 사람도 있다. 『반 쪽짜리 자작』, 『나무 위의 남작』이 가장 유명하다.

『분노의 포도』 The Grapes of Wrath
존 스타인벡 John Ernest Steinbeck | 미국 1939년

자본주의의 잔인한 갈퀴는
그대를 빗겨가지 않는다

루트 66의 기나긴 행렬

미국의 '루트 66'(Route 66)은 동부 일리노이주 시카고에서 출발해 태평양이 내려다보이는 캘리포니아주 로스앤젤레스 산타모니카 절벽 앞에서 끝난다. 총 길이 2,451마일(3,945km)의 이 길은 미국 최초의 대륙횡단 도로로 미국의 발전에 엄청난 역할을 했으나 현재는 Historic 66으로만 존재한다.

1930년대 어느 날부터 이 길은 갑자기 트럭 행렬이 끊이지 않았다. 오클라호마주 샐리소(Sallisaw)를 출발한 트럭 한 대도 하루 종일을 힘겹게 달려 페이든(Paden)에 이르렀다. 먼지 날리는 길가의 통나무집에서 기름을 파는 사내는 "휘발유를 사면 물을 마음껏 마시게 해주겠다"고 제안했다. 그리고 현재 벌어지고 있는 상황에 대해 논평했다.

(하루에) 50대에서 60대의 차가 매일같이 이리로 지나가는데, 애들과 세간들을 몽땅 싣고 모두 서부로만 몰려가니 그 사람들이 다 어디로 가며, 또 가서는 무얼 하려는 건지.

기름값이 없는 사람은 물물교환을 한다.

어떤 사람은 자기네 애들 인형을 주면서 휘발유 한 갈론을 가져갔어요. 그러니 나는 그런 물건을 가지고 무얼 한단 말이오? 또 어떤 친구는 신고 있던 구두를 벗어주면서 휘발유 한 갈론을 달라지 않겠소?

짐작하다시피 그의 창고에는 그렇게 받은 물건들이 산더미처럼 쌓여 있다. 전부 쓰레기들이다. 불행한 것은 그러한 쓰레기들은 더욱 늘어날 것이라는 예측이다.

은행이라는 괴물을 이기지 못한 사람들

66번 도로를 질주하는 트럭에 탄 사람들은 전부 가족이고, 농부들이다. 그들이 농토를 떠나 서부로 가는 이유는 간단하다. 할아버지의 할아버지 시절부터 농사를 지은 땅이 갈수록 메말라가고 가공할 흙먼지가 사시사철 불어와 옥수수밭을 황폐화 시켰다. 아버지는 어쩔 수 없이 은행에 땅을 저당 잡히고 돈을 빌렸다. 그 돈을 갚을 방법은 세상 어디에도 없었고, 은행은 법적 절차에 따라 땅을 몰수했고, 대지주가 그 땅을 매입했다. 오클라호마의 농민 모두가 오갈데 없는 신세가 되었다.

거지로 전락한 농민은 조상대대로 물려받은 땅을 빼앗긴 분노를 이기지 못해 그 원수에게 총을 쏘려 한다. 50년 동안 하루도 쉬지 않고 땅을 일구고, 도랑을 파고, 옥수수를 심고, 거름을 주고, 목화를 재배하고, 소와 돼지를 키웠으나 그 모든 것들이 단 한 장의 은행서류에 의해 증발해 버렸다. 그 원수를 죽여야 한다. 과연 누구를 쏘아야 할까? 은행원을 쏘아야 할까? 은행장을 쏘아야 할까? 아니면 대지주를 쏘아야 할까? 그런다 한들 빼앗긴 땅을 되찾을 수 있을까?

남은 방법은 하나이다. 샐리소 읍내의 모든 벽에 붙어 있는 현란한 전단지를 믿는 것이다.

'오렌지 수확 인부 대모집, 포도 수확 인부 대모집, 숙식 보장, 가족 환영, 초보자 환영, 친절과 믿음, 최고 일당 보장'

그 전단지 하나를 믿고 온 가족이 서부 캘리포니아로 떠난다. 그 전단지들은 80년이 흐른 지금도 우리의 삶에서 우리를 매일 유혹하고 있다. '믿고 쓰는 일수', '아파트 담보 대출, 친절한 상담', '투자가치 100%'…… 진실이 아닌 줄 알면서도 전단지에 적힌 전화번호를 누르는 이유는 삶이 막다른 길에 내몰렸기 때문이다.

왜인지 잘될 것만 같은 불편한 생각

조드 가족이 떠나기 며칠 전, 아들 톰 조드가 기적적으로 집으로 돌아왔다. 4년 만이다. 삽으로 사람을 때려죽인 죄로 7년 형을 언도받았으나 모범수로 가석방되었다. 출소할 때 맥 알레스터 교도소에서 새 구두와 새 옷, 모자도 주었다. 그러나 전혀 기쁘지 않다. 집이 망해가고 있기 때문이었다. 그 거대한 파도를 이겨낼 사람은 아무도 없었다.

아버지는 꼭 필요한 것만 남기고 모든 가재도구를 시장에 내다 팔았다. 말 2마리와 마차, 온갖 살림살이를 팔았음에도 손에 쥔 돈은 18달러였다. 거기에 그동안 모은 150달러와 톰이 가진 2달러를 합하면 현금은 170달러이다. 그 돈이면 충분하다. 그 믿음을 안고 모든 식구가 트럭에 오른다.

가석방 규정을 어겨야 하는 톰 조드, 아버지, 어머니, 할아버지, 할머니, 존 삼촌, 형 노아, 남동생 앨, 여동생 로자샨, 그 남편 코니, 여동생 루시, 남동생 윈필드, 떠돌이 케이시 목사, 사람만 13명이다. 거기에 셰퍼드가 2마리 있다. 그들을 버리고 갈 수는 없다. 그래서 도합 15 생명체이다. 돼지는 싣고 갈 수 없어서 전날 잡아먹었다. 출발하는 날 개 1마리는 실종되어 트럭에 올라탄 생명체는 14가 되었다. 어머니는 낙관적이었다.

"왜 그런지 캘리포니아에 가면 모든 것이 잘될 것만 같은 생각이 자꾸 드는구나."

정말 그럴까?

내쫓김의 모순과 자본주의의 참모습

미국은 철저한 자본주의 국가이다. 오늘날 몇몇 나라를 제외하고 자본주의는 전 세계와 전 인류를 지배하고 있다. 그러나 엄격한 의미에서의 자본주의를 지키고 있는 나라는 드물다. 어쩌면 미국이 유일하다 할 수 있다. 미국에 가보면 이 말의 의미를 알 수 있다.

진짜 배가 고플 때는 별로 없어요. 다만 차(트럭)를 달리는 것이 신물 나서 잠깐 머무는 것뿐이오. 간이휴게소 같은 곳이 차를 멈출 수 있는 유일한 곳이오. 차를 세워놓고 들어가면 무언가 주문을 해야 카운터 뒤에 있는 아가씨와 허튼 말수작이라도 두어 마디 해볼 거 아니겠소?

음식을 시키지 않으면 쉴 수도 없거니와 아가씨와 이야기를 나누는 것도 불가능하다. 즉 돈이 있어야 한다.

누구든지 농사를 지어먹고 살고, 또 세금만 제대로 낼 수 있으면 계속 갈아먹으라는 것이었다. 누구든지 그렇게 할 수만 있으면 하라는 것이었다.

그러나 세금을 내지 않거나 은행이자를 갚지 않으면 모든 것이 몰수된다. 이는 어느 나라나 똑같지만 미국은 무자비하다. 땅을 빼앗기지 않으려면 "제기랄! 전쟁이나 자꾸 일어나라. 그래서 목화값이 천장만큼만 올라가라"고 기도한다. 실제 미국은 자국의 군비산업을 부흥(혹은 유지) 시키기 위해 세계의 모든 전쟁에 참여한다.

이 소설은 그러한 미국의 무자비한 자본주의를 보여준다. 또한 미국 역사의 모순도 적나라하게 나타난다. 오클라호마 농민들은 은행과 대지주의 횡포에 의해 고향에서 추방된다. 그 과정은 극히 분노스럽고 비참하지만 "할아버지가 처음에 이 땅을 갈기 시작했었다. 인디언들을 죽이고 쫓아냈던 것이다"에 대해서는 아무런 반성이 없다. 자신들이 쫓겨나는 것만 억울할 뿐 자신의 선조가 죽인 인디언들은 그 죽음과 내쫓김이 당연하다고 생각한다. 철저한 모순이다.

이 소설을 통해 1930년대의 경제 대공황, 농업의 중요성, 노동의 의미와 가치, 부익부 빈익빈, 인간성의 상실, 가족의 소중함을 논하고 싶지는 않다. 그런 것들은 다 말장난이다. 내가 찾아낸 것은 자본주의의 참모습이었다. 과연 자본주의는 인간의 얼굴을 할 수 있을까? 그렇기는 어려울 것이다.

* 더 넓은 지식을 위한 독서 내비게이션

1. 건포도는 다양한 비타민과 미네랄을 함유하고 있으며 특히 철분이 풍부하다. 빵을 비롯한 여러 음식에 사용된다. 전 세계 건포도 소비량의 약 50%는 캘리포니아에서 생산된다.
2. '루트66'은 1925년에 시작되어 1932년 무렵 완전하게 건설되었

다. 농업 중심의 남부를 북부의 산업도시뿐 아니라 캘리포니아의 '햇살 머금은' 도시들과 연결시켜 주었다,고 설명되어 있지만 스타인벡은 루트66을 매우 비관적으로 묘사했다. 냇킹콜(Nat King Cole)의 노래에도 「Route 66」이 있다.

3. 스타인벡은 1902년 캘리포니아에서 출생했다. 신문기자와 작가를 거쳐 오클라호마에서 이주민들과 함께 서부로 가는 체험을 직접 했다. 그 체험을 담은 소설이 『분노의 포도』이다. 캘리포니아, 오클라호마 두 주에서 금서(禁書) 판정을 받았다.

4. "아무리 농사를 지어봤자 별 볼일 없어요. 당신도 빨리 아무데나 가서 일당 3달러짜리 일을 찾아보세요. 그 수밖에 없을 거예요"라는 말은 농업의 미래에 대한 진실된 경고이다.

5. 미국 사회를 가늠할 수 있는 소설로는 스콧 피츠제럴드의 『위대한 개츠비』, 아서 밀러의 『세일즈맨의 죽음』, T.윌리엄스의 『욕망이라는 이름의 전차』, D.드라이저의 『아메리카의 비극』(American Tragedy, 일명 '젊은이의 양지')이 있다. 조금 더 시간이 있다면 어윈 쇼의 『야망의 계절』(Rich Man, Poor Man)도 독서 목록에 추가하기 바란다.

6. 미국의 '성애 소설'로는 V. 나보코프의 『롤리타』(Lolita), 헨리 밀러(Henry Miller)의 『북회귀선』(Tropic of Cancer)을 꼽을 수 있다.

7. 헤밍웨이에 대해서는 의견이 분분하다. 명작가임은 분명하지만 소설이 어렵고, 지루하다. 『노인과 바다』, 단편소설집 『킬리만자로의 눈』을 권한다. 조용필의 노래 '킬리만자로의 표범'은 이 소설에 바탕을 두고 양인자가 작사했다.

『이상한 나라의 앨리스』
Alice's Adventures in Wonderland

루이스 캐럴 Lewis Carrol | 영국 1865년

누구나 꿈꾸었던
기이한 모험

이해해서는 안 되는 엉망진창의 이야기

"아침에 달님과 함께 일어나 밥을 먹다가 재채기가 나와서 김치를
책 속에 집어넣었다. 순식간에 은행나무 한 그루가 자라나 빨간 콜
라가 열렸다. 문득 선생님이 숙제를 내주신 것을 깜빡하고, 창을 열
어 아이들을 불렀다."

이런 문장은 성립은 되지만 앞뒤가 맞지 않는다. 뒤죽박죽, 오락가
락, 중구난방이다. 이렇게 엉망진창인 책이 150년 넘게 세계 곳곳에서
읽혔으며, 지금도 누군가 읽고 있으며, 앞으로도 읽을 확률이 높다.
정확한 통계는 없지만 어쩌면 전 세계의 거의 모든 언어로 번역되었
을 것이며, 전 세계 대부분의 나라에서 간행되었을 것이다.

그 이유는 무엇일까? 왜 사람들은 문장 미성립, 의미불통, 이해불가

의 책을, 그것도 동화책을 줄기차게 읽는 것일까? 「나무위키」에 따르면 『이상한 나라의 앨리스』는 동화책에서 그치지 않고 "철학자, 수학자, 물리학자, 심리학자들에게 많은 영감을 주었다. 특히 물리학에서는 빅뱅이론, 카오스 이론, 상대성 이론, 양자역학 등을 설명할 때 이 작품과 『거울 나라의 앨리스』가 약방의 감초처럼 인용된다. 그 외에도 진화생물학 등 다른 과학계에서도 폭넓게 인용되며 '이상한 나라의 앨리스 증후군'이라는 질병도 있다"고 설명되어 있다. 그런데 왜 그러한지는 설명이 없다.

사실 이 책을 설명하거나, 해설하거나, 의미를 부여하는 것은 아무런 의미가 없다. 등장인물들의 성격이 어느 정도 특징적으로 드러나기는 해도 이야기의 전개는 기승전결이 아니라 뒤죽박죽이다. 작가(원래는 수학자) 루이스 캐럴의 창작 시점의 머릿속으로 들어가 뇌 구조를 샅샅이 파헤치지 않는 이상 해석할 수 없으며, 더군다나 그는 지금 존재하지도 않는다. 그러므로 우리는 그냥 이 책을 읽고 각자가 알아서 '즐겨야' 한다. 해석하려는 어리석음만 범하지 않으면 된다. 나아가 의미를 찾으려는 행동도 지극히 어리석다.

당장 목을 베라!

어떤 책에서는 앨리스가 11살이라 하고, 어떤 인터넷 사이트에서는 7살이라 하고, 어떤 책에서는 나이를 명확히 밝히지 않았다. 숫자가 중요한 것이 아니라 앨리스는 영원히 허구와 모험의 세계를 누비는 소녀라는 사실이다. 키가 거인처럼 커졌다가 난쟁이처럼 작아지기는 하지만 마음만은 순진무구하다. 괴기한 인물들과 동물들, 사물들과 마주 칠 때마다 그 어처구니없는 상황이 당황스럽기는 해도 능수능란하게 헤쳐 나간다.

시계를 차고 조끼를 입은 흰토끼, 코커스 경주를 하자고 친구들을 꼬드기는 도도새, 거만하고 불친절한 애벌레, 슬며시 나타났다가 갑자기 사라지는 체셔 고양이, 날짜만 표시되는 시계를 가지고 다니는 모자 장수, 앨리스를 돼지라고 부르는 괴팍한 공작부인, 신화에 등장하는 그리핀(griffin, 독수리의 머리, 날개, 앞발 + 사자의 몸), 바닷속 학교에서 여러 가지를 배운 가짜 거북, 머리에 지푸라기를 꽂고 다니는(미친 것으로 추정되는) 3월토끼, 그리고 언제나 호통만 쳐대는 하트여왕과 왕.

여왕은 툭 하면 이렇게 말한다.

"당장 목을 베라."

그녀의 명을 따른다면 이 세상에 살아남을 생물체는 하나도 없게 되지만 이 문장을 읽을 때마다 가슴이 후련해지고, 실제 그런 일이 일어나기를 바란다. 흉악한 범죄자를 앞에 두고 "당장 목을 베라", 부정부패로 똘똘 뭉친 정치인들의 무릎을 꿇린 다음 "당장 목을 베라"고 외치는 상상을 하는 것은, 상상만으로도 통쾌하다.

그 외에도 여러 명이 등장하는데 책마다 호칭이 다르다. 영어 원제를 그대로 번역하기가 어려워서였을 것이다. 또 번역자마다 생각이 달라서였을 것이다. 우리나라 오래된 코미디에 '김수한무거북이와두루미삼천갑자동방삭치치카포사리사리센타워리워리세브리깡무두셀라

구름이허리케인에담벼락담벼락에서생원서생원에고양이고양이엔바둑이바둑이는돌돌이'라는 이름이 있었다. 한국인은 이 이름의 의미를 대략 짐작하지만(그리고 빙긋 웃지만) 이것을 영어 혹은 프랑스어로 번역하기는 무척 어려울 것이다. 『이상한 나라의 앨리스』의 등장인물들은 이 이름과 같고, 어떤 의미에서는 책의 내용도 비슷하다. 문장은 언어유희가 자주 등장한다. 물고기 하인이 편지를 읽는다.

"공작부인께, 여왕폐하께서 크로켓 경기에 참여하라는 전갈이오."

개구리 하인이 그 말을 받아 읊조린다.

"여왕폐하께서, 공작부인이 크로켓 경기에 참여하라는 전갈이오."

똑같은 말인데, 처음 읽으면 혼란이 일어난다.

아이들은 오늘이 아닌 '내일의 집'에 살아간다

평범한 한 사람이 80년을 산다고 가정하면, 그리고 그가 운이 좋다면 평생 동안 시기별로 세 아기를 만날 수 있다. 첫째는 누나 혹은 형의 아기이고, 둘째는 자신의 아기이며, 셋째는 손주이다. 그 아기들 모두 예쁘고 사랑스럽지만 가장 예쁜 아기를 꼽으라면 단연코 손주이다. 사랑은 아래로 내려갈수록 더 강해진다(하지만 불행히도 평생 단 한 명의 아기도 품에 안지 못하는 사람들이 늘어가고 있다. 이는 세계적인 현상이다).

그 아기들의 성장을 가만히 들여다보면 기대에 부풀기도 하면서도 아스라한 추억이 떠오른다. 자신의 유년시절이다. 아무것도 몰랐던, 당연히 세상을 알 필요가 없었던, 천방지축으로 뛰어놀았던 철부지

시절이 뇌리를 스친다. 어렵고 힘들었던 때가 없었던 것은 아니지만 지나간 모든 것은 아름다웠음을 절실히 깨닫는다. 그 시절로 다시 돌아갈 수 없기 때문에 자신 앞에 나타난 아이가 한 명의 인간으로서 잘 자라주기를 간절히 바란다.

『이상한 나라의 앨리스』는 그 바람을 담은 책이라 생각한다. 빗물이 고인 작은 웅덩이에서 옷이 젖는 줄도 모르고 첨벙거리며, 눈이 내리면 못난 눈사람을 만들고, 장난감 자동차의 바퀴가 빠져 망가질 때까지 바닥에 굴리고, 금발 인형에게 예쁜 옷을 입히고, 변신 로봇을 조정하면서 악당을 물리치는 기개를 발휘하고, 어른은 도저히 이해할 수 없는 질문을 던진다.

그것은 꿈이다. 다다를 수 없는 먼 미지의 꿈이지만 그 꿈이 있음으로 해서 아이들은 아름답게 성장한다. 좌충우돌, 괴기망측, 허무맹랑이 더 커질수록 세상은 더 멋진 곳이 되어간다. 그러므로 아이들을 이해하려 하지 말고, 앨리스의 이야기를 이해하려 하지 마라. 그래서 칼린 지브란은 이렇게 말했다.

아이들의 영혼은 내일의 집에 살고 있다.
너희는 결코 찾아갈 수 없는, 꿈속에서도 갈 수 없는 내일의 집에…
너희가 아이처럼 되려고 애쓰는 것은 좋으나,
아이를 너희처럼 만들려 애쓰지는 말라.
생명은 뒤로 물러가지 않고,
어제에 머무는 법이 없으므로…

* 더 넓은 지식을 위한 독서 내비게이션

1. 루이스 캐럴(Charles Lutwidge Dodgson 1832~1898)은 영국 옥스퍼드 크라이스트처치 칼리지의 수학교수였으며, 글쓰기를 좋아해 9만 9천 통의 편지를 보관했다고 한다.

2. 처음에 자신이 직접 그린 삽화를 첨부한 『땅속 나라의 앨리스』가 원본이었다. 후속작인 『거울나라의 앨리스』(Through the Looking-Glass and What Alice Found There)는 1871년에 출간되었다.

3. 아이들의 모험을 다룬 동화는 셀마 라게를뢰프(스웨덴)의 『닐스의 신기한 여행』, 제임스 메튜 배리(영국)의 『피터팬』, 쥘 베른(프랑스)의 『바다속 2만리』, 『15소년 표류기』를 권한다. 로버트 루이스 스티븐슨의 『보물섬』도 재미있는 동화이다.

4. 마크 트웨인(미국)의 『톰 소여의 모험』은 성격은 약간 다르지만 읽는 재미가 쏠쏠하다.

5. 『모모』로 유명한 독일 작가 미하엘 엔데의 『끝없는 이야기』(Die unendliche Geschichte 1979)는 소년 바스티안 발타자르 북스의 환상적인 모험을 그린 소설이다. 700쪽이 넘는 방대한 이야기이다.

6. 인도의 신비가 겸 철학자, 저술가인 오쇼 라즈니쉬(Osho Rajneesh)는 자신이 읽은 수많은 책들 중에서 150여 권을 선정해 『내가 사랑한 책들』(한울림 2014)을 펴냈다. 『이상한 나라의 앨리스』도 그중 1권이다.

7. 모험을 찾아 떠나는 환상 소설의 또 다른 대표작은 프랭크 바

움(미국)의 『오즈의 마법사』(The Wizard of Oz, 1900년)이다. 오즈라는 마술나라로 떠나는 소녀 도로시와 양철나무꾼, 겁쟁이 사자의 여정을 보여준다. Oz는 금과 은의 단위를 상징하는 Ounce의 영어식 줄임말이며, 허수아비는 농민을 상징하고, 양철나무꾼은 공장 노동자들을 상징한다는 등 여러 설이 있다. 일설에 의하면 Oz는 작가의 책장에 꽂혀있는 서류들의 분류에 O~Z라고 쓰인 글자를 보고 무심코 지은 것이라 한다. 어느 말이 맞는지는 알 수 없다.

8. 일본 작가의 모험 환상소설은 미야자와 겐지의 『은하철도의 밤』을 들 수 있다. 널리 알려진 만화영화 「은하철도 999」의 원작 소설이며, 1934년에 발표되었다. 가난하고 외로운 소년 조반니가 캄파넬라와 함께 은하계 여행을 떠난다는 내용이다.

『서부전선 이상없다』

Im Westen Nichts Neues

에리히 레마르크 Erich Maria Remarque | 독일 1929년

1명의 죽음은
특별한 뉴스가 아니다

2100년 전의 전술을 모방하다

알프레트 폰 슐리펜(Alfred Graf von Schlieffen)은 독일의 장군이다. 그는 부족한 병력으로 우세한 적을 포위하여 전멸시키는 것을 전략·전술의 이상으로 삼았다. 그가 모방한 사례가 칸나이 전투(Battle of Cannae)이다. BC 216년 카르타고의 명장 한니발(Hannibal)은 이탈리아 남쪽 칸나이에서 5만의 군사로 8만의 로마군과 전투를 벌여 승리를 거두었다. 로마군이 7만 명의 전사자를 낸 것에 비해 카르타고의 전사자는 6천 명에 불과했다. 슐리펜은 이를 현대전에 응용해 독일이 1차 대전에서 승리할 수 있다고 확신했다.

그의 이름을 딴 슐리펜 작전(Schlieffen Plan)은 러시아와 프랑스와의 양면전쟁에서 독일이 승리하기 위한 방법을 제시한 것이었다. 즉 1)러시아는 개전 후부터 전병력을 동원할 때까지 6~8주가 소요되므로 소

수 병력만을 보내고, 2)그동안에 모든 병력을 서부국경에 집중시키고, 3)벨기에를 침범하여 프랑스 북부로 들어가 프랑스 주력군을 동부로 몰아넣고 전멸시킨다. 4)이처럼 서쪽을 안전하게 해결한 다음 러시아와 본격적으로 싸운다는 작전이었다.

이론적으로는 그럴 듯했지만 영국을 방어하는 전략이 없었으며, 총력전을 치를 준비도 부족했고, 미국 등 여러 나라가 참전해 결국 실패로 돌아갔다. 1914년에 2100년 전의 전술을 모방한 것은 어리석은 전법이 아닐 수 없다.

새로운 것은 아무것도 없다

제1차 세계대전은 1914년 6월 세르비아 청년이 쏜 총알이 오스트리아 황태자 부부를 죽이면서 시작되었다. 독일·오스트리아를 중심으로 한 동맹국과 영국·프랑스·러시아 연합국으로 나뉘어 처음에는 유럽의 전쟁이었으나 미국, 일본, 호주, 뉴질랜드, 인도 등이 뛰어들어 역사상 최초로 세계전쟁이 되었다. 이는 세계를 움켜쥐려는 독일과 영국의 대립, 알자스로렌 땅을 둘러싼 독일과 프랑스의 반목, 발칸반도에서의 러시아와 오스트리아의 충돌 등이 원인이라 할 수 있다.

그리하여 서부에서는 스위스 국경에서 북부 프랑스를 거쳐 벨기에 해안까지 뻗은 전선이 형성되었고, 동부에서는 발트해 리가만에서 흑해로 이어지는 전선이 만들어져 지루한 교착 상태에 들어갔다. 흔히 말하는 서부전선은 독일과 프랑스의 대결이다. 독일은 슐리펜 작전에 따라 벨기에를 돌파해 프랑스에 침범했으나 마른 전투에서 패하자 일단 진격을 멈추었다. 겨울에 들어 독일군과 프랑스군은 참호를 깊고 길게 판 다음 그 안에 웅크리고 앉아 서로를 마주보면서 장기전으로 들어갔다. 이른바 참호전에 돌입한 것이다.

이가 수백 마리나 있다면 한 마리씩 죽이는 게 퍽이나 성가신 일일 것이다. 이 녀석은 좀 단단해서 손톱으로 꾹꾹 눌러 죽이려면 시간이 한없이 걸려 지겹기 짝이 없다. 그래서 구두약통의 뚜껑을 철사로 묶어 불타는 양초 위에 올려놓았다. 이 통에 이를 집어넣어 탁, 튀는 소리가 나면 죄다 끝장 난다.

적을 사살시키는 과제보다 이를 잡아 죽이는 과제가 더 중요하고 긴박하다. 특별한 공격도 없고, 특별한 방어도 없었기에 승패가 존재하지 않았고, 대규모 사상자도 없었으며, 특이한 징후도 없었다. 그래서 전선 사령부는 거의 매일 'Im Westen Nichts Neues'이라는 전문을 군 본영에 보냈고, 군 본영은 그 전문을 받아 언론에 배포했다. 신문은 그것을 받아 'Im Westen Nichts Neues'라 보도했다.

Nichts는 '아무것도 없다'는 뜻이고, Neues는 '새로운'이라는 의미다. 즉 "서부전선에 새로운 것은 아무것도 없다", 즉 "서부전선 이상 없다"는 뜻이다. 레마르크는 이 제목을 사용해 전쟁 소설을 집필해 일약 세계적 작가로 발돋움했다. Im Westen Nichts Neues는 영어로 All Quiet On the Western이라 번역되었다.

전쟁만이 기술을 발전시키는 것은 아니다

2차대전을 그린 영화는 무수히 많다. 「진주만」, 「미드웨이 해전」, 「도라도라도라」, 「라이언 일병 구하기」, 「새벽의 7인」 등등… 감추어진 작품까지 찾아낸다면 100편이 넘을 것이다. 그러나 1차대전 영화는 드물다. 「서부전선 이상없다」, 「갈리폴리」가 대표작이며 「아라비아의 로렌스」를 꼽기도 하는데 유럽의 전쟁보다는 중동의 역사, 풍습에 초점이 맞추어져 있다.

그 이유는 2차대전이 1차대전보다 더 멀고, 당시 풍광과 상황을 재현하는 일이 더 어렵고, 극적 재미가 떨어지기 때문이리라. 그러나 1차대전은 2차대전 못지않게 중요한 역사적 의미가 있다. 각 국가들의 세계적 연관이 밀접하고 폭넓게 확대된 것이 첫 번째이다. 여기에 덧붙여 영국의 역사 교수 피터 심킨스(Peter Simkins)는 『제1차 세계대전: 모든 전쟁을 끝내기 위한 전쟁』에서 여성의 노동시대를 열었으며, 남녀평등 시대가 시작되었고, 획기적인 기술 진보를 이루었으며, 지구상에 처음으로 공산주의 국가의 출현을 가져왔다고 분석했다.

전쟁이 과학과 기술, 인적·물적 교류를 획기적으로 발전시키는 것은 분명하다. 그러나 꼭 그 방법만이 절대적인 것은 아니다. 전쟁이 아니더라도 얼마든지 기술을 발전시킬 수 있고 신세계를 열 수 있다. 헨리 포드나 스티브 잡스가 대표적이다. 전쟁에서 죽은 무수히 많은 청년들 중에는 만일 살았더라면 스티브 잡스를 능가하는 창조성을 발휘한 천재가 있었을 것이다. 그러나 역사는 그런 행운을 주지 않는다.

책들을 다시 만날 수 있을까

학도병(學徒兵)은 학업을 중단하고 전쟁에 참여하는 고등학생 이하의 병사를 일컫는다. 전쟁이 길어지고 참혹해질수록 학도병이 증가한다. 한국전쟁에 참여한 학도병은 '학도의용군(學徒義勇軍)'이라 일컫고, 일제 강점기에 강제 징집된 한국 학생은 '학병(學兵)'이라 말한다. 고려대 총장을 지낸 김준엽은 학병으로 끌려갔으나 일본군을 탈출하여 중국에서 독립운동에 헌신한 업적을 지니고 있다. 그의 회고록 『장정』(長征)은 그 과정을 담은 책이다.

파울 보이머는 담임선생 칸토레크의 설득으로 학업을 중단하고 19세에 학도병이 된다. 반 친구들인 알레르토 크로프, 뮐러 5세, 레이도 동반 입대한다. 뮐러는 교과서를 끼고 다니면서 참호 속에서 물리를 공부한다. 전쟁이 끝나면 다시 학교로 돌아가야 하기 때문이었다. 이 마음은 보이머도 똑같다. 휴가를 얻어 집으로 돌아갔을 때 자기 방에서 넋두리를 한다.

> 책들은 책꽂이에 가지런하게 꽂혀 있다. 나는 이 책들을 아직 잘 알고 있으며 그 책들을 어떻게 배열했는지도 기억이 난다. 나는 두 눈으로 책들에게 간절히 부탁한다. "나에게 말을 걸어다오. 나의 마음을 받아들여다오."

과연 보이머는 다시 책들을 만날 수 있을까? 뮐러 5세는 물리학을 계속 공부할 수 있을까? 서부전선에 이상이 없다면 그들의 생명도 이상이 없다는 뜻 아닐까?

그러나 전쟁은 낭만이 아니다. 전쟁영화에 감초처럼 등장하는 금발의 아리따운 적국 여자와의 사랑이나 간호장교와의 로맨스는 완전한 허구이다. 1차 대전은 독일이 1918년 11월 11일 연합국과 휴전을 맺으면서 종결되었다. 전사자는 9백만 명이다. 4년 동안 하루에 6,200명씩 사망한 것이다. 그 6,200명에 끼지 않으려 발버둥을 쳐야 한다. 그래야 서부전선이 이상 없으며, "나의 안녕도 이상이 없다."

* 더 넓은 지식을 위한 독서 내비게이션

1. 레마르크는 2차대전을 배경으로 또 다른 전쟁소설 『개선문』(Arc de Triomphe)을 썼다. 이 작품이 더 잘 알려져 있지만 『서부전선 이상없다』가 더 뛰어나다.
2. 전쟁소설은 노만 메일러(Norman Mailer)의 『나자와 사자』(The Naked and the Dead), 고미카와 준페이(五味川純平)의 『인간의 조건』이 걸작이다. 두 소설 모두 태평양전쟁(대동아전쟁)을 무대로 하면서도 하나는 미군의 시각, 하나는 일본군의 시각으로 전쟁을 탐구했다.
3. 윈스턴 처칠은 『제2차 세계대전』을 집필해 1953년 노벨문학상을 받았다. 역대 노벨문학상 수상 작가 가운데 가장 의외의 인물이다. 이 책은 처음에 6권으로 간행되었으나 지금은 2권으로 편집되었다. 2차대전의 처음과 끝을 알 수 있는 역작이다.

4. 헤밍웨이의 『누구를 위하여 종은 울리나』는 스페인 내전, 미하일 숄로호프의 『고요한 돈강』은 러시아 백군 대 적군의 대결을 그렸다. 영화로 더 유명한 제임스 존스의 『지상에서 영원으로』(From Here to Eternity)는 진주만 공습, 하인리히 뵐의 『아담, 너는 어디에 있느냐』는 2차대전 시기 동부전선 이야기다. 톨스토이의 『전쟁과 평화』(War and Peace)는 나폴레옹 침공에 저항하는 러시아의 모습을 그린 대하소설이다. 두 책은 극히 어렵기 때문에 인내심이 필요하다.

5. 켄 폴리트의 『바늘구멍』은 2차대전의 스파이 활동을 그린 첩보소설로, 매우 흥미진진하다. 권터 그라스의 『양철북』은 소년 오스카를 통해 나치 점령부터 2차대전 후까지 파행적인 독일 역사를 들려준다.

6. 한국 작품으로는 베트남전을 리얼하게 묘사한 박영한의 『머나먼 쏭바강』을 추천한다. 한국전쟁을 담은 소설은 홍성원의 『남과 북』이 대표작이다.

『백년 동안의 고독』
One Hundred Years of Solitude

가브리엘 가르시아 마르케스(Gabriel García Márquez)
콜롬비아 1967년

고독하지 않은 죽음은 없다.
다만 쓸쓸할 뿐

고달픈 여정 끝에 맞닥뜨리는 것은?

우선 세계지도를 펼쳐라. 지도가 없다면 인터넷 구글맵(Google Maps)으로 들어가면 된다. 라틴아메리카로 가라. 오른쪽에 영토대국 브라질이 있고 그 위와 옆, 아래쪽으로 베네수엘라, 콜롬비아, 페루, 파라과이, 아르헨티나 등등이 있다. 1500년대에 유럽 강대국들이 라틴을 식민지로 삼을 때 대륙을 거의 수직으로 나눠 오른쪽은 포르투갈이, 왼쪽은 스페인이 차지했다. 그래서 브라질은 포르투갈어가 공용어이고, 왼쪽의 나라들은 스페인(西班牙)어가 공용어이다. 물론 일부는 네덜란드어를 사용하고 과라니(Guarani) 말을 사용하기도 한다. 라틴 사람들은 러시아 사람들과 마찬가지로 영어에는 관심이 없다.

라틴에 가는 방법은 보통 두 가지다(가장 좋은 방법은 배 한 척을 사서 부산을 출발해 태평양을 지나 페루의 리마에 도착하는 것이다). 첫째는 비행기로

서울을 출발해 아랍에미리트의 아부다비에 착륙한 후 다른 비행기로 갈아타고 아프리카 상공을 지나 대서양을 건너 브라질 상파울로에 도착하는 것이다. 둘째는 비행기로 서울을 출발해 태평양을 건너 미국 뉴욕에 도착한 후 다른 비행기로 갈아타고 브라질 상파울로에 도착하는 것이다(미국 입국이 불허되는 사람은 두 번째 노선을 절대 택할 수 없다). 만약 파라과이를 가야 한다면 상파울로에서 아순시온으로 가는 비행기를 한번 더 타야 한다.

어떤 방법을 택하든 죽을 만큼의 고달픈 여정이다. 시간에 대한 개념이 완전히 상실되기 때문에 시계 바늘을 현지에 맞출 필요가 없다. 4~5번 이상의 기내식만으로 끼니를 이어야 하므로 환승 공항에서 두둑이 먹지 않으면 현기증과 함께 울렁거림이 일어난다. 그렇게 도착한 라틴은 어떤 곳일까?

부자와 빈자를 구별하는 독특한 방법

거의 대부분의 사람들이 물통(우리나라에서 사용하는 예쁜 보틀이 아니다)을 들고 다닌다. 플라스틱 물통을 들고 다니는 사람은 빈자이고, 가죽으로 감싼 멋진 물통을 들고 다니는 사람은 부자이다. 빈부는 옷이나 자동차로 구별되지 않고 들고 다니는 물통으로 구분한다. 물통 옆에는 컵 하나가 매달려 있다. 역시 빈자의 컵은 싸구려 플라스틱이고, 부자의 컵은 물소뿔로 조각한 멋진 컵이다. 그 컵에 잎을 집어넣고 차가운 물을 부은 후 빨대로 빨아 마신다. 그 물이 마테(Mate)차이다. 라틴 사람들은 그 물을 하루 종일, 평생 마신다.

"다이어트에 효과가 있나요?"

"생전 처음 듣는 소리인데요."

A와 B가 만나면 탁자(혹은 돌멩이) 위에 컵 하나를 올려놓는다. 마테 잎을 넣고 물을 부은 후 A가 먼저 빨대로 쪽쪽 빨아 마신 후 물을 부어 B에게 건넨다. 그러면 B가 그 물을 빨대로 쪽쪽 빨아 마신 후 다시 물을 부어 A에게 건넨다. 이 과정이 계속 반복된다. 사용하는 빨대는 하나이다. 그렇게 마테차를 마시면서 이야기를 나눈다. 5명이 모여도 컵과 빨대는 순차적으로 하나만 돌아간다. 다행히 나에게는 별도의 종이컵에 냉수를 따라주었다. 손님 대접을 하는 것이었다. 나는 너무 궁금해서 묻지 않을 수 없었다.

"각자의 빨대가 있는데 왜 하나만 사용합니까?"

상대는 몹시 의아한 표정으로 대답했다.

"한 가족인데 뭐가 어떻습니까."

"가족이 아니라 친구인데…"

"어렸을 때부터 친하게 지내서 가족이나 마찬가지입니다."

가족이란 무엇일까?

마콘도는 저주받은 땅인가, 축복의 땅인가

『백년 동안의 고독』은 두 가족(가문)의 이야기다. '아르카디오' 가문은 호세 아르카디오 부엔디아로 대표되며 쾌락과 모험을 즐긴다. 아우렐리아노 부엔디아 대령으로 대표되는 '아우렐리아노' 가문은 숭고한 이념을 추구하는 가문이다. 성향이 어떠하든 둘 모두 비극적이다. 마르케스는 이를 고독으로 비유했다.

호세 아르카디오 부엔디아는 스스로 밤나무에 매달려 미친놈처럼 행동하다가 죽는다, 우르술라는 치매, 실명된 상태에서 몸이 쪼그라들어 죽는다, 호세 아르카디오는 가족이 아닌 여동생 레베카와 결혼했으나 느닷없이 사인 불명으로 죽는다, 아우렐리아노 부엔디아 대령은 총에 맞아 죽는다, 그의 아내이자 시장의 막내딸은 요절한다, 레베카는 홀로 살다가 죽는다, 레메디오스는 쌍둥이를 임신했지만 독을 먹고 죽는다, 크레스피는 자살한다, 아마란타는 처녀로 죽는다, 아르카디오는 전쟁이 끝난 후 총살당한다, 미녀 레메디오스는 이불에 쌓여 승천한다, 쌍둥이 아우렐리아노 세군도와 호세 아르카디오 세군도는 동시에 죽는다, 아마란타 우르술라는 출산 후 과다출혈로 죽는다, 그녀의 아들은 개미들에게 뜯어먹혀 죽는다.

불행하고 고독한 죽음을 당하지 않는 사람이 거의 없다. 왜 그럴까?

마콘도(Macondo)는 가상의 세계이다. 소설 속 가상의 세계로서 독자들에게 널리 알려져 있다(한국에서 가장 유명한 곳은 김승옥의 『무진기행』의 무진이다). 고독한 죽음의 이유는 집시 멜키아데스의 양피지에 담겨 있다. 그러나 아우렐리아노 바빌로니아(Aureliano Babilonia)가 양피지를 해독하고 진실을 깨닫는 순간 마콘도는 사라져버린다. 바빌로니아는 페르난다의 딸 메메와 그녀의 애인 사이에서 태어난 사생아이다. 왜 하필 그가 양피지를 해독하는지도 의문이다. 그곳이 저주받은 땅인지,

축복의 땅인지 그 진실은 아무도 알 수 없는 것이다.

라틴은 500년 넘게 유럽인과 원주민의 피가 뒤섞여 외모만으로 서구인지, 라틴인지 구분이 어렵다. 라틴 대륙은 평화롭고 온화하고, 아름다운 땅이었으나 제국주의의 침탈과 미국식 자본주의의 침투로 고달픈 역사를 겪어왔다. 마르케스는 100년을 피력했지만 500년 동안 고독하게 자신을 지켜내기 위해 몸부림을 친 것이다. 이 소설은 그에 대한 위안이라 할 수 있다.

벽화와 마테차 사이에서

멕시코, 브라질, 파라과이, 콜롬비아 등지를 여행하면 벽화가 엄청나게 많다는 사실을 발견할 수 있다. 유치하고 반항적인 그래피티(graffiti)도 있으나 대부분은 아트의 수준까지 올라간 벽화들이다. 예술성을 떠나 그토록 많은 벽화를 그리는 이유는 잃어버린 시대에의 향수 혹은 사라져버린 이상향 마콘도에 대한 동경인지도 모른다.

이 책의 등장인물들은 독자를 곤경에 빠뜨린다. 인물도 많은 데다가 이름이 비슷하고, 성격이 지나치게 극단적이어서 초반부를 채 지나기도 전에 누가 누구인지 구분이 어렵다. 메모지를 옆에 두고 일일이 이름과 직업, 관계를 적으면서 읽어 나가야 한다.

마지막 질문!

그대가 라틴 땅에 갔다. 누군가가 자신이 먹던 빨대를 꽂아 마테차를 권한다. 그 빨대로 마테차를 쪽쪽 빨아마실 수 있겠는가?

* 더 넓은 지식을 위한 독서 내비게이션

1. 마르케스에 대해서는 자서전 『이야기하기 위해 살다』(민음사)를 읽으면 된다.

2. 라틴문학 중에서 널리 알려진 것은 J.M. 바스콘셀루스(Vasconcelos, 브라질)의 『나의 라임오렌지 나무』(My Sweet Orange Tree)이다. 6살 제제와 포르투갈 출신 뽀르뚜가 아저씨가 주인공이다. 이 책은 전 세계로 퍼져나갔으며 우리나라에서도 스테디셀러로 자리 잡았다. 파울로 코엘료의 『연금술사』 역시 베스트셀러였다.

3. 마누엘 푸익(Manuel Puig, 아르헨티나)의 『거미여인의 키스』(Kiss of the Spider Woman)는 영화로도 제작되었다. 비야 데보토(Villa Devoto) 감옥에 갇힌 성추행범 몰리나와 게릴라 정치범 발렌틴의 대화로 엮어졌다. 읽기는 쉽지 않으나 형식과 주제가 독특하다.

4. 라틴아메리카는 넓은 영토와 오염되지 않은 자연, 많은 지하자원을 가지고 있지만 21세기 들어서도 경제적으로 발전이 더디다. 현지인들은 "유럽의 식민지배를 너무 오래 받으면서 많은 것을 수탈당해서"라고 말한다. 어느 정도 그렇기는 해도 약간 '남 탓'이지 않은가 싶다. 라틴의 근현대 역사는 이루 말할 수 없이 복잡하다. 그 이유가 궁금하다면 벤자민 킨(Benjamin Keen)의 『라틴아메리카의 역사』(A History of Latin America)를 권한다. 왜 라틴이 라틴인지를 파악할 수 있다.

5. 『백년 동안의 고독』은 번역본이 여러 권이다. 일부 평론가는 안

정효 번역본이 가장 처음이라고 말하지만 1976년 육문사에서 펴낸 김병호(金炳昊) 번역본이 최초로 추정된다. [스페인어-한글판], [스페인어-영어-한글판], [스페인어-일어-한글판] 중 어느것이 좋다, 나쁘다고 평가하기는 어렵다. 서점에 가서 각 책들을 펼쳐놓고 비교한 후에 자신의 취향(수준)에 맞는 것을 읽으면 된다. 소설은 과학이나 수학책이 아니며, 무엇을 느끼고, 어떻게 실천하느냐가 더 중요하다.

6. 이사벨 아옌데(칠레)의 『영혼의 집』은 『백년 동안의 고독』과 분위기가 비슷하다.

『그리스인 조르바』

Vios kai politia tou Alexi Zormpa

니코스 카잔차키스 Nikos Kazantzakis | 그리스 1946년

불확실의 세상을
헤쳐가는 거친 남자

서구 문명을 잉태한 불우했던 나라

한 대형서점의 통계(2019년 전후)에 의하면 한국의 20~30대가 가장 많이 구입하는 외국소설은 헤세의 『데미안』이고, 40대 이후의 장년층이 구입하는 책은 『그리스인 조르바』라 한다. 책을 구입하는 것과 읽는 것은 완전히 별개이다. 책을 산 후에 읽지 않는 사람도 많다. 어쨌거나 『데미안』은 납득이 가지만 『그리스인 조르바』는 납득하기 쉽지 않다. 제목이 근사하고, 이국의 느낌을 물씬 주면서도 무언가 생을 되돌아볼 수 있는 계기를 준다고 느껴서일까? 아니면 터프가이의 삶에 동경을 느껴서일까?

그리스는 서구 문명의 근원지이지만 BC 388년 마케도니아의 알렉산더 대왕에 의해 아테네가 정복된 이후 사실상 세계무대에서 그 역할을 다했다고 볼 수 있다. 이후 이민족의 지배를 받다가 온전한 독

립국이 된 것은 1830년이다. 특히 1453년부터 시작된 오스만제국(지금의 터키)의 지배는 무려 377년이나 이어졌으며 그 결과 그리스와 터키는 한국과 일본의 관계처럼 이웃이면서도 숙명적인 적대국이다. 더구나 그리스는 기독교, 터키는 이슬람이다. 우리가 멀고 먼 에게해(Aegean Sea) 나라들의 속사정을 파악하기는 쉽지 않다. 백과사전의 설명에 따르면

"오스만제국 지배 하에서 이슬람으로의 개종은 원칙적으로 자유였으나, 이슬람교도가 되면 지배계층의 특권을 누릴 수도 있었던데 반해, 개종을 거부한 기독교도는 비잔티움 시대 농민이나 봉건제하 농노보다 조금 나은 생활을 감수해야 했다." 그리스 민중들의 삶이 어떠했을지 희미하게나마 가늠이 된다.

그래서 이 책에는 기독교적 관점이 짙게 깔려 있으면서도 터키에 대한 반감이 곳곳에 나타난다. 여행 가이드북에 등장하는 에게해의 푸른 바다와 이국적인 흰 집들은 낭만을 불러일으키고, 죽기 전에 꼭 한번 가보고 싶은 여행지일지라도 정작 그곳에서 살아가는 사람들의 일상은 그리 평온하지 못하리라. 우리에게 익숙한 이름, 알렉시스 조르바가 웅변적으로 보여준다.

그의 정체성을 콕 집어 말할 수는 없다. 목사인지, 뱃사람인지, 선생님인지 불분명하다. 그러면서도 엄청나게 많은 직업을 소유했었던 만능 엔터테인먼트이다. 광부(시찰 나온 우두머리를 두들겨 팼다), 산투리(기타 비슷한 악기) 연주자, 도자기 제조자, 이 마을 저 마을 떠도는 행상, 크레타 독립군, 돌쪼시, 볶은 호박씨 장수, 대장장이, 밀수꾼, 전과자를

거쳤다([나]를 만난 후에는 고가 케이블 설계자가 된다). 별명은 '빵집 가래삽, 파사 템포(소금과 함께 볶은 호박씨), 흰곰팡이' 등 여러 개다. 왜 그렇게 많은 직업을 거쳤을까?

여자는 덫을 놓고, 사내는 그 덫에 걸린다

[나](35살)는 항구도시 피라에우스의 선술집에서 앞날을 막연히 설계하던 중에 60대 노인 조르바의 간택을 받았다. 조르바가 [나]를 선택한 것이다. 그는 대뜸 물었다.

"여행하시오?"

이 질문은 단순하면서도 의미가 깊다. 사실 지구상의 모든 인간은 언제나 여행 중이다. 어디로, 왜 가느냐?도 중요하지만 누구와 함께 가는가?도 지극히 중요하다. [나]는 크레타 해안의 폐광이 된 갈탄광을 임차했고, 그곳에서 돈을 벌 계획이었다. 조르바는 자신이 그 일을 하기에 안성맞춤이라고 제안했다. 타협점을 찾은 두 사람은 배를 타고 크레타 섬으로 향한다. 협상을 마치며 조르바는 중요한 말을 던진다.

"결국 당신은 내가 인간이라는 것을 인정해야 합니다."

너무 당연한 말이지만 깊은 뜻이 숨겨 있다. '인간 = 자유'라는 공식이다. 비록 노동자로서 사용자의 감독을 받지만 자신이 떠나고 싶을 때 언제라도 자유롭게 떠날 수 있다는 말이다. 조르바는 그렇게 60년을 자유롭게 떠다니며 살았다. 떠돌이 삶도 흥미롭지만 더 흥미로운 것은 그가 만난 여자들이다. "결혼을 했느냐?"는 질문에 '진실'로서 답한다.

"나도 개골창에 대가리를 집어넣었던 겁니다."

개골창이 여자의 성기를 뜻하는 것인지, 결혼생활 자체를 말하는 것인지 정확히 알 수 없으나 결혼은 더러운 개골창에 자신을 투입하는 부정적 행위임을 선언한 것이다. 그러함에도 조르바는 가는 곳마다 여자를 만나고, 성행위를 한다. 그 여자들은 대부분 술집 작부이거나 과부이거나 20살 이상 차이 나거나…. 그래서…"마을이 있으면 참한 과부는 있게 마련입니다"라고 믿는다. 그러면서도 여자를(덩달아 남자까지) 철저히 무시한다.

"여자에게 뭘 기대할 수 있겠어요? 한다는 짓이 처음 만난 사내와 붙어 새끼를 까놓는 게 고작이오. 사내에게서 뭘 기대할 수 있겠어요? 사내들이란 그 덫에 걸리고 맙니다."

인생은 탁상공론이 아닌 전력투구

태생적으로 역마살이 끼었고, 여자와의 사랑을 가볍게 여기는 조르바에 비해 [나]는 교육을 받은 지식인이고 교양인이다. 책과 철학자들의 언행에서 삶의 진리를 깨우치려 한다. 특히 공자, 석가의 말씀을 좋아한다. 조르바는 그런 [나]를 '두목'이라 부른다. 자신의 고용인이기 때문에 철저하게 대접해주는 것이다. 그러나 책을 읽는 행위는 더 철저하게 비웃는다.

"두목의 책을 쌓아놓고 불이나 확 질러버리쇼. 그러고 나면 누가 압니까. 당신이 바보를 면할지."

"두목은 아직 젊습니다. 하지만 지혜가 듬뿍 담긴 옛날 책을 많이 읽어서 약간 구식이 되었어요."

이 책 전체를 통하여 가장 가슴에 와닿는 진리이다. 카잔차키스는 작가이면서도 책이라는 물건에 대해, 독서라는 행위에 대해 부정적 견해를 곳곳에 피력했다. 나아가 조르바의 실제적인 행동을 끊임없이 들려주어 탁상공론이 아닌 실사구시, 전력투구를 찬양했다. 그렇기 때문에 조르바는 [나]의 꿈을 역시나 비웃는다. [나]는 수도원을 세우고 싶어 한다.

"수도원이 서면, 수도승 대신에 당신 비슷한 펜대 운전사들을 몇 끌어다 놓을 거고, 거기에서 밤이나 낮이나 뭘 끄적거리며 세월을 보낼 거요."

그런 부질없는 행위가 아닌 탄광 속에서 갈탄을 캐고, 저녁이면 술 한 잔으로 피로를 씻고, 여자와 신나게 섹스를 즐기고… 그러다가 자유가 구속된다 싶으면 훌쩍 떠나는 삶을 택한다. 과연 어떤 삶이 더 좋을까?

우리는 현대의 엉터리 속물 교양인

『그리스인 조르바』가 언제 우리나라에 첫 번역되었는지 알 수 없다. 내가 구입한 책은 1979년에 고려원(高麗苑)에서 간행된 『희랍인에게 이 말을 : 영혼의 자서전』(안정효 옮김)이며, 상·하로 되어 있었다. 대학

1학년 때인 1980년 겨울에 구입했지만 너무 어려워 읽기를 포기했다. 오늘날,『그리스인 조르바』에 대해서는 미사여구가 가득한 찬사가 넘쳐나며, 카잔차키스가 노벨문학상을 받지 못한 것을 애석하게 여기는 사람들이 많지만…. 사실 그 수준에까지 오르지는 못했다고 생각한다.

다양한 직업과 오랜 유랑을 거쳐 세파를 헤쳐 나가는 대담성, 진짜 사나이다운 액션, 사물의 본질을 파악하는 혜안, 사람과 사람 사이의 관계를 명확히 설정짓는 분별력을 일깨워준다. 그러면서도 조르바는 여자를 하찮은 존재로 여긴다.

"여자는 자유를 원하지 않아요. 그런데 여자도 인간인가요?"

또 그러면서도 여자의 청을 거절하면 지옥에 떨어진다고 주장한다. 어느 날인가 살로니카에서 한 여자가 함께 자겠다고 기다리는데도 가지 않았다. 그 죄목으로 지옥에 떨어질 것이라고 한탄한다. 도둑질했거나 사람을 죽였기 때문에 지옥에 가는 것이 아니다! 조르바의 여자에 대한 이야기가 너무 자주 등장하기 때문에 이 책은 여성 편력 소설이 아닐까 의아심마저 든다. 고상한 [나]는 그 말을 들은 척 만 척한다. 조르바는 그런 나에게 핀잔을 준다.

"당신은 영원히 귀머거리 집의 대문만 두드리는군."

그렇다. 우리는 듣지 못하는 자의 대문만 줄기차게 두드려대는 엉터리 현대 속물 교양인이다.

* 더 넓은 지식을 위한 독서 내비게이션

1. 『그리스인 조르바』에는 수도원 살인사건이 등장한다. 움베르토 에코의 『장미의 이름』(1980년) 역시 수도원 살인사건이 주요 테마이다. 『적과 흑』으로 유명한 스땅딸의 『파르마의 수도원』(1839년)은 나폴레옹의 워털루 전투를 배경으로 파브리스와 클렐리아의 사랑을 들려주는 소설이다.

2. 수녀원을 배경으로 한 작품은 존 필마이어(미국)의 희곡 『신의 아그네스』(Agnes of God, 1982)가 가장 유명하다. 실제 사건을 바탕으로 수녀원에서 아기를 낳고 목졸라 죽인 아그네스의 이야기이다.

3. 먼 곳으로의 유랑과 귀향은 호메르스의 『오디세이』가 출발점이다. 트로이 전쟁에서 승리한 오디세우스(Odysseus)의 10년에 걸친 귀향 이야기를 들려준다.

4. 모험을 그린 대표적인 소설은 세르반테스의 『돈키호테』, 허먼 멜빌의 『모비딕 白鯨』을 들 수 있다. R.L. 스티븐슨의 『보물섬』과 스위프트의 『걸리버 여행기』, 다니엘 디포의 『로빈슨 크루소』, 쥘 베른의 『80일간의 세계일주』는 원래 어른용 소설이지만 동화(혹은 청소년용)로 읽힌다.

5. 미셸 투르니에는 1967년 『방드르디 혹은 태평양의 끝』을 발표했는데 『로빈슨 크루소』를 새로운 관점에서 집필한 책이다.

6. 우주를 배경으로 한 모험소설은 더글러스 애덤스(Douglas Adams 영국)의 『은하수를 여행하는 히치하이커를 위한 안내서』(The

Hitchhiker's Guide to the Galaxy)가 있다. 내용이 방대해서 인내심이 필요하다.

7. 성격은 약간 다르지만 윌리엄 골딩의 『파리대왕』은 미래의 어느 날, 낯선 곳에 불시착한 소년들의 생존 투쟁기를 보여준다. 존 버니언(John Bunyan)의 『천로역정』(The Pilgrim's Progress 1678~84)은 주인공 크리스천의 고난의 여정을 보여주는 기독교 소설이다.

8. 터키인과 그리스인의 갈등을 묘파한 소설은 옛 유고슬라비아 작가 이보 안드치리(Ivo Andric)의 『저주받은 안뜰』이 있다. 이슬람과 기독교의 갈등은 고트홀트 레싱의 『현자 나탄』에서도 잘 드러난다.

더 넓은 고전으로의 여행
삶의 동반자가 되어 줄 외국 소설들

우리나라에 소개된 세계 명작은 850~900종에 이른다. 시각에 따라 '세계 명작'의 기준은 다르지만 일반적으로 『해리포터 시리즈』는 베스트셀러이기는 해도 세계 명작은 아니다. 다음에 소개된 소설은 900권 중에서 비교적 인정을 받은 작품을 선정한 것이다. 다 읽으면 좋겠

❖ 소설 속 주인공은 독자의 관점에 따라 다르다.

저 자	나 라	책 제목	주 인 공	성별
가브리엘 G. 마르케스	콜롬비아	백년동안의 고독	호세 아르카디오 부엔디아	남
		콜레라 시대의 사랑	플로렌티노 아리사	여
가스통 르루	프랑스	오페라의 유령	라울	남
가와바타 야스나리	일본	설국	시마무라	남
		천우학	기쿠지	남
고미카와 준페이	일본	인간의 조건	가지	남
고트홀트 레싱	독일	현자 나탄	나탄	남
괴테	독일	젊은 베르테르의 슬픔	베르테르	남
		파우스트	파우스트	남
구스타프 플로베르	프랑스	보봐리 부인	엠마 보봐리	여
		감정교육	프레데릭	남
귄터 그라스	독일	양철북	오스카 마체라트	남
		넙치	넙치	넙치
그레이엄 그린	영국	권력과 영광	호세	남
		사건의 핵심	스코비	남

지만, 꼭 그럴 필요는 없다.

주제를 보고 자신의 취향에 따라 읽기를 권하되 한 주제만 집중하는 것은 좋지 않다. 몇몇 작품은 속칭 '대중(大衆)문학'으로 분류할 수 있는데 재미는 출중하다.

상 대 역	주 제
우르슬라	라틴의 역사, 풍습, 생활, 의식구조
페르미나 다사	사랑과 욕망, 죽음, 라틴인의 의식
크리스틴, 에릭(유령)	오페라 극장을 무대로 한 사랑과 죽음
고마코, 요코	한 기생의 순수한 사랑
치카코, 오타 부인	다도를 배경으로 한 일탈적 사랑과 비극
그 외 모두	대동아전쟁, 비극적 인간 군상
신전 기사	이슬람과 기독교 대립, 민족 분쟁, 상호 이해
샤를롯데	이룰 수 없는 사랑의 비극
메피스토	영혼의 구원
레옹	부정한 사랑, 성도덕의 타락
아르누 부인, 로자네뜨	프랑스 2월혁명, 청년의 사랑과 갈등
알프레트, 아그네스, 브론스키	전쟁의 의미, 소년의 혼란과 성장
아우아 등 11명의 여자	신석기~현대 인간의 역사
위스키, 경위	종교 탄압, 참된 종교의 의미
루이즈 외	인간의 나약함, 거짓 사랑, 회개와 자살

저 자	나 라	책 제 목	주 인 공	성별
기드 모파상	프랑스	여자의 일생	잔느	여
		목걸이	마틸드	여
나관중	중국	삼국지	유비, 관우, 장비	남
나기브 마푸즈	이집트	도적과 개들	사이드 마흐란	남
나다니엘 호손	미국	주홍글씨	헤스터 프린	여
		일곱 박공의 집	헵지바 핀천	여
나딘 고디머	남아공	보호주의자	메링	남
나쓰메 소세키	일본	나는 고양이로소이다	구샤미	남
		도련님	도련님	남
		마음	선생님	남
노만 메일러	미국	나자와 사자	로버트 허언	남
		아메리카의 꿈	스티븐 로제크	남
니코스 카잔차키스	그리스	그리스인 조르바	알렉시스 조르바	남
니콜라이 고골리	러시아	감찰관	안톤	남
		외투	아카키 아카키에비치	남
다니엘 디포	영국	로빈슨 크루소	로빈슨 크루소	남
다이 호우잉	중국	사람아, 아 사람아!	자오전환	남
다자이 오사무	일본	인간실격	오바 요조	남
		사양	가즈코	여
단테 알리기에리	이탈리아	신곡	단테	남
도리스 레싱	영국	생존자를 위한 비망록	나	남
		마사 퀘스트	마사 퀘스트	여
		다섯째 아이	벤	남
도스토옙스키	러시아	카라마조프가의 형제들	드미트리 표도르비치	남
		가난한 사람들	마까르 제부쉬낀	남
		죄와 벌	라스콜리니코프	남
		악령	표도르	남
		백치	미슈킨	남
		죽음의 집의 기록	나	남
		지하생활자의 수기	나	남
디어도어 드라이저	미국	아메리카의 꿈	크라이드 그리피스	남
라오서	중국	낙타 샹쯔(駱駝祥子)	샹쯔	남
라우라 에스키벨	멕시코	달콤쌉싸름한 초콜릿	티타	여
레이 브래드버리	미국	화씨 451	가이 몬태그	남

상 대 역	주 제
줄리앙	비극적 사랑
루아젤, 잔	여성의 허영
조조, 손권 외	3국 쟁패의 영웅호걸 이야기
일리쉬, 나바위야, 사라	불확실한 세계, 배반과 복수
딤즈데일 목사	사랑과 죄의식, 참회
포에베	한 가문의 흥망, 비관적 인간 본성
자코부스, 테리, 안토니오	흑백갈등, 비인간적 노동, 권위주의
미케코 / 메이테이	다양한 인간군상의 풍자
기요, 빨간 셔츠	학교를 배경으로 한 세태 풍자
아가씨, K	사랑과 에고이즘, 지식인의 고뇌
커밍스, 샘, 윌리엄	태평양전쟁, 비인간적 무의미한 전쟁
데보라, 켈리	미국 사회의 이면, 현대인의 모순
소멜리나, 오르탕스	인생과 인간의 탐구
안나, 마리아, 루까	관료주의의 부패, 사회 풍자극
강도	가난, 소심한 남자, 사회 비판
프라이데이	모험과 고독
쑨웨	문화대혁명, 고통과 극복
호리키, 조시 이카타	청춘의 파멸, 자기 파괴
나오지, 우에하라, 어머니	가문의 몰락, 자살
베르길리우스, 베아트리체	신의 세계, 지상 낙원
에밀리, 제럴드, 준	파괴된 사회, 생존투쟁, 인간의 한계
퀘스트 부인, 반 렌즈버그 부인 외	소녀의 성장과정, 세력 대결
해리엇, 도로시, 데이비드	가문의 혼란, 가족의 의미, 모성애
그루세니카	한 가문을 통한 선과 악의 대결
바르바라 도브로셀로바	가난한 연인들의 참된 사랑과 이별
소냐, 포르필리	죄와 벌의 의미, 참회, 지고지순한 사랑
샤토프, 키릴로프	제정 러시아 사회상, 무신론 혁명사상
나스타샤	사랑과 죽음
고란치꼬프, 그보즈이꼬프 외	제정 러시아 시대의 감옥, 극한 상황에서 인간의 신념과 행동
장교, 리자 외	인간의 모순과 실존적 생의 철학
로버타 올든	선과 악, 비뚤어진 사랑
후뉴, 샤오푸쯔	중국 변혁기, 하층민의 삶
페드로	음식(레시피)을 소재로 한 사랑 이야기
클라리세 매클런 외	미래의 세계, 인간 행위의 통제

저 자	나 라	책 제 목	주인공	성별
로맹 롤랑	프랑스	장 크리스토프	장 크리스토프	남
로버트 R 스티븐슨	영국	지킬박사와 하이드	에드워드 하이드	남
		보물섬	짐 호킨스	남
로버트 제임스 월러	미국	매디슨 카운티의 다리	로버트 킨케이드	남
로제 마르탱 뒤 가르	프랑스	티보가의 사람들	티보家	남
		회색 노트	자크	남
루쉰(魯迅)	중국	광인일기	모씨 동생	남
		아Q정전	아Q	남
루이스 캐럴	영국	이상한 나라의 앨리스	앨리스	여
루이자 메이 올콧	미국	작은 아씨들	메그	여
루이제 린저	독일	삶의 한가운데	니나 부슈만	여
		고원에 심은 사랑	유리안느	여
루이지 피란델로	이탈리아	작가를 찾는 6인의 등장인물	아버지	남
르 클레지오	프랑스	섬	자크, 레옹	남
마가렛 미첼	미국	바람과 함께 사라지다	스칼렛 오하라	여
마누엘 푸익	아르헨티나	거미여인의 키스	발렌틴 아레기 파스	남
마르그리트 뒤라스	프랑스	연인	소녀	여
마르셀 프루스트	프랑스	스완의 집쪽으로	샤를 스완	남
마크 트웨인	미국	톰 소여의 모험	톰 소여	남
		허클베리 핀의 모험	허클베리 핀	남
		왕자와 거지	에드워드 왕자	남
막스 뮐러	독일	독일인의 사랑	나	남
막심 고리키	러시아	어머니	펠라게야 닐로브나	여
모옌	중국	붉은 수수밭	위잔아오	남
몰리에르	프랑스	인간혐오자	알세스트,	남
		돈 주앙	돈 주앙	남
무라사키 시키부	일본	겐지 이야기(源氏物語)	히카루 겐지	남
무라카미 하루키	일본	노르웨이의 숲	와타나베	남
미셸 투르니에	프랑스	방드르디 혹은 태평양의 끝	로빈슨	남
미시마 유키오	일본	금각사	미조구치	남
미야자와 겐지	일본	은하철도의 밤	조반니	남
미우라 아야코	일본	빙점	나쓰에	여
미하엘 엔데	독일	모모	모모	남

상 대 역	주 제
자비네, 앙트아네트, 오리비에	예술, 소망, 희생
지킬	인간의 이중인격
존 트릴로니, 빌리 본즈 외	보물섬을 찾아가는 모험과 투쟁
프란체스카간	나흘 간의 은밀한 사랑
드 퐁타냉家	두 가문의 역사, 인간 군상
앙투안, 다니엘	청소년기의 반항, 가출사건
모씨 형	유교의 위선과 비인간성
우씨	중국 근대사, 민초의 삶과 비극적 죽음
흰 토끼 외	꿈, 삶의 다양성, 다양한 인간성
조, 베스, 에이미	남북전쟁 여성의 삶과 성장과정
슈타민 박사	사랑과 자유의 추구
헤클리프	고통을 동반한 사랑의 감정
무대 감독	병적 현실, 탈출에의 욕망
수르야바티	현대 문명의 위기, 사랑
레트 버틀러	미국사, 여성의 고난, 사랑
루이스 몰리나	동성애, 정치혁명, 사랑
중국인 청년	1930년대 인도차이나에서의 사랑, 이별
오데뜨	소년시대, 첫사랑, 기억의 탐험
허클베리 핀, 베키	미국사, 소년의 모험과 순진한 사랑
짐	미국사, 소년의 모험
톰 캔티	소년들의 성장과정, 변신, 민중의 삶
마리아	슬픈 사랑
빠벨 블라소프	러시아 혁명, 어머니의 힘
따이펑리엔	중국 근대, 침략과 저항, 일본의 잔악성
셀리멘	인간 혐오와 사랑 사이의 갈등
엘비르, 스가나렐르	바람둥이 남자의 위선, 속물근성의 풍자
후지츠보 뇨고 外	일본 중세의 삶, 사랑과 고뇌, 이상과 현실
나오코	청년 시절의 연애, 사랑
방드르디	무인도에서의 삶, 자연에의 동화
우이코	열등감, 범죄, 아름다움의 의미
캄파넬라	소년의 신비한 우주 여행
쓰지구치 게이조 기타하라	사랑과 증오, 복수
베포, 기기	시간의 의미

저 자	나 라	책 제 목	주 인 공	성별
밀란 쿤데라	체코	참을 수 없는 존재의 가벼움	토마스	남
		농담	루드빅	남
보리스 파스테르나크	러시아	닥터 지바고	유리 지바고	남
볼테르	프랑스	캉디드	캉디드	남
버지니아 울프	영국	등대로	릴리	여
버나드 맬러머드	미국	내추럴	로이 홉스	남
		점원	모리스 바버	남
베르톨트 브레히트	독일	서푼짜리 오페라	매키 메서	남
보카치오	이탈리아	데카메론	팜필로	남
빅토르 위고	프랑스	노트담의 꼽추	콰지모도	남
		레 미제라블	장발장	남
사무엘 베케트	아일랜드	고도를 기다리며	블라디미르	남
생떽쥐페리	프랑스	어린 왕자	왕자	남
		인간의 대지	나(조종사)	남
		남방우편기	자크 베르니스	남
샬롯 브론테	영국	제인 에어	제인 에어	여
서머셋 모옴	영국	인간의 굴레	필립	남
		달과 6펜스	찰스 스트릭랜드	남
세르반테스	스페인	돈 키호테	돈 키호테	남
셀마 라게를뢰프	스웨덴	늪텃집 처녀	헬가	여
셰익스피어	영국	로미오와 줄리엣	로미오	남
		햄릿	햄릿	남
		리어왕	리어	남
		오셀로	오셀로	남
		맥베스	맥베스	남
		한여름밤의 꿈	라이샌더	남
		베니스의 상인	안토니오	남
소포클레스	그리스	오이디프스왕	오이디프스	남
		안티고네	안티고네	여
솔 벨로우	미국	험볼트의 선물	폰 험볼트 플레이셔	남
스탕달	프랑스	적과 흑	쥘리엥 소렐	남
		파르마의 수도원	파브리스 델 동고	남
시내암(施耐庵)	중국	수호지	송강	남
시마자키 도손	일본	파계	세가와 우시마츠	남

상 대 역	주 제
테레사, 사비나, 프란츠	사회주의 체제에서의 사랑
헬레나, 야로슬라브, 코스트카	전체주의 사회, 우연한 사건, 허무한 복수
토냐, 라라, 코마로프스키, 파샤	러시아 혁명과 사랑의 비극
퀴네공드, 팡글로스	세상을 보는 관점에 대한 철학소설
램지 부부	결혼의 모순, 여자의 의식
샘, 월터 웸볼드, 메모 파리스	천재적 야구선수, 재능과 노력, 사랑
프랭크 알파인	성실성, 고난과 극복, 인간관계
폴리, 루시	하층민들의 좌충우돌 삶
필로스트라토 등 10명	1300년대 유럽의 사회상, 다양한 인간군상
에스메랄다	한 꼽추의 비극적 사랑
자베르, 팡틴, 코제트	프랑스혁명, 비운의 인간, 인내, 참된 사랑
에스트라공	인간의 실존, 허상의 세계
여우	인간 존재의 의미, 삶의 태도
앙리 기요메	인간의 한계 상황, 휴머니즘
주느비에브	이루어지지 못한 사랑, 조종사의 삶
로체스터	여성과 사랑
밀드레드 로저스	참된 인생의 추구, 의미없는 연애
아타, 더크, 블랑시	예술과 인간, 비극적 죽음
둘시네 공주	모험, 중세, 세태 비판
구드문트, 힐두르	가난한 삶, 사회 부조리, 어긋난 사랑
줄리엣	이루어지지 못한 사랑, 가문의 대결
오필리아	왕조의 몰락, 사랑과 독살
고너릴, 리건, 코델리아	가족의 대결, 왕국 대결, 진실한 인간애
데스데모나	사랑의 의심, 파멸
레이디 맥베스, 던컨	인간의 욕망과 몰락
헬레나	사랑의 고난과 맹목적인 사랑
샤일록, 바사니오, 포샤	돈의 의미, 우정과 사랑
이오카스테	인간의 원초적인 죄, 근친상간, 참회
크레온, 하이몬	여성의 저항, 죄악 인간의 파멸
찰리 시트린	우정, 예술, 미국 사회의 이면
레날 부인	사나이의 욕망과 사랑
마리에타	감옥, 종교에의 귀의, 청춘의 사랑
고구, 채경 외	영웅호걸 이야기, 협객과 관리의 대결
이노코 렌타로	신분 갈등, 사회적 편견

저 자	나 라	책 제 목	주 인 공	성별
시몬느 보부아르	프랑스	계약결혼	보부아르	여
시바 료타료	일본	천하대란	유방	남
아나톨 프랑스	프랑스	타이스	파프뉴스	남
		붉은 백합	마르탱 백작부인	여
아서 밀러	미국	세일즈맨의 죽음	윌리 로만	남
아베 프레보	프랑스	마농 레스코	마농 레스코	여
아이스킬로스	그리스	아가멤논	아가멤논	남
아이작 B. 싱어	폴란드(미)	적들, 어느 사랑의 이야기	허먼 브로더	남
아쿠타가와 류노스케	일본	라생문	하인	남
안소니 버제스	영국	시계태엽오렌지	알렉스	남
안토니오 스카르메타	칠레	네루다의 우편배달부	마리오	남
안톤 체홉	러시아	벚꽃 동산	라네프스카야	여
		세 자매	안드레이	남
알렉산드르 푸시킨	러시아	대위의 딸	표트르 안드레예비치 그리뇨프	남
		예브게니 오네긴	오네긴	남
알렉산드르 솔제니친	러시아	암병동	코스트글로토프	남
		이반 데니소비치의 하루	이반 데니소비치 슈호프	남
알렉상드르 뒤마(대)	프랑스	몬테크리스트 백작	에드몽 단테스	남
		삼총사	달타냥	남
알렉상드르 뒤마(소)	프랑스	춘희	마르그리트 고띠에	여
알랭 로브그리예	프랑스	고무 지우개	왈라스	남
알베르 카뮈	프랑스	페스트	베르나르 리외	남
		이방인	뫼르소	남
앙드레 지드	프랑스	좁은 문	알리사	여
		전원교향악	제르트류드	여
		배덕자	미셸	남
알퐁스 도데	프랑스	별	목동	남
		아를의 여인	프레데리 (장)	남
앙드레 말로	프랑스	인간의 조건	기요	남
어니스트 헤밍웨이	미국	무기여 잘 있거라	프레데릭 헨리	남
		누구를 위하여 종은 울리나	로버트 조던	남
		노인과 바다	산티아고	남
어윈 쇼	미국	야망의 계절	루디 / 헨리 홀러	남

상 대 역	주 제
사르트르	한시적인 사랑
항우	초나라와 한나라의 대결
타이스	종교의 고행, 타락한 탕녀
드샤르트르	사랑의 의미
린다, 비프	경쟁의 늪, 부자(父子) 갈등
슈발리에 데 그뤼, 티베르주	불멸의 사랑, 도덕의 몰락
클리타임네스트라, 아이기스토스	트로이 전쟁, 영웅의 죽음과 사랑의 배신
마샤, 야드비가	이중의 사랑, 도덕적 문란, 위선
노파	인간 행동의 불가해성
빌리보이	청소년의 방황, 광기
네루다, 베아트리스	파블로 네루다의 삶과 칠레 현대사
트로피모프	한 여인의 추억과 꿈의 허상
나타샤	러시아 근대 사회, 나약한 지식인
마샤 미로노바	지순한 사랑
타차나	사랑의 변덕, 순정
루사노프, 돈초바	소련 격동기, 공산주의의 억압과 모순, 죽음의 공포
알료쉬카, 추린, 체자리	공산주의의 억압, 권력과 순종, 생존의지
당그라르, 페르낭, 비르포르	음모, 복수, 야망, 사랑
아토스, 포르토스, 아라미스	루이 13세 시대의 사회와 풍습, 기사들의 이야기
아르망	맹목적이고 숭고한 사랑
뒤퐁	살인, 혼란스런 인간의 삶, 거짓
랑베르	인간의 극한 상황, 극복
마리 카르도나, 레이몽 생테스	부조리한 인간 행동, 살인과 처벌
제롬	순수한 사랑과 자기 희생
잭	헌신적인 사랑, 슬픈 사랑
마르슬린, 바쉬르 외	부부의 사랑, 삶에의 욕구, 헌신과 배신
스테파네트	아름다운 전원, 설레는 마음, 동경
비베트, 아를의 여인	이룰 수 없는 비극적 사랑
첸, 카토프, 엠멜리크	중국 상해혁명, 인간의 극적 행동
캐서린	전쟁의 비극
마리아, 파블로	스페인 내전, 전쟁의 참상, 사랑
물고기, 상어떼	바다, 자연, 인간의 의지
톰, 그레첸 / 도넬리, 루돌프 조다쉬	형제 대결, 사랑과 야망

저 자	나 라	책 제 목	주 인 공	성별
에드가 앨런 포	미국	어셔가의 몰락	로더릭	남
에릭 시걸	미국	러브 스토리	제니퍼 캐빌레리(제니)	여
에밀 아자르(로맹 가리)	프랑스	자기 앞의 생	모모	남
		새들은 페루에 가서 죽다	자크 레니에	남
에밀 졸라	프랑스	나나	나나	여
		목로주점	제르베즈	여
오 헨리	미국	크리스마스 선물	제임스 영(짐)	남
오에 겐자부로	일본	만엔 원년의 풋볼	미쓰사부로	남
		개인적인 체험	버드	남
오르한 파묵	터키	새로운 인생	오스만	남
엔도 슈사쿠	일본	침묵	로드리고	남
오느레 발자크	프랑스	골짜기의 백합	펠릭스 드 방드네스	남
		사촌누이 베뜨	리스베뜨	여
		고리오 영감	고리오	남
오스카 와일드	영국	도리언 그레이의 초상	도리언 그레이	남
오비디우스	고대 로마	변신이야기	유피테르	신
오승은(吳承恩)	중국	서유기	손오공	猿
올더스 헉슬리	영국	멋진 신세계	버나드 마르크스	남
		연애대위법	월터 비드레이크	남
외젠 이오네스코	루마니아(프)	대머리 여가수	스미스 부부	부부
움베르코 에코	이탈리아	장미의 이름	아드소	남
워싱턴 어빙	미국	스케치북	립 밴 윙클	남
원진	중국	앵앵전(鶯鶯傳)	장생	남
윌리엄 골딩	영국	파리대왕	랄프	남
윌리엄 포크너	미국	음향과 분노	벤지	남
		압살롬 압살롬	사토펜	남
윌레 소잉카	나이지리아	해설자들	에그보	남
유리피데스	그리스	트로이의 여인들	헤카베	여
유진 오닐	미국	느릅나무 밑의 욕망	이이프레임 캐봇	남
		밤으로의 긴 여로	제임스 티론	남
응구기 와 시옹오	케냐	피의 꽃잎들	무니라	남
이개선	중국	금병매	서문경	남
이노우에 야스시	일본	풍도	고려 원종	남

상 대 역	주 제
매더린	한 가문의 비극
올리버 배럿트 4세	순수한 사랑, 불치병
로자 아줌마	가난한 사람들의 삶
그 여자 외	인간의 고독한 심리
뮈파 백작	성적 욕망, 인간의 파멸
랑체, 쿠포, 구제	하층 노동자들의 삶, 성적 방탕과 파멸
델라	배려, 인간의 참된 삶
다카시	농민봉기, 2차대전, 전후 학생운동
아내, 히미코	지적 장애아의 아버지, 절망과 일탈
자난, 메흐메트	책의 비밀, 탐험, 낙원에의 동경
페레이라	중세 일본의 기독교 전래, 종교 박해, 신의 존재
모르소프 백작 부인	정신적인 사랑
아들린느, 윌로 데르비	여자의 질투, 여자의 숙명, 고통과 고독
두 딸, 라스치냐크	부녀 대립, 금전만능, 근대사회의 모순
헨리경, 버질, 시빌	도덕의 타락, 청춘의 방황, 사랑의 비극
多數	고대 그리스 · 로마의 여러 신과 영웅들
홍해아, 황미대왕, 금각은각 등등	모험, 변신술, 선과 악의 대결
레니나 크라운	통제받는 삶
마조리 칼링	가족의 퇴폐적인 생활, 방탕한 사랑
마틴 부부	단절된 인간관계, 소외 등을 그린 부조리극
윌리엄	중세시대, 신의 본질
아내	시간의 흐름, 우화
앵앵	당나라 시대 이루지 못한 사랑 이야기
재크, 사이몬	가상의 세계, 인간의 다양한 행동
퀜틴, 제이슨 4세, 캔더시	미국 사회의 모습, 한 가문의 몰락
헨리, 주디스, 본	남부 대지주 백인의 살인, 몰락, 흑백의 인습
사고에, 반델레, 세코니.콜라	아프리카의 정치와 사회, 다양한 인간군상
안드로마케, 카산드라	전쟁의 진악함과 여자의 고통
에벤	인간의 욕망, 한 가문의 몰락
메리, 제미, 에드먼드	빈한한 가정, 가족에의 증오와 연민
압둘라, 카렌자, 완자	아프리카 식민주의, 매판자본
반금련	자유분방한 사랑, 성애
쿠빌라이	고려, 몽골, 왜의 전쟁

저 자	나 라	책 제 목	주 인 공	성별
이반 투르게네프	러시아	첫사랑	블라디미르 뻬뜨로비치	남
		아버지와 아들	바자로프	여
		처녀지	네지다노프	남
이반 부닌	러시아	아르세니예프의 생애	아르세니예프	남
이보 안드리치	유고	드리나강의 다리	베지르 메메드 파샤	남
이사벨 아옌데	칠레	영혼의 집	에스테반 트루에바	남
잉게보르크 바하만	오스트리아	삼십세	그(타)	남
장 지오노	프랑스	나무를 심은 사람	엘제아르 부피에	남
장 폴 사르트르	프랑스	구토	앙트완 로캉탱	남
제인 오스틴	영국	오만과 편견	엘리자베스 베네뜨	여
		에마	에마 우드하우스	여
제임스 조이스	아일랜드	젊은 예술가의 초상	스티븐 디다러스	남
제임스 존스	미국	지상에서 영원으로	프로이	남
제임스 힐턴	영국	굿바이 미스터 칩스	칩스	남
제프리 초서	영국	캔터베리 이야기	기사	남
조나단 스위프트	아일랜드	걸리버 여행기	라무엘 걸리버	남
조설근	중국	홍루몽	가보옥	남
조지 버나드 쇼	아일랜드	피그말리온	히긴스	남
조지 엘리엇	영국	플로스 강변의 물방앗간	매기 툴리버	여
조지 오웰	영국	1984	윈스턴 스미스	남
		동물농장	나폴레옹	돼지
조지프 콘래드	폴란드(영)	암흑의 핵심	커츠	남
존 버니언	영국	천로역정	크리스천	남
존 스타인벡	미국	에덴의 동쪽	새뮤얼 해밀튼	남
		분노의 포도	톰 조드	남
		불만의 겨울	이선 홀리	남
존 업다이크	미국	달려라 토끼	해리(래빗) 앵스트롬	남
존 파울즈	영국	프랑스 중위의 여자	사라	여
주제 사라마구	포르투갈	눈먼 자들의 도시	의사의 아내	여
쥘 르나르	프랑스	홍당무	홍당무	남
쥘 베른	프랑스	80일간의 세계일주	필리어스 포그	남
		해저 2만리	네모	남

상 대 역	주 제
지나이다 알렉산드로브나	첫사랑을 통한 인간성의 발견
오딘초바, 아르카디, 파벨	부자(父子) 대결, 진보와 관습의 대결
마리안나	농민운동의 실패, 혁명가와 지식인의 대결
알렉산드르 세르게이치, 사쉬카 외	러시아 귀족의 회고, 가부장적 세계, 전원생활, 농민들의 삶
아비다가 외	제국과 민족의 흥망성쇠, 전쟁과 평화
니베아, 클라라, 블랑카, 알바	라틴의 역사, 가문의 전통, 여성의 힘
몰, 엘레나, 레니, 헬레네	29~30세의 사랑, 도피행각, 여성편력
청년(화자)	자연의 소중함, 인간의 의지
아니	인간의 실존
찰스 빙글리	진실한 사랑
나이틀리	여성의 재능과 자만심, 정신적 성장
메르세데스, 아널 신부	갈등과 탈출, 자유의 예술
카렌, 마지오, 알마	진주만 공습, 전쟁의 모순과 사랑
위카트 부인, 콜리 외	진정한 인간미를 지닌 교사 이야기
수녀원장, 면죄부 판매자, 옥스퍼드 서생 외	중세 영국의 다양한 이야기
릴리프트, 브롭딩낵, 라푸타, 후이늠(야후)	모험, 세태 비판
임대옥, 설보채	다양한 사랑
일라이자	신분상승, 운명과 사랑
톰 툴리버,	시골 중산층의 변화와 지속, 가족의 충돌
줄리아, 루시 딘	인간성 상실
복서, 스노볼 외	독재정치 비판, 평등주의, 권력의 모순
말로	아프리카 오지, 인간의 신격화
고집쟁이, 유순, 믿음, 수다쟁이 등	기독교, 인간 구원
애덤 트래스크	한 가문의 역사와 사랑
아버지, 어머니, 노아, 로쟈산	노동의 의미, 자본주의의 잔인함, 인간의 의지
마룰로, 대니 테일러	미국 자본주의의 비판, 물질적 욕구와 도덕성 상실
루스, 아내, 목사	미국 사회, 샐러리맨의 일탈, 군중 속의 고독
찰스, 어니스티나	이루지 못한 사랑, 절망과 체념
악당	세계 멸망, 인간의 악성, 생존본능
마틸드, 루뷔크 부인	소년의 성장, 자살 실행, 가족의 이해
픽스 형사	모험, 약속
아로낙스, 콩세유	바다속 탐험

저 자	나 라	책 제 목	주 인 공	성별
찰스 디킨스	영국	위대한 유산	핍(필립)	남
		크리스마스 캐롤	스크루지	남
		두 도시 이야기	찰스 다네이	남
		올리버 트위스트	올리버 트위스트	남
켄 폴리트	영국	바늘구멍	헨리 페이버	남
카슨 매컬러스	미국	마음은 외로운 사냥꾼	싱어	남
콜린 매컬로	호주	가시나무 새	메기 클리어리	여
크리스타 볼프	폴란드(독)	나누어진 하늘	리타	여
타고르	인도	기탄잘리	Thou-Thy-Thee	신
테너시 윌리엄스	미국	뜨거운 양철지붕 위의 고양이	마가렛	여
		욕망이라는 이름의 전차	블랑시	여
토니 모리슨	미국	빌러비드	세서	여
토마스 만	독일	마의 산	한스 카스토르프	남
		부덴브로크 가의 사람들	토마스	남
		토니오 크뢰거	토니오 크뢰거	남
		선택된 인간	지빌라	남
토마스 불핀치	미국	아서 왕과 원탁의 기사	아서	남
		그리스로마 신화	제우스	남신
토마스 울프	미국	그대 다시는 고향에 가지 못하리	조지 웨버(망크)	남
토마스 핀천	미국	제49호 품목의 경매	에디파	여
토마스 하디	영국	테스	테스	여
		비운의 주드	주드 폴리	남
파트리크 쥐스킨트	독일	향수	그루누이	남
파울로 코엘료	브라질	연금술사	산티아고	남
패트릭 모디아노	프랑스	어두운 상점들의 거리	기 롤랑	남
펄 벅	미국(중)	대지	왕룽	남
		북경에서 온 편지	시모어 토핑	남
프란츠 카프카	체코	심판	요제프 K	남
		변신	그레고르 잠자	남
		성	K	남
프랑스와즈 사강	프랑스	슬픔이여 안녕	세실	여
		브람스를 좋아하세요	폴르	여

상 대 역	주 제
에스테일러	고난과 부, 사랑
제이콥 말리	선, 베풂
시드니 카턴, 마네트	영불 대립, 인간군상, 혁명
페긴, 사이크스, 메일리 부인	산업혁명 시기 고아 소년의 파란 많은 인생역정
해럴드 가든	2차대전, 스파이의 대결
안토나플로스, 믹 켈리, 제이크 블런트, 베네딕트	고독한 인생, 다양한 인간군상, 삶의 이면
랠프 드 브리카사르트	평생에 걸친 사랑과 고뇌
만프레드	독일 분단 시기 동독에서의 삶
나	신의 존엄, 나의 정결
브리크	인간의 비뚤어진 사랑, 욕망
스탠리, 스텔라	돈과 성의 욕망, 여자의 몰락
폴 디, 덴버, 빌러비드	흑인 노예, 인간 해방
제템브리니, 나프타, 쇼샤부인, 페페르코른	질병과 죽음, 삶에 대한 고찰
크리스티안, 토니	한 가문의 융성과 몰락
한스 한젠, 리자베타	예술과 삶 사이의 방황
그레고리우스	이중 근친상간, 고뇌와 참회
귀네비어 외	아서왕의 탄생과 무용담
헤라 외	그리스와 로마의 신화, 전설
에스터 잭	고향에 대한 고찰
무초, 피어스	소외, 양립적 세계관
알렉, 엔젤	비극적 사랑
아라벨라 돈, 수 브라이드헤드	계급제도, 결혼제도의 모순
테리에, 로르	강박관념, 우월성, 광기
파티마	방랑, 진실한 삶의 교훈
위트, 폴소나쉬체	상실과 기억 찾기
아란	중국 근대, 농업, 혁명, 민초
릴리안, 스미스	국공내전, 역사 문물 보존의 고충
두 남자	극단으로 내몰린 심판의 세계
여동생	한 인간의 비극적 변화
베스트베스트 백작	닫힌 세계, 가부장적 지배체제
안느	사춘기 소녀의 사랑
로제, 시몽	연하남에의 사랑, 삼각관계

저 자	나 라	책 제 목	주 인 공	성별
프랑스와 모리아크	프랑스	테레즈 데케이루	테레즈	여
프랭크 바움	미국	오즈의 마법사	도로시	여
프레드릭 포사이스	영국	자칼의 날	자칼	남
프로스페르 메리메	프랑스	카르멘	카르멘	여
피에르 아벨라르	프랑스	아벨라르와 엘로이즈	아벨라르	남
피터 한트케	오스트리아	관객모독	4명의 배우	남
하인리히 뵐	독일	아담, 너는 어디에 있느냐	파인할스	남
		그리고 아무 말도 하지 않았다	프레드 보그너	남
하퍼 리	미국	앵무새 죽이기	스카웃	여
한스 카롯사	독일	의사 기온	기온	남
		아름다운 유혹의 시절	후고 모트	남
해리엇 비처 스토우	미국	톰 아저씨의 오두막집	톰	남
허먼 멜빌	미국	모비딕	이수메일	남
헤르만 헤세	독일	데미안	데미안	남
		싯탈다	싯탈다	남
		수레바퀴 아래서	한스 기벤라트	남
		나르치스와 골드문트	나르치스	남
		유리알 유희	크네히트	남
헨리크 입센	노르웨이	인형의 집	노라	여
헨리크 생케비치	폴란드	쿼바디스	비니키우스	남
헨리 밀러	미국	북회귀선	보리스	남
		남회귀선	나	남
헨리 제임스	미국	워싱턴 스퀘어	모리스	남
호르헤 L. 보르헤스	아르헨티나	불한당들의 세계사	라자루스 모렐	남
호메로스	그리스	일리아스	아킬레우스	남
		오디세이	오디세우스	남
히라노 게이치로	일본	일식	니콜라	남
A.S 바이어트	영국	소유	롤런드 미첼	여
A.J. 크로닌	영국	성채	앤드루 맨슨	남
C.V. 게오르규	루마니아	25시	요한 모리츠	남
D.H. 로렌스	영국	채털리 부인의 사랑	코니 채털리	여
		아들과 여인	윌리엄, 폴	남

상 대 역	주 제
베르나르	부부갈등, 거짓된 사랑과 사회적 체면
허수아비, 양철나무꾼 외	신비의 나라 오즈(Oz)로의 여행을 통한 여러 사건과 깨달음
데클랜	저격, 스파이, 첩보 대결
돈 호세	정열적 사랑과 비극
엘로이즈	중세 수도원, 금기의 사랑
모든 관객들	삶과 인간, 사회의 모순들
슈나이더, 일로너	전쟁의 참화, 참된 인간성
캐테 보그너	가난하고 소외된 사람들의 삶
젬, 톰 로빈슨	흑백 갈등, 편견과 선입견
준티아	1차대전 후 독일 사회, 사람들의 의식, 행태
그 외	의학을 공부하는 청년의 자서전 소설
헤일리	흑인 해방
에이하브	도전과 집념
싱클레어, 에바 부인	청춘의 갈등, 선과 악, 자기 구현
카말라, 카마스와미	구원, 깨달음, 삶의 진리
하일르너, 엠마	삶의 고통, 모순된 교육, 몰락
골드문트	종교와 예술, 자기실현의 욕구와 방법
플리니오 데시뇨리	미래 가상의 세계, 학문과 정신의 통합
토르발트 헬멜	남녀불평등, 여성의 자유
리기아	기독교 탄압과 순교, 네로 황제의 폭력성
칼, 콜린스, 모나	자유분방한 성, 여성편력 (파리)
마라, 잭 로손 외	성을 향한 모험, 사랑의 파국 (뉴욕)
캐서린	거짓된 사랑, 세대 차이, 부녀 갈등
톰 카스트로, 칭 외	침략의 역사, 세계 역사의 이면
아가멤논, 크리세이스 외	고대 신들의 전쟁과 사랑
페넬로페, 폴리페모스	고대 신들의 전쟁과 사랑, 오디세우스의 귀향
안드로규노스	중세 유럽 수도사, 마녀와 재림 예수
모드 베일리	과거와 현대의 교차 사랑
크리스틴	의사로서 겪는 이상과 현실, 좌절과 극복
수잔나	전쟁, 인종 탄압, 여성 억압
멜러즈	육체적 사랑
밀리엄, 클라라	부모의 억압, 실패한 사랑

저 자	나 라	책 제 목	주 인 공	성별
E.M. 레마르크	독일	개선문	라비크 (루드비히 프레젠부르크)	남
		서부전선 이상없다	파울 보이머	남
F. 스콧 피츠제럴드	미국	위대한 개츠비	제이 개츠비	남
E.M. 포스터	영국	인도로 가는 길	아데라 쿠웨스테드	여
J.M. 데 바스콘셀로스	브라질	나의 라임오렌지 나무	제제	남
J.M. 배리	영국	피터팬	피터팬	요정
J.D. 샐린저	미국	호밀밭의 파수꾼	홀든 콜필드	남
L.N. 톨스토이	러시아	안나 카레리나	안나 카레리나	여
		부활	네플류도프	남
		사람은 무엇으로 사는가	세몬	남
		전쟁과 평화	안드레이, 피에르	남
M.A. 솔로호프	러시아	고요한 돈강	판타레이비치 메레호프	남
R.M. 릴케	독일	말테의 수기	말테 라우리즈 브리게	남
V. 나브코브	(레)미국	롤리타	험버트 험버트	남
V.S. 나이폴	트리니다드 토바고(영)	미겔 스트리트	나	남
작가 미상	독일	니벨룽겐의 노래	지크프리트	남
	영국	베어울프	베어울프	남
	프랑스	롤랑의 노래	롤랑	남
	스페인	엘 시드의 노래	엘 시드	남

상 대 역	주 제
조앙 마두	전쟁의 비극, 슬픈 사랑
알베르트 크롭, 칸토레크, 힌멜슈투스	1차대전, 전쟁의 비극과 공포
데이지	부와 사랑, 비극
로니, 아지스	동양과 서양의 대립, 이해의 본질
뽀르뚜가 아저씨	어린이와 어른의 우정
해적 후크 외	모험, 유년 시절의 꿈
피피	기성세대의 부정과 인간성 상실
브론스키	불륜적인 사랑과 비극
카츄사	거짓 사랑, 여자의 삶, 회개
미하일	인간의 선의와 진정한 행복
리자, 엘렌	전쟁의 참상, 다양한 인간군상
일리니치나	러시아 근대, 혁명, 이념 대결
에리크, 아벨로네	죽음과 인생에 대한 관찰
돌로레스 롤리타	소녀 성애, 일탈의 사랑
보가트, 포포 외	트리니다드 섬사람들의 다양한 이야기
브륀힐트	게르만 민족신화, 중세 영웅
그렌델, 화룡	영웅 서사시
가느롱	기사의 영웅적 행위, 프랑스 무훈시
알폰소 왕	스페인 영웅의 이야기

제4부
가슴을 울린 한국의 명작

고난의 역사를 겪어오면서
찬란한 문화를 쌓아온 한민족은 다양한 분야에 걸쳐
아름다운 명작들을 산출해냈다.
현대에 들어 새로운 지평을 열어가고 있는
한국 문학의 가장 소중한 작품들을 만나보자

ৎ 꼭 읽기를 바라는 한국 소설 ৯৩

여기 실린 목록은 한국 소설 중에서 '비교적' 명작의 반열에 오른 작품들이다. 2000년대 이후에 발표된 소설을 읽기 전에 이 목록의 작품을 먼저 읽기 바란다.

선정 기준은 순전히 '나의 취향'이다. 자신이 읽은 명작이 수록되지 않아 의아하게 생각할 수도 있고, 그러므로 이 목록이 엉터리라고 생각할 수도 있다. 그것은 각자의 성향이다. 아니면 이제까지 잘못된 독서의 길을 걸어온 것인지도 모른다.

비교적 현대소설 위주로 하되 꼭 읽어야 할 근대기 소설도 포함했다(저자 가나다순).

단편소설은 너무 많아서 열거하기 어렵다. 우리나라에 통상적으로 10권의 문예지가 있고, 매월 3편의 단편이 실리면 1년에 10x3x12=360여 편의 소설이 발표된다. 광복 이후부터 계산하면 대략 20,000여 편이 발표된 셈이다. 예컨대 박완서만 하여도 『조그만 체험기』를 비롯해 100편이 넘는다. 그 많은 작품들을 다 읽기는 쉽지 않다. 자신이 좋아하는 작가의 소설집부터 순차적으로 읽어나가는 것이 좋다.

여기에 소개된 책이 너무 많다면 주제별로 선정해 10권만이라도 읽어라.

♥ 근대기 ~ 1970년대 작품

저 자	제 목
강경애	인간단지
강신재	젊은 느티나무
계용묵	백치(白痴) 아다다
김동인	『감자』, 『발가락이 닮았다』, 『배따라기』를 비롯한 단편소설, 장편 『운현궁의 봄』
김성한	바비도
김유정	『동백꽃』, 『봄봄』을 비롯한 단편소설
김정한	사하촌
나도향	벙어리 삼룡(三龍), 물레방아, 뽕
박영준	모범경작생
박종화	금삼(錦衫)의 피
박태원	소설가 구보 씨의 일일
이태준	가마귀, 복덕방
선우	불꽃, 노다지
손창섭	잉여 인간
안수길	제3인간형, 북간도
염상섭	두 파산, 삼대, 표본실의 청개구리
오영수	갯마을
이범선	오발탄
이 상	『날개』를 비롯한 단편소설
이효석	『메밀꽃 필 무렵』을 비롯한 여러 단편소설
전광용	꺼삐딴 리
전영택	화수분
정비석	자유부인, 성황당
주요섭	사랑손님과 어머니, 아네모네 마담
채만식	탁류, 레디메이드 인생, 태평천하
최서해	탈출기
현진건	운수 좋은 날, 빈처

❖ 1970년대 이후 : 강석경에서 황순원까지

강석경 | **숲속의 방**

제10회(1985년) '오늘의 작가상' 수상작. 민주화운동이 치열했던 1980년대가 배경이다. 그 무렵 한강에서 투신자살한 여대생이 있었는데(당시에는 청년 자살이 극히 드물었다) 그와 맞물려 이 소설은 엄청난 이슈를 불러일으키며 베스트셀러가 되었다. 이념 대립, 청년들의 혼란과 갈등을 여성 특유의 감성적 문장으로 묘사했다. 현대 사회의 고립된 개인을 다양한 측면에서 파헤친 수작이다.

* '오늘의 작가상'은 민음사(계간 세계의 문학)에서 주관하는 상이다. 시와 소설을 병행하지만 주로 소설이 상을 받았다. 초기에 걸출한 작품들을 선정하면서 한국 문단을 이끌어왔다.

강유일 | **배우수업**

오늘날의 독자에게는 낯선 작가, 낯선 작품이다. 1976년 경향신문 장편소설공모에 당선된 장편소설로, 당시로서는 생경한 주제인 안락사 문제를 다뤄 큰 화제를 모았다. 여성으로서는 보기 드물게 짧고 간결한 문체가 특징이다. 1994년 독일로 건너가 라이프치히대학 독일문학연구소에서 강의와 연구를 병행하고 있다,는 보도가 있었다.

김동리 | 무녀도, 사반의 십자가

현대 문학 1세대 작가. 원로 중의 원로로 평가받는다. 한국의 전통, 자연, 순수한 토속성을 주제로 많은 소설을 집필했다. 『무녀도』는 1936년에 발표된 단편을 광복 후인 1947년에 개작했다. 한국의 전통적 샤머니즘과 외래종교인 기독교와의 갈등을 그렸다. 한국어(語)의 본향(本鄕)이 무엇인지를 알고 싶다면 이 소설을 읽어야 한다.

김성동 | 만다라

승려 출신의 장편소설. 1978년 '한국문학신인상' 당선 작품으로, 불교의 세계를 그린 최초의 본격소설이다. '曼茶羅'는 "밀교(密教)에서 발달한 상징의 형식을 그림으로 나타낸 불화(佛畵)이다. 원래는 '본질(manda)을 소유(la)한 것'이라는 의미였으나, 밀교에서는 깨달음의 경지를 도형화한 것을 일컫는다"고 소개되어 있다. 땡초(땡추)가 이 절 저 절 돌아다니며 분란을 일으키는 전개가 흥미롭다. 병속의 새를 어떻게 꺼낼 것인지 곰곰 생각해보라.

* 불교소설은 한승원의 『아제아제 바라아제』, 김동리의 『등신불』, 정채봉
의 『오세암』, 남지심의 『우담바라』 등이 있다.

* 승려로 지내다가 환속한 대표적 시인은 고은(본명 고은태)이다.

김성종 | 여명의 눈동자

등단은 단편소설 『경찰관』으로 했으나 주로 장편을 집필했다. 1974
년 『최후의 증인』을 발표하면서 우리나라 추리문학에 태동을 걸었
다. TV로도 방영되어 엄청난 인기를 끌었던 『여명의 눈동자』를 비
롯해 『일곱개의 장미 송이』, 『제5열』 등이 널리 알려져 있다. 지금도
많은 사람들이 기억하고 있는 윤여옥(채시라), 최대치(최재성), 장하림
(박상원)을 통해 일제-태평양전쟁-위안부-광복-남북 대립-한국전쟁
의 치열한 역사를 그려냈다. 대하소설을 좋아하는 독자에게 귀중한
선물이다.

김승옥 | 『무진기행』을 비롯한 모든 소설

1941년 태어나 21살 때인 1962년에 신춘문예로 등단했다. 그해에
동인지 「산문시대」(散文時代)를 만들어 활동을 시작했는데 김승옥의
등단으로 인해 한국문학은 근대를 벗어나 현대로 진입했다. 무수히

많은 단편/중편소설을 발표했는데『무진기행』,『서울, 1964년 겨울』,
『1960년대식』등은 압권이라 할 수 있다. 1977년『서울의 달빛 0장』으
로 제1회 이상문학상을 받은 이후 사실상 집필을 중단했다. 그의 집필
중단(절필[絶筆]은 아니다)은 한국문학의 가슴 아픈 상실이다.

> * 김승옥은『서울의 달빛 0장』이후『1장』,『2장』,『3장』… 등을 계속 쓰겠
> 다고 했으나 아직까지는 이루어지지 못했다.

김원일 | 마당 깊은 집

한국전쟁의 상흔을 주 테마로 하여 시골마을을 무대로 묘사한 작가.
고향이 경남 김해군 진영리이다. '보도연맹'이 자주 등장하는 요소이
다. 많은 중단편과 장편이 있으며 장편『마당 깊은 집』이 독자의 사랑
을 받았다. 전쟁이 끝난 후 대구의 넓은 마당을 소유한 집에 거주하
는 6가구가 일으키는 다양한 사건을 통해 다채로운 인물들의 애환과
인생살이를 들려준다. 분단문학의 대표로 불린다. 동생 김원우도 소
설가였으며 단편소설『무기질 청년』과『방황하는 내국인』을 권한다.

> * 보도연맹은 한국소설의 주요 소재 중 하나이다. 어떠한 사건을 보도하
> 는 언론인 단체로 오해하는 사람들이 간혹 있다. '국민보도연맹'(國民保
> 導聯盟)의 줄인 말로 1949년 좌익운동을 하다 전향한 사람들로 조직한

반공단체였다. 그 숫자가 30만 명에 이르렀는데 전쟁이 발발하자 무차별 체포와 즉결처분으로 많은 사람이 죽었다.

김주영 | 도둑견습, 모범사육, 어린 날의 초상, 홍어

걸출한 외모의 다양성 작가이다. 전쟁소설, 사회비판 소설, 하층민 소설, 세태소설을 거쳐 『객주』로 대표되는 역사소설까지 다양한 주제를 작품 속에 녹여냈다. 황석영과 더불어 '이야기꾼'으로서의 재능을 유감없이 발휘한 작가이다. 『고기잡이는 갈대를 꺾지 않는다』와 함께 『홍어』는 성장소설의 전범(典範)으로 평가받는다.

김호경 | 낯선 천국

예기치 않은 사건에 부딪친 金, 李, 朴 3명의 인생 몰락을 건조하고 간결한 문체로 묘사한 장편. 제21회(1997년) '오늘의 작가상' 수상작으로 선정 당시에 논란을 불러일으켰다. 그럼에도 불구하고 소개하는 이유는 마약으로 인해 파멸되어가는 사람들의 어긋난 운명을 그린 최초의 소설이기 때문이다.

박경리 | 김약국의 딸들, 시장과 전장

대하소설 『토지』로 잘 알려진 현대 문학 1세대 작가. 여류소설가의 태두이다. 태어난 곳은 경남 통영이지만 1980년에 강원도 원주에 정착했다. 초기에는 단편, 이후에는 장편을 많이 썼다. 김약국의 주인 김봉제와 그의 첫째딸 용숙, 둘째딸 용빈, 셋째딸 용란, 넷째딸 용옥을 등장인물로 한 가문의 몰락 과정을 치열하게 묘사했다. 한국 근대사회의 변화를 파악할 수 있는 뛰어난 작품이다. 1970~80년대 민주화운동의 상징이었던 시인 김지하(본명 김영일)가 사위이다.

박영한 | 머나먼 쏭바강, 왕룽일가

작가의 체험을 바탕으로 집필된 베트남전 장편소설. 제2회(1977년) '오늘의 작가상' 수상작이며, 전쟁소설로서는 한국을 넘어 세계적 작품이라 할 수 있다. 베트남의 다양한 풍물, 전쟁의 참상, 매춘부로 살아가는 여성들 등 전쟁으로 인한 베트남 사람들과 참전 병사들의 애환이 풍성하면서도 다이나믹하게 담겨 있다. 『왕룽일가』는 1989년 TV로 방영되어 대히트를 쳤다. 극중 인물이었던 최주봉을 지금도 '쿠웨이트박'이라 부르는 사람이 있다.

　＊ 베트남 전쟁을 다룬 또 다른 소설은 안정효의 『하얀 전쟁』이다. 안정효

는 『헐리우드 키드의 생애』, 『은마는 오지 않는다』 등 여러 편의 소설을 썼으나 번역가로 더 유명하다. 황석영은 『탑』이라는 소설로 신춘문예에 등단했는데 베트남 전쟁이 무대이다.

* 왕룽(王龍)은 펄 벅의 『대지』의 주인공이다.

박완서 | 나목, 도시의 흉년, 엄마의 말뚝

한국 여성 문학의 새로운 경지를 개척한 작가. '죽은 나무'(枯木)가 아닌 '벌거벗은 나무'(裸木)를 통해 인생과 예술, 사랑의 굴곡진 모습을 유려한 문장으로 보여주었다. 1970년 『여성동아』 여류 장편소설 공모에 당선된 작품이며, 이후 무수히 많은 단편, 장편소설을 발표했다. 1977년 간행된 수필집 『꼴찌에게 보내는 갈채』는 우리나라 최초의 청춘에게 보내는 격려문집이라 할 수 있다. 박완서의 등장은 한국 문학의 일대 행운이었다.

박일문 | 살아남은 자의 슬픔

제16회(1992년) '오늘의 작가상'을 받은 장편소설. 1980년대의 민주화 운동을 배경으로 한 청년의 극심한 변화와 갈등을 그렸다. 어머니의 자살, 학생운동과 노동운동, 해고, 투옥, 출가 등 굴곡 많은 삶이 처

연하게 그려진다. 출간 당시에는 베스트셀러였으나 이후 잊혀진 명작
이 되었다.

방영웅 | 분례기

1967년『창작과 비평』에 연재되었던 장편소설. 똥통에서 태어났다 하
여 분례(糞禮)라는 이름을 얻은 한 여인의 기구한 일생을 그렸다. (예전
에) 미친 남자는 손에 아무것도 쥔 것 없이 돌아다니는 데 반하여 미친
여자는 보따리 하나를 꼭 들고 다녔다. 그 이유가 무엇인지를 알고 싶
다면 이 소설을 읽어라. 가장 한국적인 소설이라 생각한다.

복거일 | 비명(碑銘)을 찾아서

가상의 미래를 그린 장편소설. 굳이 분야를 나누자면 '지적 역사 탐
구' 소설로 분류된다. 한국이 여전히 일본의 지배를 받는 미래에 한글
의 존재를 찾아 탐구 여행을 떠나는 한 남자의 여정을 그렸다. 발표 이
후 문단의 주목을 받았으며 주로 문필가(칼럼)로 활약했다. 2200년 즈
음에 한국이 자연 소멸한다는 유엔의 예측이 결코 틀리지 않았음을
일찌감치 예언(1987년)했다고도 볼 수 있다. 서울대를 졸업했으며 "지
적(知的) 소설을 쓰려면 많이 배워야 하는가?"라는 의문을 던져준 작

가이다. 이병주, 이청준, 최일남과 함께 4대 지적 소설가라 생각한다.

서영은 | 사막을 건너는 법, 살과 뼈의 축제, 먼 그대

2세대 여류소설가. 여성의 감추어진 내면을 주로 파헤쳤다. 출판사
에서 일하는 노처녀 '문자'의 꼬질꼬질하고 비호감 가득한 행동, 아무
도 알지 못하는 그녀의 불행한 비밀을 담담하게 그린『먼 그대』가 독
특하다. 마음속에 키우는 낙타 한 마리는 누구에게나 있는 삶의 동반
자이다.『사막을 건너는 법』은 베트남전에서 돌아온 병사의 의식을 그
린 단편이고,『살과 뼈의 축제』는 주인공 수진이 진정한 자신을 찾아
가는 과정을 그렸다.

송기원 | 월행, 월문리에서

불우한 가정환경으로 방황을 거듭하다가 뛰어난 문필력으로 작가
가 되었다. 1974년 동아일보 신춘문예에 시 '회복기의 노래'와 중앙
일보 신춘문예에 소설『경외성서』(經外聖書) 동시에 당선되어 시인/소
설가가 한꺼번에 된 이력을 가지고 있다. 시보다는 소설이 더 알려져
있다. 한번쯤 들어보았을『너에게 가마 나에게 오라』를 썼으며, 전쟁
의 상처를 담은『월행』은 한국 단편소설 중에서 가장 우수하다는 평

을 받았다.

송 영 | 투계, 선생과 황태자, 땅콩껍질 속의 연가

한국의 많은 작가들 중에 가장 고통스런 유년~청년 시절을 보낸 소설가. 어렵사리 대학을 졸업하고 해병대 장교로 입대했으나 탈영하여 오랫동안 쫓김을 받았다. 그의 인생 자체가 한 편의 대하소설이라 할 수 있다. 전남 백수읍 염산이라는 깊은 산골에서 망연하게 바라본 닭싸움을 바탕으로 쓴 것이 『투계』(鬪鷄)이다. 우울한 소설들이 대종(大宗)을 이루나 장편 연애소설 『땅콩껍질 속의 연가』는 잠깐이나마 베스트셀러가 되었다.

신상웅 | 히포크라테스 흉상

"나의 양심과 위엄으로서 의술을 베풀겠노라"라는 '히포크라테스 선서'를 바탕으로 부대 내에서 한 병사의 급작스런 배 아픔과 그를 치료하는 과정을 담은 장편소설. 군대와 의학이라는 소재를 하나로 묶은 특이한 소설이다. 문학 지망생에게 필독서이면서도 재미도 있다. 많은 먹거리 중에 하필 무를 먹은 것이 치명적이라는 결과가 안타깝기만 하다.

* 병원을 무대로 한 소설은 로빈 쿡(Robin Cook)의 『코마』(Coma), 야마사키 도요코(山崎豊子)의 『하얀 거탑』이 유명하다.

오정희 | 완구점 여인, 저녁의 게임, 중국인 거리

2세대 여류소설가. 주로 단편을 발표했다. 밝고 명랑한 삶보다는 음울하고 어두운 인간의 내면을 현실적으로 치밀하게 묘사했다.『완구점 여인』은 신춘문예 당선작이고,『저녁의 게임』은 이상문학상 수상작이다. 늦은 저녁 아버지와 화투를 치는 딸의 반복되는 일상이 우울하고 그로테스크하게 그려져 있다. 갑작스레 남자와 섹스를 치르는 장면이 독자를 아연실색케 한다.

유재용 | 관계, 성역, 누님의 초상

장중한 주제를 진지하게 다룬 소설가. 장애인 장현삼의 수발을 드는 주인공이 점차 자신을 잃어가고 장현삼으로 변하는 과정을 그린 단편 『관계』가 탁월하다. 이 작품으로 1980년 4회 이상문학상을 받았다. 장편『성역』은 꼭 그곳으로 가고자 하지만 가지 못하는 착한 남자와 행운스럽게 그곳에 가는 나쁜 남자의 인생을 대비적으로 그린 수작이다. 성역(聖域)은 지금도 우리 사회 곳곳에 존재한다.

유주현 | 황녀(皇女), 탈고 안 될 전설, 장씨 일가

1세대 역사 소설의 대가.『조선총독부』,『대원군』 등의 묵직한 역사 소설로 이름을 날렸다. 장편『황녀』는 고종의 숨겨진 딸인 이문용(李文鎔) 옹주(덕혜옹주와는 다른 인물)의 서러운 삶을 그린 소설이다.『탈고 안 될 전설』은 교과서에 실렸던 여승과 도시 남자의 이야기를 담은 수필이다. 싸가지 없는 현대적 가족의 비도덕성을 풍자한『장씨 일가』도 일품이다.

> * 역사 장편소설은 유현종의『대제국고구려』(원제 연개소문), 이병주의『바람과 구름과 비(碑)』, 최학의『서북풍』, 박종화의『여인천하』, 정비석의『소설 초한지』, 김성한의『임진왜란』 등이 있다.

윤후명 | 돈황의 사랑, 모든 별들은 음악 소리를 낸다

처음에는 시로 등단했으나 단편『산역』이 신춘문예에 당선되면서 소설가를 병행했다. 한국의 전통적, 원형적 주제를 주로 다루었다. 서역(西域)이 과연 우리나라와 어떤 관계가 있는지를 파헤친 소설이『돈황의 사랑』이다. 법학을 권하는 변호사 아버지와 "모든 사람은 별이야"라고 읊어대는 아들의 갈등을 그린『모든 별들은 음악 소리를 낸다』가 수작으로 꼽힌다. 철학과 출신으로서 문체와 소재의 독특함이 눈길을 끄는 작가이다.

윤흥길 | 회색면류관의 계절, 아홉켤레의 구두로 남은 사내, 장마

산업사회를 살아가는 중산층과 하층민의 기이한 만남과 묘한 결말을 들려주는 소설. 이른바 광주대단지(경기도 성남, 1971년) 사건을 무대로 몰락한 인텔리의 이해할 수 없는 성향을 보여준다. 돈이 필요해 강도로 돌변한 사내가 남긴 9켤레의 구두는 과연 무엇인지가 이 소설의 핵심이다. 원광대학교를 졸업한 작가는 전북 익산을 배경으로 『땔감』 등 여러 편의 단편을 집필했다. 1983년 발표한 『완장』은 한국 사회의 권력질과 갑질을 우스꽝스럽게 비판한 소설이다.

이만교 | 결혼은, 미친 짓이다

3세대 작가의 가벼운 사랑소설. 격변의 시대인 80년대가 저물고, 모색의 시대인 90년대가 끝나고, 비전의 시대인 2000년대의 포문을 연 짧은 장편이다. 핸드폰이 등장하고, 인터넷이 지배하고, 결혼에 대한 인식이 급변하고, 세상을 살아가는 도덕의 개념이 바뀌었음을 선언했다. 2세대 작가들의 퇴장과 3세대 작가의 등장을 알린 소설이었으나 이후 한국 소설은 장중함을 잃어버렸다.

이문구 | 장한몽, 관촌수필, 우리동네

무거운 소설가이다. 도시 변두리와 농촌을 주 무대로 소외된 사람들과 고향을 잃어가는 사람들의 애환을 그렸다. 『관촌수필』은 녹수청산(綠水靑山), 공산토월(空山吐月) 등 4자성어로 제목을 삼아 8편을 하나로 묶은 연작집이다. 『우리동네』는 김씨, 이씨, 최씨, 황씨 등이 차례로 등장한다. 두 편 모두 농촌의 와해 과정을 정감있게, 그러나 안타깝게 보여준다. 끈질긴 정신으로 황소처럼 근면하게 소설을 쓴 작가였다.

이문열 | 새하곡(塞下曲), 사람의 아들, 들소, 사라진 것들을 위하여, 황제를 위하여, 그대 다시는 고향에 가지 못하리, 그해 겨울, 젊은날의 초상, 영웅시대, 익명의 섬, 우리들의 일러진 영웅, 변경

한국 문학의 완성자. 정치 성향에 대해 논란이 있으나 그것은 작가의 성향일 뿐이다. 이문열이 있음으로 해서 한국의 소설문학은 전반적으로 상승했다. 엄청나게 많은 단편소설과 무수히 많은 문학상을 받았으며 그에 관한 석박사 학위논문, 연구서, 평론집은 수백 권에 달한다. 『새하곡』은 신춘문예 당선작이고, 『사람의 아들』은 제3회 '오늘의 작가상' 수상작이며 이문열의 이름을 본격적으로 알린 장편이다. 가문의 몰락으로 결국 소설가가 될 운명을 안고 태어난 작가이다. 몇몇 작품은 상업소설로 분류할 수 있으나 대부분의 소설이 명작이다.

이병주 | 관부연락선, 행복어사전, 지리산

지적(知的) 소설가의 원조. 박학다식, 왕성한 필력, 유려한 문장으로 많은 소설들을 썼다.『관부연락선』은 부산(釜山)과 일본의 시모노세키(下關)를 왕복하는 여객선을 상징으로 1940년 무렵부터 광복, 한국전쟁까지의 역사 흐름을 묘사했다. 1980년대까지만 해도 "이 소설을 읽지 않으면 지성인이라 할 수 없다"는 말이 있을 정도였다. 단편『쥘부채』, 중편『망명의 늪』,『철학적 살인』등도 명작이다. 1990년대 후반 이후 우리나라에서는 지적 소설가가 사실상 소멸했다.

> * 장편『지리산』은 남부군(南部軍)을 다룬 소설이다. 그전에 이를 주제로 한 최초의 장편『남부군』이 1988년 간행되었다. 저자는 이태(본명 이우태). 남부군을 이끄는 이현상(李鉉相) 밑에서 속칭 종군기자로 활약하다가 체포되었으며, 전향했다. 한때 국회의원을 지냈다.

이제하 | 초식(草食), 나그네는 길에서도 쉬지 않는다

시와 동화, 소설을 쓰고 그림(캐리커처)도 그리는 다재능의 작가. [문학과 지성사]에서 발행하는 시집의 표지 인물을 많이 그렸다.『초식』은 국회의원에 출마한 서광삼과 그를 둘러싼 건달, 모사꾼들의 행위를 통해 정치와 인심, 세태의 우여곡절을 해학적으로 그린 작품이다. 1985

년 『나그네는 길에서도 쉬지 않는다』로 9회 이상문학상을 받았다. 아내의 죽음, 속초행 버스, 간호사, 백설여관 등의 요소는 추상적인 인간의 삶을 의미한다.

이청준 | 병신과 머저리, 매잡이, 이어도, 잔인한 도시, 당신들의 천국

지적(知的) 소설가의 1명. 서울대 출신으로 "경험적 현실을 관념적으로 해석하고 상징적으로 표현하는 경향이 강하다"는 평을 받는다. 쉽게 말해 그의 소설들은 읽기 어렵고 인내심을 요구한다. 『매잡이』의 경우 여행을 다니는 민태준, 전통 고수자 곽 서방, 벙어리 중식을 통해 인간의 다양한 의식과 행동을 보여준다. 이를 이해하고 공감하는 데는 깊은 사색이 필요하다. 그러나 읽고 나면 느낌이 강하다. 보통 『서편제』를 많이 기억하지만 소록도 이야기를 다룬 『당신들의 천국』이 더 명작이다.

* 한센병(leprosy, 옛날 명칭으로 '문둥병')을 주제로 한 시는 한하운의 작품들이 가장 유명하다.

이호철 | 문, 닳아지는 살들, 서울은 만원이다

함경남도 원산에서 태어나 한국전쟁 때 인민군으로 참전한 특이한
경력을 가지고 있다. 그런 만큼 분단에 대한 소설을 많이 썼다. 불행한
운명을 안고 살아가는 가족이 응접실에 앉아 맏딸을 기다리는 모습을
그린『닳아지는 살들』은 동인문학상 수상작이며『고도를 기다리며』와
유사한 이미지를 풍긴다.『서울은 만원이다』는 개발시대의 풍광을 담
은 장편으로 '무작정 상경'으로 서울로 올라온 하층민들의 고달픈 삶
을 묘파했다. 이제는 잊혀진 단어인 '종3'(종로 3가. 예전에 이곳에 사창가
가 있었다)을 배경으로 우울했던 역사를 보여준다.

장용학 | 원형의 전설

1세대 작가. 관념소설이라는 분야를 개척한 난해한 소설가이다. 이
청준의 소설처럼 읽기 어렵지만 지적 쾌감을 느낄 수 있다.『원형의
전설』은 최인훈의『광장』과 비슷한 이미지를 풍기는 장편소설이다.
주인공 이장은 오빠와의 성관계를 통해 태어난 사생아이다 근친상간
으로 출생한 이장은 한국전쟁 시기에 파란만장한 삶을 살다가 결국
비극적으로 생을 마감한다. 있을 수 없는 일을 현실에서 냉철하게 다
룬 작품으로, 인간관계의 허구성과 삶의 의미를 되새겨보게 하는 소
설이다.

* 근친상간

근친상간은 문학에서 매우 중요한 소재이다. 문헌상 근친상간이 최초로 기록된 것은 『그리스로마 신화』의 오이디프스로 전해진다.

테바이(Thebai)의 왕 라이오스(Laius)는 아들을 얻었다. 그러나 신탁에 의하면 훗날 아버지의 왕위와 생명을 위협할 것이라는 경고가 나왔다. 왕은 아들을 양치기에게 죽이도록 명령했다. 양치기는 아기를 죽이지 못하고 발을 묶어 나뭇가지에 매달아 두었다. 농부가 아기를 발견해 데려다 키웠는데 오이디푸스(Oedipus)라 이름 지었다. '부은 발'이라는 뜻이다. 신화의 예언은 긍정적인 것보다는 부정적인 것이 더 많고, 그 예언은 대부분 들어맞는다.

한국의 전래 설화에 이러한 이야기가 있다.

옛날, 한 부부가 딸을 낳았다. 점쟁이가 "훗날 애비와 붙어먹을 것"이라는 점괘를 내놓았다. 아버지는 딸의 한쪽 눈을 멀게 한 다음 (비천하게 살도록) 멀리 내다 버렸다. 20년쯤의 세월이 흘러 아버지는 잔치에 참석했고 술에 취해 잠이 들었다. 일어나보니 옆에 벌거벗은 여자가 누워 있었다. 간밤에 그 여자와 섹스를 한 것이다. 그런데 여자의 한쪽 눈이 없었다. 여자는 심드렁하게 말했다. "어렸을 때 우리 아버지가 내 눈을 멀게 한 다음에 내다 버렸어요."

일어날 일은 반드시 일어나는 것이다.

잘 아는 것처럼 오이디푸스는 왕(아버지)을 죽이고 그의 부인 이오카스테(Iocaste)와 결혼한다. 어머니인 것이다. 이것이 비극인지 희극인지의 판단은 각자의 몫이다. 소설로 가장 유명한 작품은 토머스 만(Thomas Mann)의 장편 『선택된 인간』(Der Erwählte)이다. 중세시대를 배경으로 그레고리우스의 파란만장한 삶을 보여준다. 독일 중세의 궁정시인 하르트만 폰 아우에(Hartmann von Aue)의 서사시 '바위 위의 그레고리우스'에서 힌트를 얻어 집필되었다 한다. 다행이 이 소설은 '구원'으로 끝난다. 영화로는 2010년 제작된 「그을린 사랑」(Incendies)이 '구토가 날 정도로' 걸작이다. 이 영화를 꼭 보기를 권한다.

전상국 | 우상의 눈물

강원도 출신의 강원대 국어국문학과 교수이다. 직업에 걸맞게 주로 교육에 대한 소설을 썼다. 극적 반전이나 역동성, 재미는 없지만 우리 사회에 문제점을 제기하는 소설들을 여럿 발표했다. 『아베의 가족』은 분단소설로 분류되고, 『우상의 눈물』은 교육소설이다. 1년을 꿇어서 2학년을 두 번 다니는 고등학생 문제아를 통해 권력의 횡포와 가르침의 의미를 되새겼다. 비슷한 주제를 다룬 이문열의 『우리들의 일그러진 영웅』은 초등학교가 무대이다.

조선작 | 영자의 전성시대

1970~80년대 3조(趙) 소설가의 1인. 외팔이 창녀 영자의 바람같은 삶을 그린 하층 소설. 영화로 제작되어 1970년대 개발시대를 상징하는 소설로 자리를 잡았다. 베트남전에서 돌아와 목욕탕에 취업한 때

밀이(세신사), 그의 애인 창숙이, 식모를 하다가 청량리에서 매춘을 업으로 삼는 영자를 통해 배우지 못하고, 가진 것 없는 청춘들의 고군분투를 그렸다. 외팔이 영자에게 주려고 목욕탕에서 의수를 만드는 주인공의 행동은 눈물이 난다. 이제는 대부분 사라진 역 주변 사창가의 풍광이 고스란히 담긴 정통 세태소설이다.

조성기 | 라하트 하헤렙

경기고/서울대 법대를 졸업한 엘리트 작가. 지적인 문체로 무수히 많은 소설과 『삼국지』를 썼으나 『라하트 하헤렙』이 대표작이며 그 이름을 알린 출세작이다. 아버지가 식칼을 들이미는 바람에 어쩔 수 없이 문학의 꿈을 접고 법대에 입학한 주인공. 그가 군대에서 군종사병으로 복무하면서 종교적, 성적 방황을 통해 성장하는 과정을 담은 기독교적 소설이다. 성경 창세기 3장에 '화염검(火焰劍)'으로 번역된 히브리어 라하트 하헤렙은 '칼처럼 두루 도는 불길'의 뜻이다. 작가는 장로회 신학대학원을 졸업했다.

* 기독교 소설로는 이문열의 『사람의 아들』, 김은국의 『순교자』, 김성한의 『바비도』가 있다. 세 작품 모두 뛰어나다.

조세희 | 난쟁이가 쏘아올린 작은 공

1970~80년대 3조(趙) 소설가의 1인. 이름이 널리 알려진 소설가이지만 실제적으로 '난장이 연작' 외에는 작품이 드물다. 『난쏘공』은 1978년 간행 이후 거의 40년 동안 하루도 쉬지 않고 팔리는 장편소설이다. 처음에는 [문학과 지성사]에서 나왔으나 [이성과 힘]이라는 출판사로 옮겼다. 초등학생부터 대학생까지 모두 읽는 국민소설로 등극했지만 2000년대 이후 "과연 이 소설이 유효한가?"라는 의문이 제기되었다. 그러나 주제를 떠나 한 시대를 파헤치고 가족과 노동의 본질을 논한다는 점에서 명작의 위치는 흔들리지 않을 것이다. 굴뚝 청소를 한 사람 중 누가 얼굴을 씻을 것인가?라는 질문은 『탈무드』가 원전(元典)이다.

조해일 | 매일 죽는 사람, 아메리카, 겨울 여자

1970~80년대 3조(趙) 소설가의 1인. 사회 세태 소설을 주로 썼다. 미군 기지촌을 배경으로 댄서들, 미군들의 만행을 그린 『아메리카』에 그 모습이 잘 담겨 있다. '이화'라는 여자를 통해 성적 욕망과 정치에의 외면을 그린 『겨울 여자』는 로맨스 대중소설이다. 가장 뛰어난 작품은 신춘문예 당선작인 『매일 죽는 사람』이다. 결국 우리 모두는 매일 죽을 수밖에 없는 삶을 살고 있음을 깨닫게 해준다.

최인호 | 처세술 개론, 도시의 사냥꾼, 지구인, 불새, 깊고 푸른 밤, 별들의 고향, 타인의 방

한국의 현대소설은 김승옥-최인호-이문열로 이어진다. 최인호가 등장하기 전까지 한국 소설은 소수예술(고급예술)이었다. 최인호가 1972년 조선일보에 『별들의 고향』을 연재하기 시작하면서부터 한국 소설은 대중예술로 대폭발했다. 품격이 떨어지는 연애소설(상업소설)도 많이 썼으나 천재 최인호가 아니었다면 한국의 소설은 지금처럼 대중의 사랑을 받지 못했을 것이다. 여러 소설 중에서 『도시의 사냥꾼』과 『지구인』을 권한다. 오늘날의 관점에서 메시지가 아리송할 수도 있으나 1970~80년대를 이해하는 최적의 소설이다.

최인훈 | 광장, 옛날옛적에 훠어이 훠이, 태풍, 소설가 구보씨의 일일, 우상의 집, 웃음소리

광복 이후 가장 뛰어난 작가로 인정받는다. 한국에서 노벨문학상을 받는다면 최인훈이 첫 번째였으나 우리의 역량이 미치지 못했다. 『광장』은 남한 대학에서 철학과를 다니다가 북한으로 넘어간 이명준의 인생행로가 안타깝게 그려진다. 공산포로 석방 때 남한의 품에 안긴 사람, 북으로 돌아간 사람 외에 제3국을 택한 사람들이 있었다. 이명준은 인도(India)를 택했다. 하지만 그가 낯선 땅에 닿을 수 있는지는 미지수이다. 『옛날옛적에 훠어이 훠이』는 아기장수의 탄생과 비극적 죽음을 그린 희곡이다.

> * 반공포로 석방에 관한 이야기는 2000년에 제작된 영화 「공동경비구역 JSA」에 일부 나타난다. 이 영화는 박상연의 소설 『DMZ』가 원전이다. 영화와 달리 읽기는 약간 어렵다.

최일남 | 흐르는 북

동아일보 논설위원을 지낸 만큼 모든 소설이 지적이다. 아름다운 문장이나 묘사는 드물다. 1986년 이상문학상을 받은 중편소설로 1980년대의 민주화 운동을 그렸다. 북은 깃발, 전단지, 화염병과 함께 당시 시위에 사용된 주요 투쟁도구 중 하나였다.

> * 민주화운동을 문학작품(소설)으로 승화시킨 작품은 드물다. 당시는 민중시가 환영을 받았는데 양성우의 『겨울 공화국』, 박노해의 『노동의 새벽』, 김지하의 『타는 목마름으로』, 신경림의 『농무』 등을 꼽을 수 있다.

하일지 | 경마장 가는 길

한때 이슈가 되었던 누보로망(Nouveau Roman) 소설의 원조. 하일지는 프랑스에서 공부하고 귀국해서 이 소설을 발표했다. 순식간에 초베스트셀러가 되었으며 소설의 새로운 면모를 보여주었다. 건조한 문체와 지적 묘사가 일품이다. 이후 여러 편의 경마장 연작을 발표했으나 『경마장 가는 길』을 능가하지 못했다. 경마장이 어디이고 무엇인지는 독자의 해석 여하에 따라 다르다. 하일지의 등단은 평지돌출(平地突出)이라고 밖에는 설명되지 않는다.

한수산 | 부초, 사월의 끝

흔히 '서정의 눈물방울'이라 불리는 한수산은 멜로적 소설을 많이 썼으나 사회성 소설도 적지 않다. 『4월의 끝』은 신춘문예 등단 작품이다. 불치병에 걸린 형수에 대한 이야기로 단편소설의 진수를 보여준다. 『부초』는 제1회 '오늘의 작가상' 수상작(1976년)이다. 원제는 '부평초'(浮萍草). 유랑 서커스단의 애환과 사랑, 삶이 담긴 유일한 소설이다. 1977년에 간행된 『부초』는 우리나라 북디자인(Book Design)의 효시로 인정받는다. 5공화국 때 어처구니없는 필화사건으로 투옥, 고문을 받은 사실이 유명하다.

* 대표적인 필화사건은 남정현의 『분지』, 김지하의 『오적』, 현기영의 『순이 삼촌』, 한수산의 『욕망의 거리』, 마광수의 『즐거운 사라』, 염재만의 『반 노』(叛奴) 등이 있다. 권력층 비판, 공산주의, 퇴폐 조장 등이 중요 이 유이다.
* 남정현은 1960~70년대에 주로 활동한 소설가이다. 『분지』와 『너는 뭐냐』가 걸작이다.
* 현기영은 제주도를 대표하는 소설가이다. 제주 4·3사태를 그린 중 편 『순이삼촌』, 이재수의 난을 다룬 장편 『변방에 우짖는 새』가 있다.

홍명희 | 임꺽정

일제강점기 조선일보에 연재된 대하소설. 벽초(碧初) 홍명희는 춘원 (春園) 이광수, 육당(六堂) 최남선과 더불어 근대기 3대 천재로 추앙받 았다. 광복 이후 북한으로 넘어가 부수상을 지냈다. 『임꺽정』은 완결 되지 못하고 연재가 종료되었는데 [사계절]에서 처음에 9권으로 간행 되었다가 후에 10권으로 재간행했다. 홍명희가 이 소설을 완료했다면 30권 안팎이 되었을 것이라 짐작한다. 완성되지 못한 것이 한국 근대 문학의 가장 큰 아쉬움이다. 내가 만약 무인도로 떠날 때 딱 1권의 책 만 선택할 수 있다면 『임꺽정』을 들고 갈 것이다.

홍성원 | 디데이의 병촌, 남과 북

1세대 작가. 여러 편의 소설이 있으나 군대를 무대로 한 두 작품이 뛰어나다. 한국전쟁의 처음과 끝을 보여주는 장편 『남과 북』은 신문기자, 군인, 의사, 변호사 등 다양한 인물을 통해 전쟁의 참상과 의미를 밀도높게 그렸다. 『디데이의 병촌』은 전쟁 이후 강원도 휴전선 최전방 부대를 배경으로 한다. 분단문학의 대표작으로 꼽히며, 결국 전쟁은 아직도 진행중이라는 메시지를 준다.

황석영 | 삼포가는 길, 객지, 장사의 꿈

가장 남자다운 소설을 발표한 가장 남자다운 작가이다. 월남전을 배경으로 한 『탑』으로 등단했으며 노동자, 하층민, 작부들을 주인공으로 한 소설들을 썼다. 노래로도 유명한 『삼포가는 길』의 정씨, 백화, 노영달 3인은 산업화 시대에 고향을 잃은 노동자들, 즉 우리 자신이다. 그들의 방랑을 통해 현대인의 방황을 그린 걸작이다. 1980년에 발표된 장편 『어둠의 자식들』은 일대 폭풍을 몰고 온 하류인생 소설이었다. 『장길산』은 박경리의 『토지』, 최명희의 『혼불』과 더불어 3대 대하소설로 꼽는다.

황순원 | 소나기, 카인의 후예, 나무들 비탈에 서다

교과서에 실린 『소나기』로 누구나 알고 있는 현대 문학 1세대 작가이다. 『카인의 후예』는 1954년 발표되었으며 무대는 북한(작가의 고향이 평안남도 대동군)이다. 젊은 지식인 박훈과 공산주의자 오도섭의 딸 오작녀가 주인공이다. 공산주의 치하에서 투쟁하며 살아가는 사람들의 절박함과 사랑, 죽음을 그렸다. 『나는 바퀴를 보면 굴리고 싶어진다』로 유명한 시인 황동규가 아들이다.

❖ 더 읽어야 할 작가와 작품

저 자	제 목
김문수	『만취당기』
김소진	『자전거 도둑』
김영현	『깊은 강은 멀리 흐른다』
박범신	『토끼와 잠수함』
박상륭	『죽음의 한 연구』
서정인	『후송』
성석제	『아름다운 날들』
송기숙	『자랏골의 비가』
이균영	『어두운 기억의 저편』
이병천	『사냥』
이승우	『생의 이면』
이외수	『들개』『장수하늘소』
이혜경	『길위의 집』
임철우	『붉은 산 흰 새』
최수철	『맹점』
최인석	『내 마음에는 악어가 산다』『새떼』『구경꾼』
하근찬	『수난 2대』

제5부
교양과 지식을 넓혀주는
인문·자연과학서

가급적 읽지 말아야 할 책은 '인문 엑기스 책'이다.
단편적인 지식들을 묶어놓은 엑기스는 읽을 때는 눈에 들어오지만
책을 덮고 나면 머릿속에 저장되는 것은 없다.
단 한 권을 읽더라도 제대로 읽어야 교양과 지식,
나아가 지혜를 쌓을 수 있다.
각 분야별로 꼭 읽어야 할 대표 고전을 소개한다.

탈무드(Talmud)
....

깨달음보다 중요한 것은 실천

예수의 고향은 이스라엘이다. 그래서 대부분의 사람들은 이스라엘 사람들은 기독교인이라 생각한다. 그러나 이스라엘에 기독교인은 거의 없으며 유대교를 믿는다. 유대교(Judaism)는 이렇게 정의된다.

> 천지만물의 창조자인 유일신 야훼(Yahweh)를 신봉하면서, 스스로 신의 선민(選民)임을 자처하며, 메시아(구세주)의 도래 및 그의 지상 천국 건설을 믿는 유대인의 종교.

유대교는 『구약성경』을 경전으로 삼으며 예수를 하느님의 아들, 즉 메시아로 인정하지 않는다. 메시아는 "언젠가는 온다"고 믿고 있다. 그들의 정신적 지주를 이루는 또 하나의 책이 탈무드(율법서)이다. 경전이자 잠언집, 교훈서, 동화, 일화, 우화의 성격을 띤다. 종교서라기보다 삶의 의미와 행동의 방향을 일깨워주는 이야기책이라 보면 된다.

- 한 자루의 양초로 많은 양초에 불을 옮겨 붙이더라도 첫 양초의 빛은 흐려지지 않는다.
- 항아리 속에 든 한 개의 동전은 시끄럽게 소리를 내나, 동전이 가

득 찬 항아리는 조용하다.

좋은 격언도 엄청나게 많고, 재미있는 일화도 많다. 문제는, 교훈의 깨달음이 아니라 그것의 실천이다.

우파니샤드(Upaniṣad)

인간에 대한 진리를 구하라

인도 브라만교(波羅門敎)의 경전은 『베다』(Vedas)이다. 베다('안다'라는 뜻)는 "고대 인도의 종교 지식과 제례규정을 담고 있는 문헌"으로 일컫는다. 산스크리트어로 쓰여 있다. 베다 중에서 마지막을 이루고 있는 것이 『우파니샤드』이다. 그래서 베단타(Vedānta, 베다의 끝)라고도 불린다. 우파니샤드는 이렇게 정의된다.

'(사제 간에) 가까이 앉음'이란 뜻으로, 스승의 발아래에 가까이 앉아 스승에게 직접 전수받는 신비한 지식으로 해석된다. 문헌 대부분이 스승과 제자 사이의 철학적 토론으로 구성되어 있다.

세계에는 여러 종교가 있다. 우리가 일반적으로 아는 기독교, 가톨릭, 불교, 유교, 이슬람교 외에 원불교, 힌두교, 브라만교, 제7일안식일예수재림교, 모르몬교, 여호와의 증인, 통일교, 동방정교회, 성공회, 유

대교, 도교, 시크교, 자이나교, 천리교, 일련정종, 창가학회, 대순진리
회, 사이언톨로지교, 조로아스터교, 부두교 등 100여 개가 넘고, 아프
리카, 아시아의 토속종교, 고대의 사멸된 종교까지 합하면 1천여 개가
넘는다고 주장하는 학자도 있다.

종교의 요건 중 하나는 '경전이 있느냐'이다. 언어가 없는 민족은 소
멸되듯이 경전이 없는 종교는 오래 지속되지 못한다. 또 그 경전의 처
음부터 끝까지 오류가 없어야 한다. 물론 냉철한 과학적 지적으로 파
헤치면 오류를 무수히 발견해낼 수 있지만 경전은 과학적 상식이나
체계를 중요시 여기지 않는다. '말씀'에 있어서만 오류가 없으면 된다.

브라흐만에 대해 이야기하는 사람들이 말한다. "원인이 브라흐만인
가? 어디서 생겨났는가? 무엇에 의해 우리는 살아가는가? 어디에 버
팀을 두는가? 브라흐만을 아는 이여, 무엇에 의해 우리는 행복이 아
닌 것들 속에 머물며 정해진 틀을 따라 도는가?

브라만(Brahman)은 우주의 근본적 실재 또는 원리이다. 브라흐만은
남성적 표현이다. 그에 반대되는 개념이 아트만(Ātman)이다. 숨쉬는
생명, 즉 나를 의미한다. 『우파니샤드』는 신에 대한 진리를 찾는 것이
아니라 인간에 대한 진리를 찾는다.

우리는 어디에서 생겨났는가
누구로 인해 우리는 살아 있는가

마지막 순간에 우리는 과연 어디로 가 설 것인가?

물론 이 질문에 대한 답은 없다. 스스로 찾아야 한다(원래 책이라는 것은 '무엇이든 스스로 찾아라'는 가르침을 주는 도구이다). 종교적 관점을 떠나 한번쯤 읽어볼 필요가 있는 책이며, 특히 인도, 네팔 등지를 여행하는 사람이라면 출발 전에 꼭 읽기를 권한다.

법구경(法句經)

모든 것은 마음이 근본이다

불교의 경전은 많다. 교리에 따라 대승불교, 소승불교, 티베트(밀교) 불교로 대별되며 각각 경전이 있다. 화엄경, 금강경, 법화경, 대집경, 대반야경, 열반경, 관미륵보살상생도솔천경, 유마경, 능엄경, 원각경 등 수십 종이 넘는다. 모두 중요한 말씀을 담고 있지만 일반적으로 『법구경』이 우리에게 가장 친숙하고 읽는 데 무리가 없다.

心爲法本 心尊心使 中心念惡 卽言卽行 罪苦自追 車轢於轍
심위법본 심존심사 중심념악 즉언즉행 죄고자추 거력어철

모든 일은 마음이 근본이다
마음에서 나와 마음으로 이루어진다

나쁜 마음을 가지고 말하거나 행동하면
괴로움이 그를 따른다
수레바퀴가 소의 발자국을 따르듯이

인도의 승려 법구(法救)가 인생에 지침이 되는 좋은 시구(詩句)들을
모아 엮은 것으로 교리가 아닌 시 형식이다. 39품으로 구성되었고, 불
교의 핵심이 758개의 간결한 게송(揭頌)에 집약되었다.

또 하나 읽어볼 책은 『수타니파타』(Suttanipata)이다. 불교 최고(最古)
의 경전으로 인정받는다. 『법구경』처럼 운문으로 되어 있어 읽기 어
렵지 않다.

소리에 놀라지 않는 사자처럼
그물에 걸리지 않는 바람처럼
진흙에 더럽히지 않는 연꽃처럼
무소의 뿔처럼 혼자서 가라

널리 알려진 "무소의 뿔처럼 혼자서 가라"의 원전이 『수타니파타』
이다. 모두 1,149개의 구절로 이루어져 있다.

이기적 유전자(The Selfish Gene)
···

왜 생물체는 이기적으로 행동하는가

세 번쯤 읽으면 약간이나마 이해가 되는 책. '진화론'은 '창조론'과 대비되는 이론이다. 어느 것이 맞는지는 아직 판정나지 않았다. 대부분의 학자들은 진화론을 옹호하고 학교에서도 그렇게 가르친다. 그러나 진화론에도 모순은 엄청나게 존재한다. 그래서 진화학(學)이 아니라 논(論)에 머물러 있다. 더 오랜 시간이 흐른다 하여도 인류가 이 문제를 명쾌하게 밝혀내지는 못하리라 생각한다. 어쩌면 밝히지 못한 채 인류는 소멸할 것이다. 여하튼 이 책은 생물체는 진화한다는 이론에 바탕을 두고 왜 이기적으로 행동하는가를 추적한(나의 관점에서. 이 책을 읽은 후의 소감은 모두 다르다) 고전 명작이다.

남자 A와 여자 B가 결혼하여 아기 C를 낳았다. 친할머니와 외할머니 중에서 누가 더 C를 사랑할까? 각각의 가정환경과 할머니의 성격에 따라 다르겠지만 일반적으로 그리고 세계적으로 외할머니가 더 사랑한다. 아기 C는 엄마 B의 뱃속에 있다가 세상 밖으로 나왔다. 그러므로 엄마가 B인 것은 분명하다(병원에서 아기가 뒤바뀌지 않는 이상). 그렇다면 아빠는 과연 누구일까?

외할머니는 자신의 배에서 10달을 기르다가 엄마(딸)를 낳았고, 그딸은 또 외손주를 낳았다. 분명히 자신의 피가 전해진 것이다. 그러나 친할머니 입장에서 보면, 아빠(아들)는 자신이 분명 낳았지만 손주에게 아들의 피가 전해졌는지는 알 수 없다. 그래서 외할머니가 더 사랑한다. 이 말은 엉터리일까?

이렇게 생각하면 된다. 손주는,

- 내 아들이 낳은 아들이 아니라 며느리가 낳은 아들이다. (친할머니 입장에서)
- 사위가 낳은 아들이 아니라 내 딸이 낳은 아들이다. (외할머니 입장에서)

외할머니가 외손주를 사랑하는 이유는 자신의 피, 즉 유전자(DNA)가 전해졌기 때문이다. 이처럼 인간은 이기적으로 행동한다. 이는 모든 생물에게 동일하다. 그럼에도 불구하고 자기희생의 정신을 지닌 유전자가 있다. 그들은 나보다 타인을 위해 행동한다. 왜 그럴까? 그 유전자도 진화를 하는 것일까? 근본적으로 생각해서, 생물은 과연 진화해서 현재 상태에 이른 것일까? 아니면 창조된 것일까?

"3번쯤 읽어야 이해된다"는 말에 지레 겁먹을 필요는 없다. 한번만 읽어도 된다. 그러나 한번은 꼭 읽어야 한다.

저자 리처드 도킨스(Clinton Richard Dawkins)는 영국의 생물학 교수이다. 1941년 케냐 나이로비에서 태어났으며 8살 때 아버지의 고국인 영국으로 돌아가 옥스퍼드대학을 다녔고, 교수로 재임했다. 이 책의 첫 발행일은 1976년이며 이후 40년 넘게 전 세계에서 하루도 쉬지 않고 팔리는 명작이 되었다. 과학/생물학 책은『이기적 유전자』,『과학혁명의 구조』, 『코스모스』가 전 세계적인 트로이카이다.

2007년 발행된 『만들어진 신』(The God Delusion)은 '신은 과연 인간을 창조했는가?'라는 부제에서 알 수 있듯이 창조론을 비판했다.

과학혁명의 구조(The Structure of Scientific Revolutions)

패러다임이 새로움을 창조한다

이 책에는 모두 13개의 글이 실려 있고 저자는 '에세이'라 표현했다. 즉 과학에 대한 연구논문이나 보고서가 아니라 누구나 쉽게 읽을 수 있는 칼럼 형식의 글이다. 그럼에도 불구하고 과학을 전공하지 않은 사람에게는 쉽지 않은 책이다.

저자는 과학적 문제와 방법의 본질에 대해 사회과학자들 사이에 공공연한 의견 대립이 나타나는 모습을 보고 충격을 받았고 -꼭 그것이 이유는 아니지만- 그것이 발단이 되어 책을 집필했다.

> 천문학, 물리학, 화학 또는 생물학의 과학 활동은, 오늘날의 심리학자나 사회학자들이 안고 있는 것으로 보이는 기본적인 문제들에 대한 논쟁을 불러일으키지 않는 게 보통이다.

즉 과학은 사회과학과 달리 명확한 답을 찾을 수 있다. 문제는 왜 둘 사이에 차이가 있느냐는 것이다. 저자는 이 문제를 풀기 위해 과학적 탐구에서 패러다임(paradigm)이 중요한 역할을 한다는 사실을 깨달았다. 보통 이 책은 이렇게 설명된다.

기존의 귀납주의적 과학관에 새로운 패러다임을 적용하여 과학 지식의 변천 및 발전을 설명하였다. 부분적으로는 과학혁명을 주제로 하지만, 전체적으로는 과학의 발전이 어떻게 전개되는가에 초점이 맞추어져 있다.

그래서 『과학혁명의 구조』는 패러다임이라는 단어를 가장 먼저 떠올리게 한다. 패러다임은 "어떤 한 시대 사람들의 견해나 사고를 지배하고 있는 이론적 틀이나 개념의 집합체"를 의미한다. 예컨대 1970년대의 유신시대에는 그것이 맞는 것으로 여겨졌지만 통치자의 퇴장과 함께 그 이념이 무너지고 새 이념이 나타나는 것이다. 당연히 새 이념은 과거회귀적이 아니라 진보적이고 긍정적이다.

토머스 쿤은 과학은 시간의 흐름에 따라 꾸준히 발전하는 것이 아니라 이상한 현상이 발생하고 그로 인해 기존의 것이 붕괴될 위기에 처했을 때(혹은 붕괴되었을 때) 그것을 극복하기 위해 새로운 현상이 일어나면서 발전하게 된다고 주장했다. 즉 위기 극복의 대안으로 새로운 과학이 출현하는 것이다.

만일 과학이 요즈음의 교재에 실린 사실, 이론, 방법의 집합이라면, 과학자는 성공적이든 아니든 그 특정한 집합에 한두 가지 요소를 보태기 위해 온갖 애를 쓰는 사람이 된다. ---- 최근 몇몇 과학사학자들은 '축적에 의한 발전'이라는 개념으로는 자신에게 부과된 기능을 완수하기가 점점 더 어려워진다고 느끼고 있다. --- 그들은, 깊게 파고 들수록 다음과 같은 질문에 답하기가 더욱 곤란해진다는 것을 발견한다. 산소는 언제 발견되었는가? 에너지 보존에 대해 처음으로 알아낸 사람은 누구인가?--- 아마도 과학은 개별적인 발견과 발명의 축적에 의해 발달되는 것이 아닐 것이다.

오늘날 여러 전자회사에서 만들어내는 수많은 스마트폰들은, 그것들이 제아무리 다양한 기능을 탑재한 최신 핸드폰이라 해도 모두 '특정한 집합에 한두 가지 요소를 보태는' 것에 불과하다. 그 무엇도 스티브 잡스가 최초로 만든 스마트폰을 뛰어넘지 못한다. 즉 스티브 잡스가 새로운 패러다임을 창출한 것이다.

토머스 쿤(Thomas Kuhn1922~1996)은 미국의 과학사학자 겸 철학자이다. 하버드대 물리학 박사이다. 스탠퍼드대학의 행동과학고등연구센터(CASBS)에서 사회과학자들과 함께 연구활동을 한 것을 계기로 패러다임이라는 새로운 개념을 창안해냈다. 『과학혁명의 구조』는 1962년 발간되어 지금도 세계 곳곳에서 읽히고 있다.

코스모스 (Cosmos)

우주에서도 인간의 존재는 가치있다

우주에는 인간이 아닌 외계인이 존재할까? 존재하기는 하겠지만 인류는 그를 만나지 못한다. 별은 너무 먼 곳에 있고, 인간의 기술로는 그 별까지 갈 수 없기 때문이다. 외계인이 사는 별까지 도달할 수 있을 정도로 과학기술이 발전한다면, 그 전에 인류는 파멸할 것이므로 여하튼 만나지 못한다. 설사 운이 좋아 만난다 하여도 서로에게 이로울 것은 없다. 그저 인간은 인간끼리, 외계인은 외계인끼리 자신의 행성에서 살아가는 것이 좋다.

그러나 외계인이 있다고 확신하고 그들에게 보내는 편지를 제작해 우주에 뿌린 사람이 있다. 칼 세이건(Carl Edward Sagan 1934~1996)이다. 세이건은 미국의 천문학자이자 우주선 계획에 참여한 우주과학자이다. 1969년 아폴로 11호 발사에 참여했으며, 1972년 인류 최초로 태양계를 벗어난 파이어니어(Pioneer) 10호와 11호가 발사될 때 외계인에게 보내는 메시지 알루미늄 판을 제안한 교섭자(交涉者)이기도 하다. 물론 지금까지 그 판은 우주를 떠돌고 있으나 답은 오지 않았다.

코스모스는 그리스어로 kosmos이고 "정연한 질서로서의 세계"를 말한다. 그 반대말은 "세계 생성 이전의 혼돈"을 뜻하는 카오스(chaos)이다. 그래서 cosmos는 "질서 있는 시스템으로서의 우주"를 의미한다. 인간은 부단한 노력으로 자연의 여러 원인과 결과, 현상을 밝혀왔는데 아직 밝히지 못한 것도 많다. 우주의 기원, 생명의 본질, 두뇌의 기능은 여전히 어둠속에 있다.

우주에 대해서는 그나마 『코스모스』가 있어서 대략이라도 알 수 있다. 원래 TV 특집으로 제작된 것을 책으로 엮었기 때문에 어렵지 않으며 재미있는 이야기도 많이 등장한다. 일례로 1185년 일본 안토쿠 천황(安德天皇)의 예화는 가슴을 서글프게 한다. 또한 사진과 도표도 풍부해서 이해가 빠르다.

『코스모스』는 이렇게 시작한다.

> 지금 우리가 알지 못하는 사실들이 오랜 세월 연구를 거듭하는 동안 언젠가 밝혀질 날이 올 것이다. 그러나 과제는 너무 광범위하다 ---그러므로 여러 세대를 거친 후에야 우리는 우주의 지식을 밝힐 수 있을 것이다.
>
> - 세네카 『자연의 질문』(Nature Questions) 제7권

세네카(Lücius Annaeus Seneca)는 기원전 4년에 태어나 BC65년에 사망했다. 2000년 전에 훗날 누군가 우주의 비밀을 밝힐 것이라고 예언한 것이다. 그 예언이 칼 세이건에 의해 실현되어 전 세계의 평범한 사람들이 우주에 대해 '대략이나마' 알게 되었다.

이 책은 이렇게 끝난다.

> 우리는 우주의 구석에서 자라 자기 인식을 할 줄 아는 인간이 되었다. 이제 인간은 인간의 기원에 대해 생각하고 있다---인간은 인류

에 대해서 그리고 지구에 대해서 충성심을 가져야 한다. 우리는 생존해 남아야만 한다. 그 생존의 의무는 우리를 위한 것이 아니다. 우리는 우주에 대해서도 의무를 치고 있다. 시간적으로 영원하고 공간적으로 무한한 그 우주에서 우리가 생겨났으므로.

칼 세이건은 500편이 넘는 논문을 썼고, 많은 과학책을 집필했다. 유일한 소설 『콘택트』(Contact)는 1997년 영화로 제작되었다. 『코스모스』는 1980년 간행되어 지금도 팔리는 천문학의 독보적인 책이다. 우리나라에서는 [학원사]에서 첫 발행(유명한 조경철 박사가 감수)했으나 지금은 [사이언스북스]에서 간행한다.

❖ 역사와 문예

사기열전(史記列傳)
....

선과 악, 충절과 배신의 드라마

『사기』(史記)는 원래 130권으로 이루어져 있다. 중국이라는 나라는 인구도 많고, 땅도 넓고, 물산도 풍부해서 한 번 저술을 했다 하면 그 분량이 아주 다대하다. 삼국지, 수호지, 열국지, 홍루몽, 금병매 등도 분량이 아주 길다. 이 책들은 그나마 소설이기에 읽을 수 있지만 전문 학자가 아닌 이상 130권에 달하는 책을 읽을 수는 없다(그럴 필요도 없다). 그래서 사기 중에서 인물에 관한 부분만 따로 엮은 것이 『사기열전』(史記列傳)이다. 그런다 해도 분량은 여전히 많다. 그런다 해도 읽지 않을 수는 없다.

열전에 소개된 사람들은 정치인, 귀족, 문인, 학자, 군인, 모사가, 자객, 협객, 해학가, 관리, 반역자, 점술가, 의사, 장사꾼 등 우리 삶의 모든 직업을 망라한다. 즉 우리 자신의 이야기이다. 널리 알려진 백이·숙제 이야기를 담은 『백이열전』(伯夷列傳)으로 시작한다. 이어 관자(管子), 안자(晏子), 노자(老子), 한비자(韓非子), 손자(孫子), 오자서(伍子胥), 공자(孔子)의 제자들, 소진(蘇秦), 장의(張儀) 등등으로 이어진다. 학창시절에 한번쯤 들어보았을 이름이다. 그러므로 그렇게 어렵지 않다.

신이 듣건대, 깃털도 쌓이면 배를 가라앉히고, 가벼운 물건도 많이 실으면 수레의 축이 부러지고 여러 사람의 입은 무쇠도 녹이고, 여러 사람의 비방이 쌓이면 뼈도 녹인다고 합니다.

장의가 위(魏)나라 왕 애왕(哀王)에게 한 진언이다. 말은 맞지만 이 말의 저의는 매우 의심스럽다. 이 말에 따라 애왕은 합종(合從)의 맹약을 저버리고 진(秦)나라에 화친을 청했으나 곡옥(曲沃) 땅을 빼앗겼고 결국 BC 225년에 멸망했다.

『史記』는 2000년 전의 이야기이다. 현대의 관점에서 보면 맞지 않을 수도 있다. 1999년에 『사기열전』을 번역한 김원중은 이렇게 말했다.

(사기열전은) 우리의 인생관에 있어서 '어떤 방식에 의해 살아가야 하는가?'라는 물음에 대한 다양한 대답과 제안으로 이루어졌다. 우리가 살아가면서 그리고 보다 나은 삶을 살아가기 위해서 겪는 고충을 사마천은 거의 모든 인물들이 똑같이 겪었음을 역사적 사실을 통해 말해준다.

선인과 악인, 음모와 충절, 인과 불인이 복잡하게 얽혀 있는 인간관계와 그것의 올바른 해답을 들려준다. 그러므로 인물기가 아니라 교훈서라 할 수 있다.

『史記』는 여러 사람에 의해 번역되어 여러 출판사에서 나왔다. 수고스럽지만 서점에서 책을 일일이 들춰보고 자신의 성향(혹은 수준)에 맞는 책을 골라서 읽으면 된다. 축약본도 있으며 소설로 각색한 책도 있다. 전체를 다 읽기가 벅차다면 재미있다고 생각되는 부분만 읽어도 된다. 단, 읽기 전에 중국의 고대사에 대한 지식이 있어야 한다. 머리말에서도 말했듯이 결국 모든 책의 출발점은 '역사'라는 사실을 잊어서는 안 된다.

러시아혁명사

낡은 것을 무너뜨리는 힘
세계의 3대 혁명은 프랑스대혁명, 러시아혁명, 미국 독립전쟁이다.

프랑스혁명은 민주, 인권, 평등의 출발점이고, 러시아혁명은 억압적 구왕조의 몰락과 공산주의를 확립시킨 혁명이고, 미국 독립전쟁은 식민주의의 종말을 고함과 동시에 자본주의와 민주주의 시대를 열었다. 미국 독립전쟁을 굳이 책으로 읽을 필요는 없지만 러시아 혁명과 프랑스 혁명에 대해서는 알아야 할 필요가 있다.

러시아 혁명은 보통 1905년부터 1917년까지 진행된 러시아의 사회변혁 과정을 지칭한다. 연대기로는 약 15년에 걸쳐 진행되었지만 혁명의 기운은 훨씬 전부터 조성되었다. 로마노프(Romanov) 왕조 마지막 황제인 니콜라이 2세(Nicholas II)의 무능과 아집이 러시아 왕조의 몰락을 자초했는데 그 이면에는 복잡한 사연이 있다.

아들 알렉세이(Alexei Nikolaevich)가 혈우병에 걸렸는데 그것을 치료하기 위해 황후 알렉산드라 표도로브나가 거의 미친 행위를 되풀이했고, 그것이 왕조의 멸망을 초래했다. 그 과정은 로버트 K.매시의 『마지막 겨울궁전』이라는 소설에 자세히 묘사되어 있다. 우리가 잘 아는 아나스타샤(Anastasia)는 니콜라이의 넷째 딸이다.

위 책이 소설 형식인 것에 반해 김학준의 『러시아혁명사』는 역사적으로 러시아 혁명의 원인, 과정, 결과를 추적한 보기 드문 역작이면서도 거의 유일한 책이다. 1825년 '12월 당원의 반란'으로부터 1917년 '볼셰비키 집권'에 이르기까지의 과정을 자세히 들려준다. 1979년 초판이 나왔고, 1999년에 수정증보판으로 재발행되었다.

니콜라이 2세, 러일전쟁, 피의 일요일, 파업, 민중 봉기, 전함 포템킨, 농민반란, 1차 세계대전, 괴승 라스푸틴(Rasputin: 사실상 이 사람이 로마노프 왕조를 몰락시킨 주범이다. 이런 사람은 모든 왕가와 국가의 몰락에 반드시 존재한다), 페트로그라드 시위, 소비에트의 출현, 케렌스키, 볼셰비키 혁명, 레닌, 4월 테제, 트로츠키, 동궁(冬宮) 등이 등장한다.

전개 속도가 무척 빠르고, 번역서가 아니어서 읽기 쉽고, 흥미진진하며 긴박감이 있고, 읽고 나면 지식도 넓어진다. 하나의 왕조가 몰락하고 새로운 시대가 출현하는 과정을 통해 왜 어떤 인간은 과거에 집착하고, 어떤 인간은 새 시대를 열려 하는가를 깨달을 수 있다.

역사의 시계를 되돌려, 만일 니콜라이 2세가 개혁을 먼저 시작했다면 어떻게 되었을까? 소련이라는 나라는 태어나지 않았을 것이며 영국처럼 입헌군주국으로 탈바꿈했을 것이다. 그러나 개혁을 거부한 왕조는 결국 소멸하고 말았다. 이는 프랑스도 마찬가지다.

　　* 저자 김학준(金學俊)은 서울대 정치학과 교수, 동아일보 사장을 지냈다.
　　* 『러시아혁명사』를 읽기 전에 『마지막 겨울궁전』을 먼저 읽으면 이해
　　　가 더 빠르다.

중국 시가선

시의 정수를 모으다

중국은 시(詩)의 나라이다. 사서삼경(四書三經) 중 하나인 『시경』(詩經)은 시를 모아 엮은 책이다. 시를 경전으로 인정하는 것이다. 그런 만

큼 엄청나게 많은 시인들과 시들을 배출했다. 시의 형식도 다양하다. 오언율시, 칠언율시, 오언절구, 칠언절구, 고체시, 근체시…

5천년 동안 배출된 시인들은 헤아릴 수 없을 정도인데 굴원, 도연명, 왕유, 맹호연, 이백, 두보, 백거이, 소식, 왕안석 등이 우리에게 잘 알려져 있다. 중국 시들은 자연 예찬과 임금을 향한 충정이 주를 이룰 것 같지만 사랑, 삶의 애환, 우정, 특이한 사건, 풍경 묘사, 인생무상 등도 많다.

『중국시가선』은 역대 중국의 대표 시들을 모은 책으로 중어중문과 교수를 지낸 지영재가 편찬했다. 한문 원문, 음, 풀이, 설명이 첨부되어 있어 읽기 어렵지 않다.

潯陽江頭夜送客(심양강두야송객)
심양강 어귀에서 밤에 손님을 배웅하려니
楓葉荻花秋瑟瑟(풍엽적화추슬슬)
단풍잎, 물억새꽃. 가을은 서걱서걱
主人下馬客在船(주인하마객재선)
주인은 말을 내리고 손님은 배에 올라
擧酒欲飮無管絃(거주욕음무관현)
술을 들어 마시려 해도 풍악이 없구나

백거이(白居易)의 '비파 노래(琵琶行)' 앞부분이다. 1,300년 전의 시이지만 지금 읽어도 가슴을 울린다. 한문을 많이 알지 못해도 충분히 읽을 수 있으므로 일독을 권한다.

* 중국 시에 대한 또 다른 책으로는 임창순의 『당시정해』(唐詩精解)를 권한다. 1999년 초판이다. 『중국시가선』은 2007년에 첫 발행되었다.

시학(Poetica)

왜 우리는 시를 써야 하는가

아주 오래된 책이다. 저자는 아리스토텔레스(Aristoteles)로 되어 있는데 그가 아니라는 설도 있다. 비극(悲劇)과 희극(喜劇) 두 편으로 구분되었다 하는데 남아있는 것은 비극이다. 제목처럼 시에 대해 배우는 책, 시를 짓는 방법이라기보다 극을 쓰는 방법이 주류를 이룬다.

대략 2200년 전에 쓰여진 책이지만 지금도 동서양에서 두루 읽히며 특히 문학도에게는 필독서이다. 시의 차이점, 모방(미메시스 Mimesis), 서사시, 희극은 우스꽝스러운 것의 드라마화, 감정의 카타르시스(정화 Catharsis), 플롯, 등장인물의 성격, 서사시의 구성법칙 등에 대해 설명했다.

꼭 시를 쓰지 않더라도 글을 잘 쓰기 위해서, 나아가 모든 소설들의 구성법칙을 파악할 수 있기 때문에 한번쯤 읽어볼 책이다.

참고로 그리스의 3대 비극작가는 아이스킬러스(Aeschylus), 소포클레스(Sophocles), 유리피데스(Euripides)이다. 각각 『아가멤논』, 『오이디프스왕』,『트로이의 여인들』이 대표작이다.

예언자(The Prophet)

삶의 질서는 나를 낮추는 것

이슬람 세계의 근현대 작가로 가장 유명한 사람은 칼릴 지브란(Kahlil Gibran 1883~1931)이다. 또한 가장 뛰어난 작가로 인정받는다. 태어난 곳은 레바논이지만 주로 미국과 유럽에서 활동했다. 만약 레바논에 계속 머물렀다면 전쟁이나 종교분쟁으로 일찍 사망했을지도 모른다. 프랑스에서 미술을 공부할 때 조각가 로댕(Auguste Rodin)을 만나 3년간 미술을 공부한 특이하면서도 진귀한 경험을 가지고 있다.

『예언자』는 20년 동안 구상한 작품을 쓴 산문시로 1923년 미국에서 첫 발행되었고 이후 전 세계로 퍼져나갔다. 우리나라에서는 1975년에 초역되었다. 주인공은 무스타파(선택받은 자인 동시에 가장 많은 사랑을 받은 자)이다. 그는 오르팔리스섬에서 12년을 살다가 자신이 태어났던 섬으로 돌아가려 한다. 갑자기 슬퍼져서 마음속 깊이 생각을 하기 시작했다.

슬픔 없는 평화로움으로 나는 왜 떠날 수 없는 것일까?

사람들은 간청한다.

이제 우리를 우리 자신에게로 드러내 보이게 하시고, 죽음과 탄생 그 사이에서 그대 보았던 것을 모두 말씀해 주소서.

그 간청에 의해 무스타파는 사람들에게 27개의 진리를 전한다. 사랑, 결혼, 아이들, 베풂, 먹고 마심, 일, 기쁨과 슬픔, 집, 옷, 사고 파는 것, 죄와 벌, 법, 자유, 이성과 열정, 고통…

사랑이 그대들을 부르면 그를 따르라, 비록 그 길이 험하고 가파를 지라도.
사랑의 날개가 그대들을 싸안을 때는 몸을 내어 맡기라,
비록 사랑의 날개 속에 숨은 칼이 그대들에게 상처를 줄지라도.

일종의 잠언서이기도 하고, 교훈서이기도 하고, 장편 시이기도 하다. 분류가 무엇이든 마음에 위안을 주는 책이므로 한번쯤 읽기를 권한다. 지브란은 여러 권의 책을 썼는데 『보여줄 수 있는 사랑은 아주 작습니다』는 한때 베스트셀러였다.

아라비안 나이트(Arabian Nights)

이슬람 이해의 첫 걸음
이슬람의 세계를 기본적으로 이해할 수 있는 대하소설이다. 일명 천

일야화(千一夜話)라 부르는데 1000일 밤의 이야기가 아니라 1001일 밤의 이야기다. Alf Laylah Wa Laylah, The Arabian Nights' Entertainment, Thousand and One Night 등으로도 불린다. 주요 이야기 180편과 짧은 이야기 108여 편이 있다. 우리가 잘 아는 『알리바바와 40인의 도적』, 『신드바드의 모험』, 『알라딘의 요술램프』 등의 출전이 모두 『아라비안 나이트』이다.

위 세 이야기의 주요 테마는 보물(보석), 재물이다. 40인의 도적은 동굴 속에 보물을 감추어두었다. 그것을 열려면 "열려라 참깨"라는 주문을 외워야 한다. 신드바드는 청년 시절 거지로 지내다가 바다로 모험을 떠나 엄청난 보물을 얻는다. 알라딘은 낡은 램프를 문질러 원하는 모든 것을 얻는다.

이 이야기들의 의미는 무엇일까?

중동 땅은 사막이다. 물이 귀하고, 땅을 파면 검은물만 나온다. 태초부터 그곳에 살았던 사람들은 자신의 터전을 저주했다. 그러나 시간이 흐르면서 검은물은 돈이 되었다. 이제 석유는 세계를 호령하는 힘이 되었고 중동 국가들은 엄청난 부를 벌어들이고 있다. "열려라 참깨" 한마디에 부의 문이 활짝 열린 것이다. 알라딘처럼 램프를 문지르기만 하면 지니(Genie)가 모든 것을 가져다준다. 그 지니가 석유이다. 즉 『아라비안 나이트』는 이슬람 민족의 미래를 예측한 예언서라 할 수 있다. 그러나 부에 관한 이야기만 있는 것은 아니다. 사랑, 죽음, 배신, 충절, 올바른 삶에 대한 이야기가 더 많다.

분량이 너무 길어 읽는 데 시간이 많이 걸리고, 이야기가 중복되고,

등장인물도 많고, 사건도 복잡해서 한참 읽다보면 두뇌에 부담을 느낀다. 전체를 다 읽으려 하지 말고 1/3만 읽어도 이슬람의 역사와 문화, 인식, 정서, 풍속을 가늠할 수 있다. 여러 번역본이 있는데 [정음사] 판본(전4권)을 권한다.

❖ 그 외에 좋은 책들

저 자	제 목
루스 F. 베네딕트	『국화와 칼』
디 브라운	『나를 운디드니에 묻어주오』
마틴 루터 킹	『나에게는 꿈이 있습니다』
이순신	『난중일기』
포레스트 카터	『내 영혼이 따뜻했던 날들』
N. 할라즈	『드레퓌스 사건과 지식인』
에드워드 기번	『로마제국 쇠망사』
황현	『매천야록』
법정	『무소유』
이어령	『바람이 불어오는 곳』
김구	『백범일지』
에른스트 곰브리치	『서양미술사』
미셸 푸코	『성의 역사』
자와할랄 네루	『세계사 편력』
에리히 프롬	『소유냐 삶이냐』
플라톤	『소크라테스의 변명』
레비 스트로스	『슬픈 열대』
잉게 숄	『아무도 미워하지 않는 자의 죽음』
헤로도토스	『역사』
E.H 카	『역사란 무엇인가』
칼 포퍼	『열린사회와 그 적들』

헬레나 노르베리	『오래된 미래』
헨리 데이빗 소로우	『월든』
앨런 와이즈먼	『인간없는 세상』
루드비히 폰 미제스	『자본주의 정신과 반자본주의 심리』
넬슨 만델라	『자유를 향한 머나먼 여정』
백기완	『자주고름 입에 물고 옥색치마 휘날리며』
장자	『장자』
김준엽	『장정』
빅터 프랑클	『죽음의 수용소에서』
장 폴 사르트르	『지식인을 위한 변명』
토머스 E. 로렌스	『지혜의 일곱 기둥』
유성룡	『징비록』
니체	『짜라투스트라는 이렇게 말했다』
장 코르미에	『체 게바라 평전』
재레미 다이아몬드	『총 균 쇠』
이어령	『축소지향의 일본인』
파드마 삼바바	『티벳 사자의 서』
송건호 외	『해방 전후사의 인식』
제임스 조지 프레이저	『황금가지』

❖ 베스트셀러에 대하여

베스트셀러(Bestseller)는 통상 "일정 기간에 일정 장소에서 가장 많이 팔린 상품"을 의미한다. 책의 경우 '대형서점'(장소)에서 분야별로 '주간 단위'(기간)로 발표하며, 1년을 결산하여 「연간 종합베스트셀러」를 집계한다. 비슷한 단어로 Fast Seller가 있고, 반대의 단어로 Steady Seller가 있다. 세 단어 모두 '좋은 책'(Good Book)의 의미는 없다(그럼에도 불구하고 Steady Seller가 조금 더 Good Book에 가깝다).

베스트셀러는 그 시대에 평범한 사람들이 어떤 책을 읽었느냐를 통해 시대상을 가늠할 수 있다, 라고 호사가들은 말한다. 정말 그럴까?

여기에 실린 리스트는 1980년대부터 2010년대까지 40년 동안 우리나라 베스트셀러 120종을 일목요연하게 보여준다.

자세히 보면 시대상을 반영한다는 느낌이 들지 않는다. 1980년대에 사회과학서가 약간 강세를 보여 그 시대가 민주화운동 시기였음을 보여줄 뿐이다. 소설은 시대를 불문하고 늘 팔리며, 특이한 주장이나 이론을 담은 책 역시 항상 독자의 선택을 받는다.

나 개인적으로 말하자면 120권 중에서 6권을 구입했으며 24권을 읽었다. 그대는 몇 권을 구입했으며, 몇 권을 읽었는가? 읽은 책에 대해 평점을 매겨보라.

- 순서는 제목 가나다 순이다.
- 주로 교보문고 자료를 바탕으로 했다.

* 1980년대

NO	제 목	저 자	구입	독서	평점
1	꼬마 철학자	알퐁스 도데			
2	꼬방동네 사람들	이동철			
3	나의 라임오렌지나무	J.M. 바스콘셀로스			
4	단	김정빈			
5	레테의 연가	이문열			
6	문학과 예술의 사회사	아놀드 하우저			
7	민들레의 영토	이해인			
8	민중과 지식인	한완상			
9	배짱으로 삽시다	이시형			
10	사람의 아들	이문열			
11	사랑굿	김초혜			
12	살며 사랑하며 배우며	레오 버스카글리아			
13	성자가 된 청소부	바바 하리다스			
14	소설 손자병법	정비석			
15	소유냐 삶이냐	에히리 프롬			
16	어둠의 자식들	황석영			
17	여자란 무엇인가	김용옥			
18	역사란 무엇인가	E.H. 카			
19	오늘 못다한 말은	이외수			
20	우리를 영원케 하는 것은	유안진			
21	인간시장	김홍신			
22	자기로부터의 혁명	지두 크리슈나무르티			
23	전환시대의 논리	이영희			
24	접시꽃 당신	도종환			
25	제3의 물결	앨빈 토플러			
26	철학 에세이	동녘 편집부			
27	축소 지향의 일본인	이어령			
28	한국 청년들에게 고함	김동길			
29	해방전후사의 인식	임헌영 외			
30	홀로서기	서정윤			

* 1990년대

NO	제 목	저 자	구입	독서	평점
1	공부가 가장 쉬웠어요	장승수			
2	광수 생각	박광수			
3	그대 아직도 꿈꾸고 있는가	박완서			
4	나는 빠리의 택시운전사	홍세화			
5	나의 문화유산 답사기 1	유홍준			
6	내 아들아 너는 인생을 이렇게 살아라	필립 체스터필드			
7	뇌내혁명	하루야마 시게오			
8	뉴스를 말씀드리겠습니다 딸꾹	이계진			
9	닥터스	에릭 시걸			
10	마음을 열어주는 101가지 이야기	잭. 캔필드			
11	매디슨카운티의 다리	로버트 제임스 윌러			
12	모순	양귀자			
13	목민심서(소설)	황인경			
14	무궁화꽃이 피었습니다	김진명			
15	반갑다 논리야	위기철			
16	배꼽	오쇼 라즈니쉬			
17	빌게이츠@생각의 속도	빌 게이츠			
18	새로 쓰고 그린 꼬리에 꼬리를 무는 영어	한호림			
19	서른 잔치는 끝났다	최영미			
20	성공하는 사람들의 7가지 습관	스티븐 코비			
21	세계는 넓고 할 일은 많다	김우중			
22	소설 토정비결	이재운			
23	신화는 없다	이명박			
24	아버지	김정현			
25	오체불만족	오토다케 히로타다			
26	외눈박이 물고기의 사랑	류시화			
27	좀머씨 이야기	파트리크 쥐스킨트			
28	퇴마록(국내편)	이우혁			
29	한권으로 읽는 조선왕조실록	박영규			
30	홍어	김주영			

* 2000년대

NO	제 목	저 자	구입	독서	평점
1	1Q84	무라카미 하루키			
2	공중그네	오쿠다 히데오			
3	긍정의 힘	조엘 오스틴			
4	끌리는 사람은 1%가 다르다	이민규			
5	나무	베르나르 베르베르			
6	네가 어떤 삶을 살든 나는 너를 응원할 것이다	공지영			
7	누가 내 치즈를 옮겼을까	스펜서 존스			
8	다빈치 코드	댄 브라운			
9	대한민국 20대 재테크에 미쳐라	정철진			
10	덕혜옹주	권비영			
11	마시멜로 이야기	호아킴 데 포사다			
12	매일 읽는 긍정의 한줄	린다 피콘			
13	모리와 함께 한 화요일	미치 엘봄			
14	모모	미하엘 엔데			
15	배려	한상복			
16	살아있는 동안 꼭 해야 할 49가지	탄줘잉			
17	선물	스펜서 존슨			
18	설득의 심리학	로버트 차알디니			
19	시크릿	론다 번			
20	엄마를 부탁해	신경숙			
21	연금술사	파울로 코엘료			
22	우리들의 행복한 시간	공지영			
23	이기는 습관	전옥표			
24	인생수업	엘리자베스 퀴블러			
25	정의란 무엇인가	마이클 샌델			
26	파피용	베르나르 베르베르			
27	하악하악: 이외수의 생존법	이외수			
28	해커스토익 Reading	David Cho			
29	향수	파트리크 쥐스킨트			
30	화성에서 온 남자 금성에서 온 여자	존 그레이			

* 2010년대

NO	제 목	저 자	구입	독서	평점
1	1cm+	김은주			
2	7년의 밤	정유정			
3	Me Before You	조조 모예스			
4	꾸뻬씨의 행복여행	프랑수아 를로르			
5	나미야 백화점의 기적	히가시노 게이고			
6	내가 사랑한 유럽 TOP10	정여울			
7	내가 알고 있는 걸 당신도 알게 된다면	칼 필레머			
8	마법 천자문	올댓스토리/김성재			
9	멈추면 비로소 보이는 것들	혜민			
10	미움 받을 용기	기시미 이치로			
11	바람이 분다 당신이 좋다	이병률			
12	비밀의 정원	조해너 배스포드			
13	빅 픽처	더글라스 케네디			
14	설민석의 조선왕조실록	설민석			
15	습관의 힘	찰스 두히그			
16	아프니까 청춘이다	김난도			
17	안철수의 생각	안철수			
18	어떤 하루	신준모			
19	어떻게 원하는 것을 얻는가	스튜어트 다이아몬드			
20	언어의 온도	이기주			
21	엄마를 부탁해	신경숙			
22	오베라는 남자	프레드릭 배크만			
23	정글만리	조정래			
24	정의란 무엇인가	마이클 샌델			
25	지적 대화를 위한 넓고 얕은 지식	채사장			
26	창문 넘어 도망친 100세 노인	요나스 요나손			
27	채식주의자	한강			
28	천번을 흔들려야 어른이 된다	김난도			
29	해를 품은 달	정은궐			
30	해커스 토익 보카	David Cho			

❖ 명작 추리소설

추리소설은 '첩보소설'과 비슷하면서도 다르다. 추리소설은 하나의 사건(죽음)을 풀어가는 과정을 보여주는 것이고, 첩보소설은 사건(저격, 파괴, 염탐)을 만들려는 사람과 그것을 막으려는 사람과의 대결을 그린다. 첩보소설은 세 소설이 대표작이며, 모두 영화로 제작되었다.

『자칼의 날』(The Day of the Jakal) 프레드릭 포사이스
『바늘구멍』(Eye of the Needle) 켄 폴리트
『추운 나라에서 돌아온 스파이』(Spy Who Came in From the Cold) 존 르
카레

여기에 실린 추리소설은 전 세계적으로 널리 알려진 고전이다. 현대 작가의 작품은 평가가 내려지지 않았기에 제외했다. 움베르토 에코의 『장미의 이름』(Il Nome Della Rosa)을 추리소설로 분류하기는 무리가 있다. '그냥 소설'로 보아야 한다.

• 아가사 크리스티

쥐덫(Three Blind Mice)

1947년 영국의 메리 여왕 80회 생일선물로 집필된 3분짜리 방송극을 원작으로 한 중편이다. 1953년 3월 27일 『경향신문』에 이승만 대통령이 "메리 여왕 서거에 대한 조문을 엘리자베스 2세 여왕에게 보냈다"는 기사가 있다. 메리 여왕(Mary of Teck, 1867~1953)은 조지 5세의 왕비이자 인도의 황후였다.

처음 제목은 '어린 쥐의 복수'였으나 크리스티(Agatha Christie)는 1952년에 5막의 '쥐덫'(Mousetrap)으로 개작했다. 눈이 엄청나게 내린 런던의 몽스웰 여관에 사람들이 찾아온다. 그들은 각자의 사연을 안고 있으며 경찰도 있다. 그리고 차례로 살해된다. 몰리가 부르는 노래 '세 마리의 눈먼 쥐'에 사건의 힌트가 있다.

> 세 마리의 눈먼 쥐
> 그들이 달려가는 것을 보세요
> 그들은 언제나 농부의 아내를 쫓아다녔어요

추리소설에 관한 소개글은 늘 이 질문으로 끝난다.
"과연 누가 범인일까?"
이 소설은 짧지만 강력하다. 어두운 밤에 홀로 이 책을 읽으면 등골

이 오싹해진다. 심장이 약한 사람은 책을 집어던질 수도 있다. 그러므로 [대낮]에 [사람이 많은 곳]에서 읽기를 권한다.

그리고 아무도 없었다(And Then There Were None)

원제는 '10개의 검둥이 인형'(Ten Little Niggers)이다. 원리틀, 투리틀~ 동요를 떠올리면 된다. 작은 인디언섬에 8명의 남녀가 초대되고 폭풍이 몰아치면서 1명씩 끔찍한 죽음을 맞는다. 얼릭 노먼 오언은 초대자, 유나 낸시 오언은 그의 부인, 베라 엘리자베스 클레이슨은 여교사, 존 고든은 군인, 에드워드 조지 암스트롱은 의사이다. 이들은 자신이 왜 죽어야 하는지 모르며, 누가 살인범인지도 모른다. 이들의 죽음은 'Ten little nigger boys' 노래와 동일하다.

10명의 흑인 소년이 식사를 하러 갔다가
1명이 목이 막혀 9명이 되었네
9명의 흑인 소년이 밤늦게까지 깨어 있다가
1명이 늦잠을 자서 8명이 되었네

모두가 죽은 뒤 메인 경감은 이렇게 질문한다.

따라서 열 사람 외에 다른 누군가가 섬에 있었다는 게 됩니다. 열 사람이 차례로 죽은 뒤 뒤처리를 한 자가 있었던 겁니다. 그러나 그는 어디에 숨어 있었을까요? 그리고 어디로 사라졌을까요?

오리엔트 특급 살인(Murder on the Orient Express)

여러 명이 있는 자리에서 한 명이 피살당하면 통상적으로 범인으로 의심되는 사람을 추적(조사)해 결국엔 범죄의 전모를 밝혀낸다. 그러나 에르퀼 푸아로(Hercule Poirot)는 누가 범인이 아닌지를 한 명씩 지워나간다. 그렇게 하다보면 마지막으로 남는 사람이 있다. 그가 범인이다. 그래서 보통의 형사(탐정)들이 현장을 부지런히 뛰어다니는 것에 비해 푸아로는 안락의자에 앉아 증거와 질문만으로 범인을 지목해낸다. 이처럼 뛰어난 두뇌와 캐릭터를 지녔으나 셜록 홈스(Sherlock Holmes)보다는 이름이 덜 알려져 있다. 오히려『오리엔트 특급 살인』의 책제목이 더 널리 알려져 있다.

오리엔트 특급은 이렇게 정의된다.

오리엔트 특급(Orient Express)은 국제침대차회사에서 운행하던 장거리 기차였다. 국제 철도시설을 의미하는 말이었지만, 곧 '호화스러운 여행'의 동의어가 되었다. 1883년 6월 5일 첫 기차가 파리를 출발해 오스트리아 빈으로 떠나면서 역사적인 기적을 울렸다. 초기에 종착점은 터키 이스탄불이었다. 2009년 12월 12일 마지막 운행을 했다.

　호화스러운 여행은 1명이 죽음으로써 불편한 여행으로 바뀐다. 같은 객실에 타고 있던 12명 중에 범인이 분명히 있다. 그들 모두는 살인자가 아니라는 확고한 알리바이를 가지고 있다. 그러면서도 살해 동기를 모두 지니고 있다. 이 난제를 풀어가는 임무가 우연히 탑승한 푸아로에게 주어졌다. 그리스인 의사 콘스탄틴, 미국인 세일즈맨 안토니오 파스카렐리, 스웨덴 출신의 중년 여성 그레타 올손… 모두 국적도 다양하다! 과연 누가, 왜 죽였을까?

　아가사 크리스티의 100편이 넘는 추리소설 중에 가장 유명한 작품이다. 이외에 『애크로이드 살인 사건』, 『ABC 살인 사건』, 『N 또는 M』을 권한다.

• 코난 도일

셜록 홈스 시리즈
....

　영국인 홈스(Sherlock Holmes)는 1854년 태어나 1957년 사망했다. 무려 103년을 살았다. 1878년 탐정업을 시작해 전 생애에 걸쳐 1천 건에 약간 못 미치는 사건을 해결했다. 당연히 풀지 못한 사건도 있다. 친구이자 의사이면서 기록인(記錄人)인 왓슨(John H. Watson, 1850년대 초반 출생) 박사와는 1882년에 만났다. 두 사람은 런던 베이커가(街) 221B에 거주하면서 수많은 사건에 뛰어들어 범인을 잡았다.

두 사람에 대한 인물정보는 인터넷에 자세히 소개되어 있다. 소설 속 가상의 인물에 대해 그처럼 자세하게 소개된 것은 어쩌면 두 사람이 유일할 것이다. 그만큼 두 사람은 가상인물이 아니라 생존인물로 여겨진다. 한 명이 더 있다. 괴도(怪盜) 루팡이다.

아르센 루팡(Arsene Lupin)은 1874년 프랑스 루아르(Loire) 강변에서 태어났다. 어머니가 이혼 후 6살 때 한 백작의 집으로 들어갔는데 마리 앙투아네트 왕비의 목걸이를 훔치는 것을 시작으로 평생 도둑질을 업으로 삼았다. 40번 이상 이름을 바꾸었으며 5번 이상 결혼했고, 격투기와 법학, 의학, 변신술에 능했다. 그가 전 세계 독자의 사랑(?)을 받는 것은 사전에 범행을 고지하는 신사라는 점이다.

"00년 4월 26일 오후 10시 25분에 00에 있는 000의 목걸이를 훔치겠다."

아무리 철통같이 지킨다 하여도 결국에는 사라지고 만다.

그러한 그도 3번 이상 체포되었다. 물론 탈출했지만!

만약 그대가 홈스와 루팡 중에 한 명만을 친구로 삼아야 한다면 누구를 선택하겠는가?

아서 코난 도일(Sir Arthur Ignatius Conan Doyle, 1859~1930)은 여러 권의 추리소설과 모험소설을 썼다. 그중 『주홍색 연구』, 『바스커빌 가문의 개』, 『4개의 서명』, 『셜록 홈스의 모험』을 권한다.

• 엘러리 퀸

이 사람은 작가이면서 탐정이고, 존재하면서도 존재하지 않는 인물이다. 엘러리 퀸(Ellery Queen)은 책속의 탐정이다. 그러면서도 작가이다. 한 명의 작가가 아니라 만프레드 리(Manfred Bennington Lee)라는 사람과 프레더릭 다네이(Frederic Dannay)라는 사람이 합동으로 만들어낸 가상의 작가이다. 둘 모두 미국 뉴욕 출생이다. 사촌형제라고 하는데 성과 이름이 완전히 다른 남자들이 어떻게 사촌형제인지는 의아하다.

Y의 비극 (The Tragedy of Y)

책 좀 읽었다는 사람이라면 반드시 들어보았을 추리소설이다. 이른바 'XYZ 비극' 시리즈 중 하나이다. 독을 마시고 바다에 빠져 시체로 둥둥 떠다니다가 5주 만에 발견된 남자는 자살로 추정된다. 그는 미남 화학자 요크 해터이다.

그의 아내 에밀리 해터는 재혼한 여자인데 성격이 포악하다. 그러면서도 돈을 많이 모았다. 전 남편의 딸인 루이자 캠피언을 편애해서 해터의 아들딸은 모두 엉망이 되었다. 첫딸 바바라 해터만 빼고…. 한 가문의 몰락이라는 점에서 『폭풍의 언덕』과 유사하다.

남편은 자살인데 얼마 후 루이자를 독살하려 한 사건이 일어난다. 다행인지 불행인지 실패로 끝난다. 그러나 에밀리 해터가 살해 당하면서 사건은 미궁으로 빠진다. 사건을 해결해가는 사람은 그 유명한 드루리 레인(Drury Lane)이다.

이 소설은 1932년에 발표되었다. 지금의 관점으로 보면 식상한 전개일 수 있고, 초반부가 약간 지루할 수 있다. 그러나 세계 3대 추리소설임을 잊지 않기 바란다. 추리소설이 모두 그러하겠지만 놀라운 반전이 기다리고 있다.

엘러리 퀸은 나라 이름을 차용해 시리즈로 추리소설을 썼다.

1. 로마 모자의 비밀 (The Roman Hat Mystery, 1929)

2. 프랑스 파우더의 비밀 (The French Powder Mystery, 1930)

3. 네덜란드 구두의 비밀 (The Dutch Shoe Mystery, 1931)

4. 그리스 관의 비밀 (The Greek Coffin Mystery, 1932)

5. 이집트 십자가의 비밀 (The Egyptian Cross Mystery, 1932)

6. 아메리카 총의 비밀 (The American Gun Mystery, 1933)

7. 샴 쌍둥이의 비밀 (The Siamese Twin Mystery, 1933)

8. 중국 오렌지의 비밀 (The Chinese Orange Mystery, 1934)

9. 스페인 곶의 비밀 (The Spanish Cape Mystery, 1935)

1)번은 엘러리 퀸의 등단작이다. 이 중에서 5)번을 권한다.

아버지를 모시고 가던 엘러리는 그때서야 애로요 근처에서 발생한 기괴한 범죄 사건을 듣게 된 것이다. 유나이티드 프레스 통신사가 적절히 'T 살인사건'이라고 일방적으로 평가해버린 범죄 이야기였다. 사건의 신문기사에는 엘러리의 흥미를 끌 만한 요소가 많이 있었다. 예를 들면, 크리스마스 아침에 앤드류 밴이라는 사람이 목이 잘린 채 십자가에 못박혀 죽은 사실 등…

• 에드거 앨런 포

포(Edgar Allan Poe)는 '애너벨 리'로 유명한 시인이다.

바닷가 어느 마을에 애너벨 리라고 하는 이름의 한 소녀가 살았습니다.
그 소녀는 나를 사랑하고 내 사랑받는 것 외에는
다른 아무것도 생각하지 않았습니다.

그러나 포는 추리소설가이다. 일반적으로 '추리소설의 창시자'로 인정한다. 어쩌면 전 세계의 많은 사람들이 포의 이름은 알겠지만 그의 생애는 잘 모른다. 그는 사후의 명성과 달리 매우 비참한 삶을 살다가 비극적으로 죽었다.

모르그가의 살인사건(The Murders in the Rue Morgue)

'사슬의 커다란 환'이라고 오귀스트 뒤팡(Auguste Dupin)이 말했다. 그 것은 분석적인 능력을 말한다. 누군가를 우연히 스쳐 지나가거나 어 떤 사물을 보았을 때 그것과 관련된 이후의 현상을 추론해내는 것이 다. 뒤팡은 그 기법으로 사건을 해결해 나간다.

4층에서 모녀가 살해된다. 딸은 벽난로에 거꾸로 처박혀 있고, 어머 니는 목이 잘린 채 뒤뜰에서 발견된다. 모녀의 비명을 들은 사람들은 많다. 은행원 아돌프 르 봉이 곧 경찰에 붙잡힌다. 그러나 뒤팡은 그렇 지 않다고 생각한다. 과연….

뒤팡이라는 가상의 탐정이 등장하는 최초의 소설(1841년)로 인정받 기 때문에 추리소설의 효시로 불린다. 그 외에『검은 고양이』,『어셔가 의 몰락』등이 있다. 2019년을 기준으로 178년 전에 집필되었지만 지 금 읽어도 흥미진진하다.

• 가스통 루르

노란 방의 비밀(Le Myst reéde la Chambre Jaune)

이른바 '밀실범죄'라는 새로운 스타일을 창출해낸 소설. 늦은 밤(사 건은 대부분 밤에 일어난다) 딸의 방에서 비명이 울린다. 아버지와 집사는 방으로 달려가지만 문은 잠겨 있다. 방 안에서는 애원과 총소리가 들린다. 부수고 들어갔을 때 딸은 피를 흘리며 쓰러져 있다.

문제는, 그 노랗게 칠해진 방은 완전하다는 것이다. 문 외에는 출입이 불가능하다. 창문에는 쇠창살이 굳게 쳐 있다. 다행히 딸은 죽지 않았으나 며칠 후 또 공격을 받고, 범인은 달아나면서 산지기를 죽인다. 경찰에 체포된 다르자크(Robert Darzac) 교수는 알리바이를 대지 않는다('못한다'가 아니다). 왜 자신의 무죄를 주장하지 않는 것일까?

가스통 루르(Gaston Louis Alfred Leroux, 1868~1927)는 유명한 『오페라의 유령』(The Phantom of the Opera)을 쓴 프랑스 작가이다.

• 존 딕슨 카

카(John Dickson Carr)는 불가능 범죄, 밀실 트릭을 다룬 작가로, 아가사크리스티, 엘러리 퀸과 함께 추리소설의 트로이카로 일컫는다.

황제의 코담배 케이스(The Emperor's Snuff-Box)

바람둥이 에드와 이혼한 이브는 프랑스로 여행을 떠난다. 건너편 저택에 사는 청년과 사랑에 빠져 약혼을 한다. 갑자기 에드가 찾아오고,

다투던 도중에 창문으로 약혼자의 아버지가 살해되는 것을 목격한다. 그리고 경찰에 체포된다. 에드는 도망치고 이브는 자신의 무죄를 입증하지 못한다. 과연 어떻게 헤쳐 나가야 할까?

코담배는 연기를 흡입하는 것이 아니라 코에 갖다 대고 냄새를 맡는 가루담배이다. 17세기부터 유럽에서 유행했는데 이 가루를 담는 그릇이 아름답게 만들어져 예술품으로 격상되었다. 약혼자의 아버지는 살해되기 전에 코담배 케이스를 바라보고 있었다. 그 케이스는 나폴레옹의 것이었다. 그것이 살인사건과 어떤 관계가 있을까?

• 윌리엄 아이리시

환상의 여인(Phantom Lady)

널리 알려지지 않은 윌리엄 아이리시(William Irish)는 미국 뉴욕에서 태어난 추리소설 작가이다. 본명은 코넬 울리치(Cornell Woolrich, 1903~1968). 『환상의 여인』은 세계 10大 추리소설, 더 올라가면 3大 추리소설(『그리고 아무도 없었다』, 『Y의 비극』과 더불어)로 꼽힌다. 그런데 누가, 언제, 어떤 기준으로 3大라 했는지는 명확하지 않다.

만약 당신이 아내(혹은 친구, 아니면 아버지)와 싸움을 하고 집을 나와 우연히 만난 낯선 여자 A와 저녁식사를 하고 집으로 돌아갔는데… 아내가 죽어 있다면 어떻게 할 것인가? 모든 정황에 의해 당신이 유일한

용의자로 지목되고, 결국 사형 판결을 받는다면?

아내가 피살당했을 그 시간에 A와 함께 밥을 먹었다는 사실을 입증하면 된다. 그런데 그 A를 아무리 찾아도 없다. 그녀를 찾는 사람들도 차례로 살해당한다. 추리소설이지만 사건의 전개가 약간 느리다는 단점이 있다. 질문은 늘 이렇다. 누가 아내를 죽였는가? 그리고… A는 과연 누구인가?

* 더 넓은 지식을 위한 독서 내비게이션

1. 아주 오래된 책 중에 『형사 콜롬보 시리즈』(Columbo)가 있다. 옛날에 TV에서 인기리에 방영되었던 추리물의 대명사로, 콜롬보의 낡은 바바리코트와 어눌한 말투, 그러면서도 끈질긴 집념과 추리력이 일품이다. 리처드 레빈슨(Richard Levinson)과 윌리엄 링크(William Link)의 공저이다. 1974년에 첫 번역된 것으로 추정된다(이후로도 몇몇 출판사에서 여러 형태로 간행되었다). 문고본으로 전부 5권이다. 도서관에서 구할 수 있으므로 추리소설에 관심 있는 독자는 한 번 읽어보기를 권한다.

　　1. 죽음의 方程式(방정식)
　　2. 반지에 할퀸 傷痕(상흔)
　　3. 또 하나의 열쇠
　　4. 構想(구상)의 死角(사각)
　　5. 두 폭의 드가의 名畵(명화)

위 책에는 '스눕'이라는 단어가 나온다. 한글로 '스눕'이라고만 표기되어 있어서 정확한 뜻을 알 수 없어 몹시 궁금해 했었다. 2010년 [한경BP]에서 샘 고슬링(Sam Gosling)의 『스눕』(Snoop: What Your Stuff Says About You)을 읽고서야 궁금증이 풀렸다. 무려 30년만에 정확한 뜻을 알았지만 가히 늦은 것은 아니라고 할 수 있다.

2. 또 한 명의 작가로 시드니 셸던(Sidney Sheldon)을 들 수 있다. 『벌거벗은 얼굴』을 비롯해 수십 편의 추리소설을 썼다. 영화를 좋아하는 사람이라면 『깊은 밤 깊은 곳에』(The Other Side of Midnight)를 기억하리라.

3. 한국의 장편 추리소설은 김성종의 『일곱 개의 장미송이』와 『제5의 사나이』를 권한다.

❖ 가슴에 새겨야 할 '한국'과 '세계'의 명시

여기에 실린 시는 순전히 저자의 개인적 취향이다. 이보다 훨씬 더 좋은 시는 무궁무진하지만 꼭 읽어야 할 시만 수록했다. 한국의 시는 대부분 광복 이후의 시이며, 세계의 시도 비교적 현대시를 수록했다. 저작권법에 의해 본문은 게재하지 못한다. 스스로 찾아서 읽는 노력을 기울이기 바란다.

(저자 가나다순)

* 한국 시(詩)

저 자	제 목
감태준	사모곡
강미영	오아시스
강은교	사랑법, 우리가 물이 되어, 저물 무렵, 풀잎
고두현	늦게 온 소포
고석종	숲, 바람의 무도
고운기	무소의 뿔처럼 혼자서 졸아라
고 은	문의 마을에 가서, 자화상
고정희	네가 그리우면 나는 울었다, 누가 홀로 술틀을 밟고 있는가?
곽재구	사평역에서, 새벽 편지
구광본	강
구 상	겨울 거리에서, 가장 사나운 짐승, 눈 내리는 강
권현형	첫 입맞춤
기형도	빈집, 안개, 엄마 걱정, 입 속의 검은 잎, 질투는 나의 힘
김관식	석상(石像)의 노래

저 자	제 목
김광규	상행, 희미한 옛사랑의 그림자
김광균	와사등, 추일서정, 설야
김광섭	고독, 성북동 비둘기, 저녁에
김규동	두만강
김기림	길, 바다와 나비, 태양의 풍속
김기택	사무원
김남조	가난한 이름에게, 겨울바다, 편지
김동리	자화상, 광화문 지하도
김동명	내 마음은, 파초
김동환	강이 풀리면, 국경의 밤, 눈이 내리느니, 북청 물장수, 산 너머 남촌에는, 웃은 죄
김명인	가을산, 마음의 정거장
김민기	늙은 군인의 노래
김상옥	봉선화, 사향(思鄕), 옥저(玉箸)
김상용	남으로 창을 내겠소
김성식	청진항
김소월	먼 후일, 가는 길, 개여울, 나는 세상 모르고 살았노라, 님과 벗, 못 잊어, 부모, 산유화, 엄마야 누나야, 예전엔 미처 몰랐어요, 옛 이야기, 접동새, 진달래꽃, 초혼
김수영	절망, 오래된 여행가방, 폭포, 푸른 하늘을, 풀
김 억	삼수갑산
김영남	정동진 역
김영랑	돌담에 속삭이는 햇발, 모란이 피기까지는, 오매 단풍 들겄네
김영석	썩지 않는 슬픔
김영승	반성 16, 반성 517, 반성 743
김용택	섬진강 1
김용화	친구
김종길	설날 아침에, 성탄제, 춘니(春泥)

저 자	제 목
김준태	강강술래, 참깨를 털면서
김지하	타는 목마름으로, 사랑, 오적(五賊), 황톳길
김지혜	이층에서 본 거리
김초혜	사랑굿 113
김춘수	꽃, 샤갈의 마을에 내리는 눈
김해강	가던 길 멈추고
김현승	가을의 기도, 플라타너스, 눈물, 아버지의 마음, 창(窓), 평범한 하루
나태주	겨울 연가
나희덕	너무 늦게 그에게 놀러 가다
남진우	로트레아몽 백작의 방황과 좌절에 관한 일곱 개의 노트 혹은 절망 연습
노천명	사슴, 고별, 이름 없는 여인이 되어, 장날
도종환	봉숭아, 접시꽃 당신
류시화	그대가 곁에 있어도 나는 그대가 그립다, 길 위에서의 생각, 외눈박이 물고기의 사랑, 생활
마광수	가을
마종기	바람의 말, 섬
모윤숙	어머니의 기도, 국군은 죽어서 말한다
문병란	가을행, 직녀에게, 가을 노트
문정희	겨울일기
미 상	님을 위한 행진곡
민 영	묘비명, 베로니카를 위하여, 해지기 전의 사랑
박경리	옛날의 그 집
박남수	아침 이미지, 종소리
박노해	노동의 새벽, 손무덤
박두진	하늘, 해
박라연	서울에 사는 평강공주
박목월	나그네, 난(蘭), 이별가
박봉우	휴전선

저 자	제 목
박상순	6은 나무 7은 돌고래 열번째는 전화기
박성룡	풀잎
박용래	강아지풀
박용철	고향, 눈은 나리네, 떠나가는 배
박인환	목마와 숙녀, 세월이 가면
박재삼	울음이 타는 가을강, 천년의 바람
박제천	자음 2
박종화	사(死)의 예찬
박팔양	너무나도 슬픈 사실
박형준	가구의 힘
백무산	장작불, 돛대도 아니 달고
백 석	여우난곬족, 가즈랑집, 고야(古夜), 고향, 나와 나타샤와 흰 당나귀, 모닥불
변영로	논개, 봄비
서정윤	꽃 속에 서면, 홀로서기
서정주	국화 옆에서, 귀촉도, 꽃밭의 독백, 동천(冬天), 무등을 보며, 문둥이, 신록, 신발, 자화상, 푸르른 날
송수권	5월의 사랑, 산문에 기대어
신경림	가난한 사랑노래, 갈대, 농무, 목계장터, 파장(罷場)
신동엽	껍데기는 가라, 누가 하늘을 보았다 하는가, 이야기하는 쟁기꾼의 대지
신동집	어떤 사람
신석정	슬픈 구도, 그 먼 나라를 알으십니까, 대숲에 서서, 들길에 서서, 서정가, 아직 촛불을 켤 때가 아닙니다.
신현림	꿈꾸는 누드
심 훈	겨울밤에 내리는 비, 그날이 오면
안도현	가난하다는 것, 서울로 가는 전봉준
양성우	겨울 공화국, 청산이 소리쳐 부르거든
양주동	영원의 비밀
오규원	문득 잘못 살고 있다는 느낌이, 비가 와도 젖은 자는

저 자	제 목
오상순	방랑의 마음, 아시아의 마지막 밤 풍경
오세영	10월 어느 날, 겨울 노래
오탁번	1미터의 사랑, 순은(純銀)이 빛나는 이 아침에
용혜원	기다림, 사랑의 시인
원구식	탑, 탕진
유치환	행복, 그리움, 깃발, 바위, 생명의 書
유 하	세운상가 키드의 사랑 1
윤동주	또 다른 고향, 병원, 서시, 자화상, 참회록
이갑수	요약
이근배	북위선(北緯線)
이대흠	눈물 속에는 고래가 산다
이문재	내 젖은 구두를 해에게 보여줄 때, 소금 창고
이병기	고향으로 돌아가자, 난초
이 상	거울, 오감도
이상화	나의 침실로, 빼앗긴 들에도 봄은 오는가
이생진	그리운 바다 성산포, 설교하는 바다
이성복	남해 금산, 정든 유곽에서
이성부	벼, 봄, 우리들의 양식
이수복	봄비
이용악	그리움, 전라도 가시내, 풀벌레 소리 가득 차 있었다.
이육사	광야, 꽃, 절정, 청포도
이윤택	늑대
이윤학	7번국도변
이은상	가고파, 고지가 바로 저긴데, 그 집 앞, 성불사의 밤
이장희	봄은 고양이로다
이정하	그대 굳이 사랑하지 않아도 좋다, 한 사람을 사랑했네
이제하	눈 오는 날
이진명	'앉아서 마늘까'면 눈물이 나요

저 자	제 목
이태준	가을꽃
이해인	어느 수채화, 민들레의 영토
이형기	낙화
이호우	균열, 살구꽃 핀 마을
이희승	벽공(碧空)
임 화	네 거리의 순이, 현해탄
장만영	달 · 포도 · 잎사귀, 소쩍새
장석주	가을에
장정일	라디오와 같이 사랑을 끄고 켤 수 있다면, 삼중당문고, 햄버거에 대한 명상
전봉건	피아노
정공채	간이역
정완영	조국
정인보	자모사(慈母思)
정일근	유배지에서 보내는 정약용의 편지
정지용	유리창, 향수
정한모	가을에
정현종	거울, 모든 순간이 꽃봉오리인 것을
정호승	선암사, 부치지 않은 편지, 슬픔이 기쁨에게, 이별 노래
정희성	길, 저문 강에 삽을 씻고
조병화	공존의 이유 · 12, 소라, 의자, 해마다 봄이 되면
조오현	침목(枕木)
조정권	산정 묘지
조종현	나도 풋말이 되어 너랑 같이 살고 싶다.
조지훈	고사(古寺) 1, 낙화, 승무
조태일	국토 서시
주요한	부끄러움, 불놀이
차창룡	도배
채충석	겨울의 첫걸음

저 자	제 목
천상병	강물, 귀천, 나의 가난은, 우리집 뜰
천양희	그림 속의 물, 한계
최승자	일찌기 나는
최승호	대설주의보, 북어, 자동판매기
최영미	서른, 잔치는 끝났다
피천득	바다
하덕규	가시나무
하재봉	유년시절
한용운	나룻배와 행인, 님의 침묵, 알 수 없어요
한하운	보리피리, 전라도 길, 파랑새
함민복	긍정적인 밥, 흑백 텔레비전을 보는 저녁
함윤수	낙엽
홍사용	나는 왕이로소이다
황금찬	촛불, 가을 연인
황동규	버클리풍의 사랑노래, 나는 바퀴를 보면 굴리고 싶어진다, 三南에 내리는 눈, 조그만 사랑 노래, 즐거운 편지
황인숙	나는 고양이로 태어나리라
황지우	겨울—나무로부터 봄—나무에로, 새들도 세상을 뜨는구나, 어느 날 나는 흐린 주점에 앉아 있을 것이다

* 해외 시(詩)

저 자	제 목
A. 뮈세	슬픔
A. 테니슨	참나무
A. 피셔	작은 이야기
A. S. 푸시킨	삶이 그대를 속일지라도
B. 브레히트	살아남은 자의 슬픔
C. G. 로세티	네 가지 대답
C. 로트레아몽	말도로르의 노래
E. A. 포우	애너벨 리
E. 파전	지식
F. 잠	그 소녀는, 나는 당나귀가 좋아, 애가(哀歌)
G. G. 바이런	우리 둘이 헤어지던 때
G. K. 아폴리네르	미라보 다리
G. 밴더빌트	사랑은 조용히 오는 것
H. W. 롱펠로우	초원의 빛, 인생찬가
J. V. 아이헨도르프	밤의 꽃
J. W. 괴테	들장미, 잃어버린 첫사랑, 충고
J. 콕토	산비둘기, 사랑
P. 발레리	애정의 숲
R. B. 베넷	내일
R. M. 릴케	가을날, 고독, 두이노의 비가(悲歌), 사랑은 어떻게
R. W. 에머슨	전체와 각각
R. 구르몽	낙엽, 눈
R. 타고르	종이배, 당신 곁에, 기탄잘리
R. 프로스트	가지 못한 길, 목장
R. 피일드	아이스크림 아저씨
T.S. 엘리어트	황무지
W. B. 예이츠	이니스프리의 호도(湖島), 낙엽

저 자	제 목
W. 블레이크	굴뚝 소제부
W. 워즈워드	무지개, 초원의 빛, 우리는 너무 세속에 묻혀있다
가토 다이조(加藤諦三)	성숙한 사랑을 위해
디몬트 발렌타인	그대를 너무 사랑하기에
딜런 토머스	문서에 서명한 손
밀란 쿤데라	차라리 침묵하세요
바바 하리 다스	사랑의 빛
바쇼	여행 규칙
빅토르 위고	언제나 당신이 나만을 생각한다면
사무엘 울만	청춘
세르게이 예세닌	어머니의 편지
안나 아흐마또바	이별
안톤 쉬낙	우리를 슬프게 하는 것들
엘리자베스 브라우닝	날 사랑해야 한다면
오리아 마운틴 드리머	춤
옥따비오 빠스	쉼
울리히 샤퍼	하루밖에 살 수 없다면
월트 휘트먼	풀잎, 첫 민들레
이바라기 노리코 (茨木のり子)	내가 제일 예뻤을 때
이시하라 요시로우 (石原吉朗)	장식열차(葬式列車)
존 던	누구를 위하여 종은 울리나
지셴(紀弦)	배
징기스칸	사막의 노래
칼릴 지브란	나는 어떻게 미친 사람이 되었는가, 내 영혼이 나에게 충고했네, 사랑에 대하여, 아이들에 대하여
토머스 하디	중간 색조

저 자	제 목
파블로 네루다	사랑의 소네트, 젊음, 하루에 얼마나 많은 일들이 일어나는가
폴 엘뤼아르	야간 통행금지, 자유
하인리히 하이네	노래의 날개, 로렐라이
헤르만 헤세	청춘의 정원, 행복해진다는 것, 아름다운 여인

책의 길은 자신이 만들어가는 것

책으로의 긴 여행이 끝났다. 장황한 설명을 간단히 줄이겠다.

1. 많은 책을 읽으려 하지 마라. 지나친 독서는 사람을 문약하게 만들며 실천보다는 이론, 행동보다는 말이 앞서게 만들 수 있다. "책속에 길이 있다"는 말은 허구이다. 단 한권만이라도 제대로 읽으면 자신의 길을 만들어 갈 수 있다. 삶에서는 실천궁행이 무엇보다 중요하다.

2. 허황된 주장이나 이미 성공한 방식을 열거하는 책에 속지 마라. 『5천만원으로 10억 만들기』는 불가능하다. 실제 그런 업적(?)을 달성한 사람도 있지만 그 사람은 책이 아니라 실천으로 목표를 달성한 사람이다. 스티브 잡스의 전기를 읽는다 하여 제2의 스티브 잡스가 되지는 못한다.

3. 독서는 성공의 요소가 아니라 성공한 이후의 삶에 절대적인 영향을 끼친다는 사실을 잊지 마라.

4. 모든 책에 우선하는 것은 『세계사』이다. 반드시 세계사를 먼저 읽

은 후 독서를 시작하라.

5. 세계 명작 30권은 반드시 읽어라. 나라별로, 주제별로 풍부한 지식과 (더 나아가) 지혜를 준다.

6. 고전이고, 베스트셀러이고 다 귀찮다면 『그리스로마 신화』, 『삼국지』 두 권 만이라도 읽어라.

7. 기본적인 독서는 35살 이전에 끝내라. 그 후에 읽는 책은 삶에 큰 도움이 되지 못한다.

8. 시를 100편 이상 읽어라. 학창 시절에 이미 50편 이상은 읽었으므로 나머지 50편은 금방 읽는다.

9. 책을 읽을 때 메모지를 끼워놓고 주인공의 이름을 적어가면서 읽어라. 중요하거나 아름다운 문장이 나오면 밑줄을 쳐라.

10. _____

쓸모있는 책 읽기

2019년 11월 21일 초판 인쇄
2019년 12월 1일 초판 발행

지은이 김호경
펴낸곳 도서출판 **말글빛냄**
펴낸이 한정희
주소 파주시 회동길 445-1 경인빌딩 B동 4층
전화 02-325-5051 팩스 02-325-5771
홈페이지 www.wordsbook.co.kr
등록 2004년 3월 12일 제313-2004-000062호
ISBN 979-11-86614-21-1 03800
가격 16,500원